大地

散曲

DA DI SAN QU

杜怀超 著

中国言实出版社

图书在版编目(CIP)数据

大地散曲 / 杜怀超著. —— 北京：中国言实出版社，
2022.1
ISBN 978-7-5171-4025-2

Ⅰ.①大… Ⅱ.①杜… Ⅲ.①散文集—中国—当代
Ⅳ.①I267

中国版本图书馆CIP数据核字（2022）第014137号

大地散曲

责任编辑：宫媛媛
责任校对：郭江妮

中国言实出版社出版发行
地址：北京市朝阳区北苑路180号加利大厦5号楼105室（100101）
编辑部：北京市海淀区花园路6号院B座6层（100088）
电话：64924853（总编室）   64924716（发行部）
网址：www.zgyscbs.cn
E-mail：zgyscbs@263.net

经销：新华书店
印刷：廊坊市海涛印刷有限公司
版次：2022年5月第1版   2022年5月第1次印刷
规格：710毫米×1000毫米   1/16   13.25印张
字数：200千字

定价：68.00元
书号：ISBN 978-7-5171-4025-2

目　录

暗 红

1

暗与红，两个字一旦相遇，就有了纷繁复杂的味道。红有多种，浅红、深红、大红、桃红、玫红、鲜红、朱红、猩红、肉红，等等，唯独红遇到"暗"这个字，就红得不清不白、不荤不素了；一个"暗"字，把红剥离出了鲜亮、明丽和向上的状态，让人不由自主地联想到灰色、颓废、沉重、抑郁、疾病，甚至是不祥的征兆。这样的红，似乎是一种沦陷，一种象征或者隐喻。这是"暗"字的功劳。也许有人把暗红理解为一个词语，单纯是一个关于色彩的词语，而我，则视其为一次带有动作性的短语。"暗"，动作指向"红"，在时光的搅碎机里，"红"慢慢地消磨着自己的色素，直至变暗、变淡，最终失去光泽，成为到处流转的尘埃，随风飘逝。这样一说，暗就有点隐秘、混沌的感觉。由红转暗，其间流转的是雨水、风尘、硝烟，还是绳索、镣铐及锋利的冷兵器？又或是寂寞、清冷和凋零？

这些从脑海里蹦出的词语，我以为是偶然间的浮现，谁知道它们就像魑魅魍魉一般，纠缠着我的肉身，盘桓着，撕扯着……初以为这些鬼魅之影的色彩是桃红柳绿、灯红酒绿或者大红大紫，念头一闪，它们瞬间就会化为齑粉，完成一个干脆利落的转身。我开始想象乡间那盏在风中萤火虫般的马灯，随着煤油一点点地燃烧，发出"吱吱吱"的声响。微小的鞭炮声，像是村庄的心跳，直到抵达黎明的彼岸，在残月里暗淡、熄灭。

熄灭，是另一种形式的新生。这不，暗红的灯光消失，转而从大地上长出的是叫血苋的植物。我们叫它红苋菜，这也是母亲的叫法。这苋菜，植株不高，刚及腿肚而已，模样普通，但浑身上下都是红色的，暗红的叶，暗红的根，暗红的茎，就连芽也是暗红的，这种植物长在我的童年里，记忆也是暗红的，宛如昏暗不明的灯盏，匍匐在地。母亲与红苋菜有着某种感应，总能够熟稔地找到它。无论是旷野里，阡陌上，还是边边角角的地块，只要有生长的红苋菜，母亲总是能够把它们带回家，洗净，炒熟，搅拌上一星半点的油，然后端上餐桌。

一碟子红苋菜，半碟子暗红的血。我是不敢轻易下筷的，因为惶恐。即使饥饿在驱使着我的手指，前方已经举手缴械、溃不成军，甚至如山状坍塌。我不敢下咽的原因，不是内心的恐惧，而是看到那暗红的血，总是不由自主地战栗，甚至还有一些疼痛。再野蛮的人，也不会喝自己的血吧。我会不由自主地联想到那条生命的通道，即母亲的脐带。我们的生命之桥。尽管一再提醒自己，这不是脐带、不是人血，是植物的肉身，但是暗红的部分还是令我退缩。

从地里长出来的红苋菜，在水与火的炙烤中，成为曾经岁月里餐桌上的一道菜。也许生活的暗红胜过红苋菜的暗红，最终，我还是不敢吃红苋菜，不敢吃下这流出暗红汁液的野菜。红苋菜的红，会不会是一种生命的镜像？

后来我在一本医学词典里再次与它相遇。"血苋"，这两个针脚样的字，刺疼了我——在它的"医学价值"处赫然看到，可治咯血、流鼻血等。以血止血，这也许就是曾经的生活。就"血苋"的名字我问过母亲，她嘴角一笑，越过密布的皱纹丛林，说，不就是血菜嘛。

类似于血苋一样的植物，还有很多。我在台湾的一座山上游玩时，不小心碰到一棵藤，弄伤了它，谁知道，从它枝干里汩汩地流出暗红的液体。这许许多多的藤，弯弯曲曲，蜿蜒着，就像大地痉挛的经脉，从草地到树木，从树木到山川，隐匿其中，迷离扑朔。这暗红的液体，使人对山川树木产生强烈的生命感。我情不自禁地捂住手臂，捂住经脉，唯恐不小心，身体内部的血，就像血藤般喷涌而出。据说，这血藤叫麒麟血藤，多年生藤本植物，它通常像蛇一样缠绕在树木上。令人惊异的是，这血藤流出的"血"，与人身体内的血极其相似，干后竟然也会凝结成血块。相信如果是初次见到，你肯定会以为这里前不久发生过一起山林谋杀案。

我还遇到一棵流血的树，在去大理和丽江的路上。这棵树与麒麟血藤一样，只要碰断它的枝条或者弄伤它的皮，就会从受伤的地方，淌出血一样的液体，带着阴暗的光，使得原本的"血腥"，多了一层忧郁和残酷。这样的伤，宛如一个人的手臂或者腿部受的伤，然后血渗出来，和血藤一样，从伤口处结血块、结痂，直到血流停止。导游告诉我，这种树叫胭脂树，就是女人喜爱的那种胭脂。这让我想到女性红的嘴唇，在口红的武装下，那分明是一个偌大的伤口，只是不知道，那伤口会不会结血块与痂？

大街上，每天都可以看到这样的伤口，游走的伤口，穿梭在会所、酒店以及各种豪华的场所，看着她们瘦弱不堪的身材、猩红妖冶的嘴唇，总是有些揪心，胸口就有疼痛袭击过来。当然有时脑海中也会闪过一些词语，诸如血口喷人、血盆大口之类，只是不合时宜而已。山里人不像城里人那么大胆，面对着带"伤"的笑盈盈的女子，城里人总是迫不及待地扑上去，不顾异样的血腥，还有血色里裹挟的一层暗，纵情嬉笑。

"每一种植物，都是一盏灯，我们都在她的光亮里存活……"这是我在《苍耳：消失或重现》一书中的抒写。而每一棵树，则是凝固的活火焰。现在，在暗红的血苋、血藤、流血的胭脂树中，我看到了那灯不是别的，是生命：卑贱的、高贵的、匍匐的、昂扬的，诸如屋顶上的瓦松、沙漠里的短命菊或古老原始的蜉蝣，它们，都是生命的承载者，在其内部，有血一样的汁液。

2

人的身体，就是个巨大的仓库或天然的牧场。暗红，就像是暗夜里的无数星粒，集结在肉身的内部，时刻等待涅槃重生，或者是一匹匹脱缰的野马，在漫天星斗之夜奔跑。夜晚的行人，能听到"哒哒"的马蹄声，却不知道往哪里去。这"哒哒"的声响，应该是血流奔涌的鼓点，在肉身中左冲右突，我看不到它的背影，但可以感知到不安与危险的存在。

这让我对血苋、血藤和胭脂树有了痛感。和它们一样，我的身体也充满着溪流之血，相信只要一把柴刀或者随便一个锋利的刃，一定会血流成河。当然，我们每天都在与血斗争，那些看不到的暗红之血，或者暗红的血一样的疼痛，时刻准备迎接下一个伤口。

每个人的身上总会留下各种各样的伤口。不流血的伤口，也许比流血的更痛，更伤，更暗红。这种伤口，不仅有血的暗红、生命的疼痛，甚至还有来自哲学与宗教方面的精神迷失。据说，世界是存在暗物质的，人类在窥探暗物质力量的进程中，已经取得初步成果。暗红，应该就是来自身体内部的一种暗物质，是带血的种子。暗中的力量，指向更深邃的历史与未来。

与这样的伤口相遇，是在童年。能说出伤口的往事也只能是童年了，因为随着年岁的增长，到了中年已经没有伤口的说法，或者说就没有伤口。中年的时间，是件千疮百孔的瓷器，羸弱，易碎，容易漏风；看得见或看不见的暗红，在时间的洗礼下，已从完好走向支离，从狭小走向阔大，从真切走向隐形。

我给自己制造过一个伤口，是在野外的阡陌上。我最初的伤口，也是暗红的，暗红的血，暗红的肉，暗红的日子，还有暗红的自己。我甚至可以疯癫地说，乡村也是暗红的，亲人也是暗红的，就连猪圈里的猪、屋顶上空袅袅的炊烟也是暗红的。他们与我迥异的是，我流出了液体的血，而他们把那暗红深藏于心，独善其身。

实际上我对自己制造出的伤口并不满意，当然不是对父亲的反抗与不满，或者说造成腿部受伤的罪魁祸首不是来自父亲给我量身打造的割草刀，与野草也无关；其根本因素是我的手。是手非要拿着割草的铁刀，让其与腿部亲吻。我笨拙地走向大地上密布的野草，生活的残酷与童年的懵懂让人明白，其实野草的高度，就是人的高度；我们如旷野里的野草一样生长。我和野草都被刈割在一把刀下。这把刀，最终造成的结果是，草暂停了生长，我则流出了身体内部的血，暗红的血。刀是暗红的，草也是暗红的，我也是暗红的。

那天的血确实流了不少，我对刀产生了憎恨。这是刀锋利的功劳。我一起憎恨的，还有半篮子的草及篮子，它们也不幸地倒在血泊中。其实我说得有点浮夸，总而言之，那天我流了不少血。洪水决堤的镜像，一度使我捡拾着大地上的土坷垃，试图堵住腿部止不住的暗红。当看到半篮子的野草被血污染，浑身上下布满了暗红的伤口，我真有点想流泪的感觉，流泪的原因也许是疼痛，更多的则是恐惧在作祟。我竟然有一种奇异的幻觉，眼前的野草分明就是一丛吸血鬼，在不动声色中张开血盆大嘴。

割牛草，这是我童年时期放学后或假期里的乡土课。我曾经在乡村文章里有过类似的表述。乡村的孩子，要养活书本上的蝌蚪字，还得养活门前树桩上的牛羊和圈里的猪。这是一个人的使命。按照父亲的教诲，我割野草喂牛，牛帮我们家干活儿，然后种的庄稼收获了，我则有了生活的饭菜以及上学的费用。这似乎是个充满着生存逻辑的路线图，像绳索一般，禁锢在我与童年的腰身上。我必须爱上那把柴刀，爱上竹子编制的篮子和旷野里这里一丛与那里一丛的野草。

血在生活面前毫无抵抗之力。唯有坚强，唯有自行疗伤、自行结痂，这是对肉身继续存在的一种妥协。除此之外还能怎样呢？生活从来不向任何人妥协，只有自己先妥协。父亲看到了我拖着受伤的腿、半篮子暗红的野草，眼睛里的红，暗得更加深邃了。我以为他要关心下我的腿，顺便问候下那把可恶的柴刀，这是人之常情。但是父亲朝着半篮子野草扑了上去，嘴里表达的是，牛吃什么啊？老天哪……

"老天"，这是父亲唯一的口语，也是他在无奈的时候，一句关键的呼喊。天，对于大地上的耕耘者来说，是多么苛刻而又奢侈的一个命题，我们都是她的子民。靠天吃饭，天人合一，一切都是老天赐予的，这已成为劳作者对抗生存的依靠与祈祷。父亲嘴里每次呼喊出这个词语时，刀刃锋利地从眼前呼啸而过，寒光拂过一个人的内心，我有种说不出的悲凉和无助。原本都要结痂的腿，再次有了裂开的欲望，暗红就要涌了出来。

我有点失望。这种失望不只是来自父亲。因为父亲和我可能都沉浸在一种无助的失望之中。我们都在失望里挣扎、麻木与继续苟活。

我不知道那天的牛，有没有吃我刈割的、带血的野草；它布满了暗红的血，还有暗红的伤。我喜欢牛的一个经典动作，就是反刍，反复地咀嚼。的确，一个人如果反复地去品咂、反省，人生的况味也许就愈加真切、淋漓。

牛后来有没有吃那带血的草，已经不重要了。那伤口已经在腿部结痂，痊愈也只是时间的问题。野草无罪，牛更无罪。即使它非要咀嚼上千万遍，那一定也是因为其他的事情，比如旷野、麦田或者更深的荒凉。当然，即使牛吃了那暗红的草，一遍又一遍地反刍，又能如何？难道那血会沿着野草的来路，抵达它的胃部、血管和骨髓？我祈祷童年的暗红之血，没有让牛引起反感、呕吐等生理上的任何不适反应，以安慰我的血没白流。

不幸的事始终以意外开场。暗红的事还是不请自来。这次对象不再是我童年的腿部，而是我家散养的小牛犊。

人世间许多的事情，常常有悖常理。我说的当然包括父亲。想当初，在我和牛之间，父亲理所当然地选择牛，对此我是能理解的。在与大地、天气对抗的搏斗中，我是毫无用处的，甚至是累赘，论力气，我是斗不过牛的。鲁迅先生说，他好像一只牛，吃的是草，挤出来的是奶和血。每念及此，我的内心里充满着由衷的敬意，还有莫大的羞愧。我要是吃了草的话，别说奶和血，估计一个屁都放不出来。不只是我，相信大多数人和我没什么两样，我们已经不会反刍了，我们与草的距离，早已成为沧海与桑田。曾经我们以草为粮、吃草为生；而现在，漫山遍野的野草，在城市不断蚕食村庄的图景下，以席卷一切的疯狂涌入空荡荡的村子。草的再次赴约，看不到了当初堂前的燕子，满目是坍塌的土墙和沦为空巢的房子。当年的那些吃草的牛呢，已不知所踪或下落不明。

我承认父亲在牛与我两者之间的选择是正确的。可是现在他要对一头小牛犊下手，要用一根铁条，饱蘸着火的暗红，穿过血与肉，这血淋淋的场景，让人战栗而又期待，还让我有些愤怒。我对当年那篮带血的野草耿耿于怀，我怀疑牛吃了那受伤带血的野草，它那重复的反刍动作，是在述说那篮野草难以下咽？或者是对野草的怀念？反刍，是牛对野草反反复复的回忆与感恩。

我知道父亲不会为了当年血草之事而报复。相反要是我欺负了小牛犊，准会遭到他的打骂。这样的想法，只能来自我的幼稚、天真和自作多情，因为我知道在我和牛之间，父亲的天平总是倾斜的。一头牛的重量，始终超过我的体重。

尖叫。我有点失了声，夹杂着不解、愤怒、恐惧，还有不安。我想大声告诉父亲，我已经原谅了他，当年的血已经流回来了。喑哑。静寂无声。父亲，一层又一层的看客们，甚至包括磨得光滑发亮、牵绊一生的拴牛桩。一切都在装聋作哑。

那天的一幕于我是陌生与令人胆寒的。那一刻我紧闭着双眼，只能听到父亲和看客们的欢呼、狂叫从指缝里传来，还有无尽喝彩的声响，我似乎还听到了鞭炮的叫喊。事后，看客们对这一幕叙述起来滔滔不绝。我不敢说如江河的流转，至少如乡间那哗哗流淌的溪水，悲伤早已演奏为欢快的音律。血流成音乐，哀还是乐？

父亲和看客们说，当烧红的铁器，带着火焰的炽热和凝重的暗红，穿过牛犊柔软的鼻子时，一股热血，伴随着一声悲鸣，以喷涌的方式，朝着天空，直线飞溅。

淋漓一场暗红的血雨！

3

我持续不断地保持一种状态，就是无来由地流鼻血，莫名地流。流血是常态，不流血反而是病态。这已经成为镶嵌在身体深处的某种顽疾。实际上每个人都或轻或重有暗疾，或醒着，或沉醉。我不知道鼻子会在什么时候革命，什么时候溃败；但可以肯定的是，它要流血。暗红的溪流，蛰伏在肉身的某个角落，以一种泉水无声的方式，涌出。

轮回的宿命？我和小牛犊，在相同的位置，弥漫着暗红。

4

在街头，我经常与献血车相遇，熟悉或陌生的城市，总是能巧遇到献血车，停泊在街角，红色的十字，勾引起我内心的暗红。献血车一泊就是一整天，从粉红的朝阳升起，到暗红的残阳西垂，好似一个验血、抽血的过程，然后沉寂、隐遁，阒然无声。

失血者大有人在。每天都有人到献血车旁献血。我猜测在世界的某处，一定有人在失血。过多的失血，使得献血车有了存在感。是冷兵器的锋利，还是无数猛于虎的车祸？或许这样的场景，每天都会在医院里上演：长长的队伍，等着验血、抽血、献血和输血，不管是哪一管血，我看到的颜色都是暗红的。这应该不是血的问题，我以为，这是我的眼睛出了问题，或者是心里出了问题，不然对万物为何总是涂抹一层灰色的滤镜？就如这血，暗红的血，我可以倾听到它的重量、多元和无限的可能。

我对一管管血产生了同情与眷恋。贴着肌肉、骨骼的经脉，以弯曲蜿蜒的方式抵达肉身的每个角落，隐藏在肥胖、松弛、慵懒、懦弱、恐惧、痛苦以及崩溃的各种境遇中，它时刻要面临着创伤事件的发生。肌肤发生的叛逆，造成缺失性的输血，这是皮与肉的搏斗。然后经脉在一根空心针管的引领下，沿着管壁，完成一次日常的回血，使得某个生命获得救治、存活，也就是说完成另一管血的嫁接与重生。血中有血。这管血与那管血，达成了某种妥协与融合，然后继续在肉身里来回奔走。

我见过贫血的绝望。不是所有的小溪，最终都走回大海。很多的血，从血肉之躯上抽出，要面对绝望与死亡。这不是来自血的绝望和死亡，而是来自一个沉重的肉身，再多再热的血，都无法支撑起一个人骨骼的硬度。这让我想到文学作品中的"人血馒头"，在鲁迅的笔下，沾满再多革命者的血，再营养的馒头，恐怕也难以医治好小栓的肺痨。这不是血所能达到的地方，它需要焚烧、涅槃，还有血与火的锻造。从这层意义上说，暗红之中应该包含着骨与铁。

　　我很想献血。走过街角，眼神总要朝献血车里探望，希望穿着白大褂的那些天使走出来，把我按在献血桌前，抽血。一个人只要内心还澎湃着热血，不管卑微的、渺小的，还是苍白的，就可以证明生命的存在。

　　可是我只能把这种场景归结于幻想，或者是我的狂想症。因为我的鼻子是个自由任性的孩子，带着十二分的顽皮，鼻血总是在你猝不及防的时候来到。大量的血从鼻孔中泛滥，成灾。暗红的血，完全把我置身于山巅之上，让我随时有坠入深渊的危险。它是多么的抗拒针管，只要鼻子一热，或者一个箭步，那暗红的血，便倔强地绕过针管，肆无忌惮地朝着天空、大地和人群倾吐，完全忽视一个肉身生命的存在意义。

　　看着那些穿着白大褂的人从我身边厌恶地走过，扔下几个冰冷的疙瘩，我被砸得生疼。嫌血多了就去献血，别在这里浪费！我堵住了自己的鼻孔，却无法堵住伤口，还有暗红的嘴巴、词语。趁血停顿的片刻，我风一般地逃离了医院。

5

　　母亲对我鼻子的持续出血，陷入深深的自责之中。这倒是新鲜的事。

　　我始终以为，鼻子出血，应该是身体内部的某座堡垒正在被攻击。血就是从那段坍塌的墙壁里逃出来的。血，就像皎洁的月亮，盈则缺；涨潮的大海，满则溢。一个人身体内不能拥有太多的血液，过多血的存在，造成心脏的负荷，沉淀下来，就会形成血块。结痂，那一定是受伤后的自我治愈。这与胭脂树相通，我忽而有点怀疑，造成我鼻子持续不断出血的罪魁祸首，是血苋？还是童年里我过多地摄取了植物血苋的汁液，以致鼻子不断地出血？这是一种轮回，还是一种补偿？这来自大地深处的汁液，裹挟着阴暗之冷，改变了我对血由鲜红到暗红的认知。

　　几十年来，我看到了山川河流的雄伟气魄，也看到了日出月落的婉约抒情，见过高楼别墅里的悲苦愁容，也见过衣衫褴褛独行客的快乐歌声。岁月以血的方式，徐徐沉积于众生的内心，推动时间的脚步，谁的内心不是伤痕累累？

　　我实难相信母亲的述说。对于那片血光或者血海，我无法挥动想象的翅膀。按照母亲的说法，只觉得当时暗红一片，从她的身体下漫漶开来，然后慢慢扩大，扩大，流荡在苍茫大地、血乳大地。那一刻，她听见了一声新生婴儿的啼哭，然后昏死了过去。她说她像一叶孤舟，浮沉在暗夜里；像迷途的野兔，惊悚在树林里；甚至像跳到渔船上的草鱼，裸呈在天地间。

　　母亲说，我的出生就是伴随着血，河流般的血。她也不知道，一个人怎么会有那么多的血？暗红的血，像无数道溪流，四散逃窜；像一个犯了事的少年，慌乱地奔跑在逃亡的路上。晚年的母亲一想起这事，就神情落寞。她常常责怪自己，没能在分娩的时候保护好我的鼻子，也许就是在那一刻，一股暗红的血流进了我的鼻孔，造成我身体内的血液经年地出走与逃亡。

　　我倒没什么悲伤，除了不便于在献血车前领取一张张献血证。其余时刻，它丝毫没有阻止我学习、工作、生活。面对习惯性流血，我已经找到了血流的弱点，比如用棉花堵住鼻孔，用凉水洗洗脑门；再不济就举起双手，向天做祈祷状……种种方法总有一样能够阻止这任性的暗红血液。有人告诉我，血是可以再生的，这让我倍感乐观。也就是说，像我这种流血情况，血是流不尽的。人体本身就是一个无穷无尽的大海，潜藏着无数的水系和暗流，也许不止一种暗红的液体。这我倒愿意相信，因为我确实看到过一种晶莹剔透的液体，从一个人的眼睛里流出来，好多好多，怎么也阻止不了。

　　我是不会血流满面的。当然如果要是为了母亲，我还是愿意的。我看着经常从鼻子里流出的血，但愿那不是母亲身上的血，更希望这迷路的血能回来，回到母亲的身体内部，治愈她后来因我造成的失血、缺血。衰老的母亲一次次跟我说出生的事时，我会失神，盯着她满头的银发。根根透亮透亮的华发，水银一般，就像昔日母亲的针脚，一字一句，缝补在我的心坎上，涩，痛；迎风时，我有种想流泪的感觉。

　　母亲的故事，让我对"骨血"二字有了深刻的感知。大地的所有孩子，都应该是母亲用经年的血，一天天、一年年孕育的结果。最初的我们，总是以卵子与精子的形态，在血与水交融的子宫里扎根、萌芽。在这种萌芽之前，不是等待，不是守候，更不是呵护，而是在一次次经血的仪式中，伴随着无法克制的疼痛、冰凉及虚弱，保持生命的活力，母亲们要守卫一块身体内部的血壤与花园，迎接生命的诞生，然后衰老、死亡。

鼻子又出血了。流吧，暗红的液体，反正身体内有一个海洋。流吧，尽情地流吧，也许以这样的方式，会减轻我身体内部的潮汐。这世界上，爱流血的人，也不只我一个人，如母亲，还有妻子，还有我的姐妹及天下所有的女性。

6

父亲与我不同，明显的差异就是他不流鼻血，这确实让我有点惊诧。河流般的血，暗红的表情，如何贮存或汹涌在父亲的肉身里？还有一种可能，父亲的血以另一种方式流失掉，比如以泪水或汗水的面目，穿过皮肤的表层，汽化在空气中，但我从没有见过父亲流泪。相反，父亲给我的印象，停留在童年时父亲给牛犊穿鼻环的情景。他自己没有流鼻血，但是却通过一根细而坚硬的钢筋，从牛犊的鼻子里钻出杂乱无章的暗红，完成对不堪生活的对抗。

红是父亲的护身符。他喜欢的红，不是大红，也不是那种浅层次的粉红、淡红，而是那种略带深沉的暗红，一种沉浸到生活底部的色彩。这种红，按照他的说法，就是雨后天晴的红，是炊烟袅袅的红，是鸡鸣狗吠的红。不经过审视、没历经风雨的色彩，都不叫色彩。我也是这么认为的。

逢年过节，父亲总要给牛槽或者犁铧贴一张暗红的纸，有字或无字；给家里的鸡圈、猪圈门前，也贴上写着"六畜兴旺"的红纸。大姐、二姐结婚时，他把村里所有的行道树都一一贴上红方块。在他的背上，至今还有个暗红色伤疤。那是生活对他最高的奖赏，至今也没有痊愈。

父亲的这个伤口，是他与大地搏斗的结果。这是让我极其忧伤与悲痛的事。我曾多次目睹他用一根扁担或者其他笨拙的农具，在阡陌上与泥土、庄稼搏斗，他所能凭借的仅是肉身的力量，还有阴晴不定的天气。天气和节气，就是主宰着父亲的神灵，他用赤裸的脊梁、暴起的青筋，还有耕牛般的背负，演绎泥泞的日子。他以为靠勤劳、善良，甚至生死的考验，就能获得生存的奢望。实际上他多次在变幻莫测的天气面前，看到了庄稼一溃千里、一败涂地的窘境。其中的无奈、绝望和孤立无援，一层层累积在他的背上。我以为在父亲的内心，有个伤口至今还在持续地喷血。只不过我的鼻血是向外的，他的血是向内的。

母亲说到父亲，有点害羞的神色，对暗红色的往事如数家珍，她特别提到了一块红布。那是母亲结婚时的红盖头，当年父亲就是靠着这块红布，把新娘娶过门来的。一块红布，是的，就是这块红布，新娘后来成了我的母亲。后来父亲把这块红布始终藏在箱子底下，折叠得很是整齐。尽管我们多次搬家，但是父亲始终珍藏着那块红布。母亲几次要把它给扔掉，都被父亲铿锵地挡了回来，神情极其愤怒，但终究忍住没有朝母亲发火。

我对父亲的往昔难以释怀。我在一本书里多次写到父亲的故事，尤其是那两斤小麦的事情，分家后的最大财富就是两斤小麦。仅有的口粮。我是难以想象当时母亲的心情的，这事在当下，完全就是天方夜谭。但是那时确实如此。母亲紧跟在光杆司令一般的父亲身后，拿着那块红布。父亲到哪儿，母亲就跟到哪儿。可悲哀的是，年轻的父亲他自己都不知道能到哪儿去。民间所谓的成家，就是意味着独立，就是赤手空拳地被赶出家门。从一棵老株上分离出幼苗，这是民间家族分蘖的常见方式。父母他们当时仅有的，除了那点口粮外，就是那块红布了，暗红色的，像天边的晚霞，闪着微光。

但这块红布曾不知所踪。这块红布的失踪，与一件离奇古怪的事情有关。人到中年的父亲，曾遭遇一场罕见的顽疾。罕见到当地的中医、西医都束手无策。父亲在白天的时候看上去是正常的样子，可一到晚上就滚在床上喊疼，那凄厉的叫声，让人不得不相信父亲真是病了，可是连省城医院都查不出病因。不可思议的是，父亲还满嘴胡言乱语，糊涂上来的时候，一会儿说他看到了天空是血色的，还下着血雨；一会儿说他看到一条巨大的赤练蛇爬过门前；甚至，他竟然说出造成他疼痛的病因，是母亲出嫁时盖的红盖头。

事后，造成了我对夜晚的忐忑、畏惧，以至万物在我内心里此后都变得高大、陌生与巍峨。即使是一棵贴地生长的野草，我也无法窥知碧连天里的葳蕤。谁也不知道，它们会不会在暗中窥探你的一举一动，明亮的，暗淡的，肮脏的，美好的，等等，不容你心里藏有丝毫的污垢与斑点。

按照父亲的呓语，人们在隔壁人家的米瓮里找到了那块红布。父亲躺在床上，紧紧握着那块红布，看着满含热泪的母亲，拉着她的手，给我，给在场的所有人，讲述那块红布的故事。

不可否认，我们当下的生存是迅猛和草率的，生命里不乏消沉灰暗、明媚绚烂。或许世界本身就是暗红的，充满着骨与铁、红与黑、爱与恨、伤与痛、绝望与希望，还有丑陋与美好。所以在生活中，我们总是捂着伤口微笑，然后在微笑中回血。

鼻血再次造访，大有流成河的趋势。堵是堵不住的，只能仰着头，注视天空。

等待火车的人

　　一只巨大的灰色蜥蜴，铁轨是它整齐又悠长的尾巴，一格子一格子地卧在石子和枕木的肩头上，一直逶迤到无穷。法国历史学家费尔南·布罗代尔说过类似这样的话，他把城市比作一座巨大的变压器，以加大电压加快交换速度的方式，持续充实人类生活。火车站是城市这座变压器的"铁心"部分。火车站内部分为上下两层，一层地盘属于南来北往、风驰电掣的火车，另一层属于无数熟悉或不熟悉、短暂停留的过客容身之处，即候车厅。从上到下，从下到上，它以偌大椭圆形的路线图，穿过旅行者、漂泊者以及无家可归者的时间之河。

　　也有人形容它是一个巨大的容器，一只持续处于蒸煮、砥砺的容器，宽容、沉默、憨厚，正点和晚点，还有方便面、面包、开水、大包小包，自带板凳、方言、瞌睡，等等，这是它立体的斑纹。它跟一般的瓷器或铁器不同，没有底，也没有盖，有点悬空的恍惚；穿行其中的，是天南海北的过客。有苍老的、年轻的，有大呼小叫的、也有面带愁容的；不管你是进城务工的农民、假日归来公司上班的师傅、从外地来上学的大学生，还是远方来此观光的游客，一人一个座位，它统统收入怀中，用它钢铁的怀抱，拥你入怀、入梦。天亮，随着一声鸣笛，一个令你期待的、梦寐以求的城市出现在你面前。它能温暖地接纳你的到来，同样接纳你伤心欲绝的离去。流水的人群，不断地有人涌来，不断地有人潮去；有人就此安营扎寨，安家落户；有人就此"挥手自兹去，萧萧班马鸣"，在大地上刻下一道人生的射线，再也没有归来。

　　因此，有人责怪火车站它心怀鬼胎、面和心不善；它明修栈道、暗度陈仓；它是变形者、隐形人或者魔法师。如果我们把大厦、小区、道路和霓虹灯看作一个符合语法规则的句子，那么火车站就是那个不安定的、极具破坏能量的动词，它的到来，给时间、生活等所有的一切都带来挑战，带来动荡。它不只是带来了远方的种子和人群，带来了远方的天气、尘埃和陌生；还带来了非洲大陆、地中海等世界各地的信息。生活在别处。自此，你的内心里开始埋下了逃逸的种子，一个工作上的不如意，或者生活里的幽暗，因为火车站的出现，你有了满世界走一走的冲动。那个充满着重重心事的家伙，正张大那个灯火辉煌的嘴巴，随时可以把你吞进去，扔在一张卧铺上，然后在深夜里带你离开伤心地。从某种意义上说，火车站的出现，让我们每个人对自己、他人和世界都有了非分之想，出发与抵达，逃离和归来，追逐与逍遥……

美国建筑学家刘易斯·芒福德在《城市发展史》中写道，我们的整个星球将会变为一座巨大无比的蜂巢。如果芒福德的说法是一种隐喻，那么这些大地上的火车站，就是具象的铁证。白天的火车站就是一只不产蜂蜜的小小蜂巢，固然车站没有洋槐蜜、葵花蜜，但是它可以给乘客们带来远方、繁华、旅途、梦想和别处的生活；这算不算是另一种蜂蜜呢？从车站里走出来的，或者正往车站里去的人，他们各自背着巨大或者微小的包裹，就像那蜂箱里飞出的蜜蜂外出奔波。

夜晚的火车站外灯火通明，灯光无情而又泛滥，明晃晃的，从高处倾斜下来，流泻在地面上，莫名地让人心慌。而候车厅里，半暗半明，灯光拥挤在一起，明亮的光斑，似乎带着某种压迫，人群黑压压的，聚集在一起，沉默着。有人在偷偷地吃东西、喝开水，有人横卧在座椅上呼呼大睡，更多的人抱着一只手机看电影、玩游戏。任何人都无法躲藏，逃脱。即使你是夜归人，灯光同样对你形成一种昭示，出口的路是畅通的，前面深夜的公交车、出租车包括还没有停班的地铁，齐刷刷地在各自的岗位上守候着，你无处可逃。

我对这样的夜行是充满担心的。城市纵横交错的空隙里，水泥与钢筋的杂交与疯长，大量植物与花朵渐渐分离，包括种子、花房和春天，城市宽阔的马路在方便我们的同时，也在不知不觉地改变着我们的行走，从生疏到产生依赖。我们失去大量的土地、小河、野花野草，还有曾经在深夜里奏鸣的叫不上名字的昆虫。城市的生长，我们的奔走，就是为了渐渐远离这些卑微、渺小，远离这些幼小的生命、无名的花香，还有一些若有若无的叫声？沿着这些精致的宽阔直线走，我们可以毫无挂碍地抵达车站，抵达商厦，抵达写字楼，抵达菜场。行走的最后，你会发现再喧闹的人群，再高的城市大厦，拯救不了我们内心的某种坍塌，孤独无依。这种困境，经常在我匆匆赶往火车站之际氤氲、漫漶，出租车在高架上奔驰，两边的楼宇和漫长的路面，它们在撤退，我在前进；我在后退，它们在前行。

火车站在我梦中反复出现。这种出现是无来由的，毫无征兆。不似大雨滂沱前会出现电闪和雷鸣，或瞌睡前眼皮上下的挣扎与打架，地震前鱼鳞状云片的大面积出现或大地上各种动物的狂奔与不安。它的无端造访，让我怀疑这是在暗示我与时间、我与火车存在某种隐秘关系，或是要开始一场搏斗与厮杀。这让我惊恐、凌乱和一头雾水。

直到我一次偶然返乡，在火车站看到了夕颜。瘦小单薄的夕颜，穿着红色的马甲，身上斜挎着写有"文明志愿者"几个黄色楷体字的绸带；手里拿着一面红色旗帜，站在火车站内志愿者岗亭中，对着黑压压的人群，睁着她那微小而聚光的猎人般的眼睛。那份迷人的神圣与专注里，藏着随时可能需要提供给乘客的帮助、解答和无奈。规范的语言，职业的微笑，还有一整套业务熟练的服务辞令，我看到了一个专业的车站工作人员的身影。检票、整队，提醒车次站台，带老年人过安检、乘电梯，为孕妇提扛包裹，给行动不便的人送去热茶，忙得像一只穿行在春光里的小燕子。

夕颜在火车站的出现，出乎我所有的想象。这种想象，是天之涯与海之角的遥远，也是塞北沙漠与水乡江南的迥异。夕颜那份属于铁路的熟练业务震颤了我。这不是一天两天的功夫，也不是两月三月的训练。火车站就是个物质世界的窗口，众生的窗口。众声喧哗，形形色色的乘客都有，如深夜外出打工的人、抵达陌生城市的求学者、与丈夫吵架离家出走的女人，因老年痴呆迷路找不到家的人，还有午夜酗酒失意的人，一张火车票，憧憬的、绝望的，悲伤的、愉悦的，统统都在那纸片的单薄里，薄得有点锋利，有点羸弱。随着时间一声号令，转瞬劳燕分飞。他们就像千万尘埃里的一粒粒，淹没在汹涌的人潮里。看起来与他人无关，可没有人是一座孤岛。现在，他们走进火车站，走到人生的悬置地带，走到乐曲的低音部，走到人生的岔路口……蓝色的火车票，面目不同的身份证，指向生命的漂流、迷惘与无尽的未知。

他们需要有人从水中打捞，需要有人指点迷津，需要有人挥动手中的旗帜。

现在，夕颜出现在火车站志愿者的岗位上，熟练，职业。

陆地上的灯塔。

这是我一个有着十多年乘车经验的老乘客对他们的修饰与比拟。经常坐过站的我，与他们打交道较为频繁，他们不会像这些新奇的志愿者，保持着饱满的笑容、热情，还有那双灵动的眼神。他们像火车软件上的某个程序员，随着乘客输入的各种指令，然后从他们毫无表情的脸上，给出答案。这不是冷漠，也不是一份职业的倦怠。其实正是因为负责，那些解答在他们的职业生涯里，早就读上写上念上成千上万遍。有人说，即便是肖邦创作的钢琴曲，你若重复弹上一万遍也会疯掉的。那些无意义或者没有科技含量的重复，一天、一月、一年下来，必须多年如一日地，保持着第一次的饱满与热情；就像有人拿着一把木工的锯子，它闪烁着阴森寒冷的白光，在你心上日夜来回地拷打与摧毁。

我知道夕颜成为火车站志愿者，已经是我在北京工作一年后的事情。那时候我们彼此都经历着颠沛流离，背井离乡，我们各自安家在不同的城市，一个在北，一个在南，中间是无尽漫长的火车铁轨。我们都在一列列火车的牵引下，抵达各自所谓的远方。城市的隐秘、茫然和未知，成为我们各自面对的恐惧和不安。夕颜彻夜焦虑，脾气渐渐暴躁，甚至患上了神经衰弱症，整夜整夜地失眠。每天晚上从单位下班回来，只有枕着火车的铁轨声或倾听着火车的鸣笛声，方能短暂地进入睡眠。这都是后来当我知道她成为一名火车站志愿者后，才知道的一切。

夕颜每天天不亮起床，做早饭洗衣服，然后送孩子去学校学习。剩下的空余时间，夕颜就按照事先的约定，从家门口乘坐地铁1号线折转到火车站报到。火车站一楼的拐角，有间志愿者办公室，专门有人负责这项公益的事情。志愿者活动，成了城市的一部分，这我在北京以及其他城市相继看到过，这些活动有环保志愿者、小区安全志愿者、社区关爱老人志愿者，等等，这些人的出现，给城市的荒凉带来些许温情和暖色。半个小时的业务培训，夕颜和前来的其他志愿者，陆续到自己的岗位上。志愿队伍里各色人等都有，有退休的工人，有事业单位人员和公务员，也有老板、医生、教师和大学生，他们穿上志愿者的服装，像个称职的士兵，精神饱满，眼睛发光。

看着夕颜每天开心地上下班，我不免好奇，问她，累不？你不知道，火车站，城市的大窗口，他们每天都可以看到很多有趣的事情发生，比如带孩子的乘客上车，结果忘记把孩子带上了；白天坐高铁的人，多是西装革履或者做生意的老板之类的人，到了晚上，做绿皮火车的，多是一些外来务工人员，他们大包小包，有的背上扛着个蛇皮口袋，包里和袋里不是换洗的衣服，就是睡觉的棉被，手里还拎着一些锅碗瓢盆。他们候车时，总是习惯在躺椅或者地上铺上棉被，然后开始听《呼延庆打擂》，直至睡觉。有的人睡觉大意，结果一觉睡到天亮，那班火车早就走远。醒来后的他，跺着脚，站在大厅里，冲着车站工作人员无奈地吼叫，这可怎么办？俺要赶回老家去，带俺老娘看病呢！你叫火车等等俺？他拽着工作人员的衣袖，死活不肯放手。站里的人同情地看着他，不知道说什么好。夕颜还告诉我，她见过一个年迈的打工者，古稀的年纪，头发斑白，驼着腰，挤在人群中买票。现在的卖票窗口，排队的多是退票的人，和那些不会通过智能手机买票软件买票的老人。科技的发展浪潮，把更多的老人推到沙滩上，他们就像是时代的落伍者。夕颜有点眼圈发红。对科技与人的矛盾，我和夕颜曾有过讨论，她的观点是，科技的发展，先进的同时也不应失去它应有的温情与体恤。她作为志愿者走过去询问时，年近七旬的老人手捧着零碎的纸币，站在队伍的后面，绝望地排着队。老人说，他都排了一下午的队了，还没有买到回家的票。老伴生病发烧了，躺在家里的炕上，等着他回家带她去医院呢。卖票窗口附近，还有一些打着地铺的买票者，他们寸步不离，隔一段时间就爬起来趴在窗口问，有没有退票的？

夕颜问我，你知道老人打到工挣到钱没？

我不知道。疑惑的是，这么大年纪，谁家的厂矿企业会收留呢？

是的，老人刚来城里几天，工还没着落呢，这就要急匆匆地赶回去。唉，可是连回去的路费都不够！

夕颜眼里泪水盈盈。我的注意力还停留在那位老人身上，后来怎么办的呢？夕颜说，是站里几个志愿者和工作人员自己凑了一些钱，把老人送上了车。

类似这样的情况，在火车站几乎每天都能碰到，当然也有骗子，套取别人的同情达到挣钱的肮脏目的。这我有亲身体会，在上海虹桥车站出口处，我曾迎面碰上一位看上去老实巴交的大姐，恳请我为她买一张地铁票。她朴实无华的打扮，让人不忍拒绝。事实上，我给她买了票之后，她没有离开而是继续等待下一个猎物乞讨。夕颜也被骗过。夕颜说，最难过的是，看到那些情况，你却没有能力帮助他们，或者说帮不过来，无力感让她感到绝望、悲哀。

我在电话里安慰她，累的话，就回家休息休息吧。

夕颜隔着听筒坚决地说，不。

火车站，城市的一扇可以呼吸到新鲜空气、看到众生风景的窗口，高楼，雾霾，浓郁的商业气息，宽阔的寂寥无人的马路，人头攒动的人群；这里没有小心翼翼，没有尔虞我诈，没有勾心斗角，大家都在候车厅里，谁也不认识谁，也不需要提防，更不需要戴着面具，他们当着你的面，诉说自己的不堪、悲伤和愉悦，所有人都是过客，相遇就是一种缘分。庆幸，在城市的繁华地带，有这么一个美好而又破碎的人间场所，可以窥视到生活的根部。

夕颜说，做志愿者，她感觉到活得真实、率真，有劲头。

我赞同夕颜说的话，坐火车和做志愿者一样，最好选在夜晚。夜晚的人，会因为有了黑夜的保护色，卸去白天里所有的伪装。我把自己所有的远行，都安排在深夜的静寂里。只有万籁俱寂，你才会听到火车怦怦的心跳，与故乡、亲人相隔得如此之近。深夜的火车，像个不眠的猛士，穿行在无边的大地上。窗外是厚重的夜色，窗内是昏黄的日光灯，斑驳地照在旅客的身上和脸上，明明暗暗，若隐若现，拂过他们的梦乡。如果此时你在尘世的某一幢楼里还没有入睡，又恰好看到一列火车从你的窗前驶过，你是否会有这样的联想：一列内部隐藏着光芒的火车，一块黑色的蕴藏着无尽能量的煤，盛装着各种种子的箱子，在夜晚穿行。

大地上的巨型萤火虫。

夜空中降临在人世间的星斗。

车厢里那些怀揣着各种美好和希冀的旅客，他们星辰般地簇拥在夜行的列车中，火车的奔驰，带领他们穿过黑夜，穿过山河，穿过人生中属于自己的一段黑暗之路。天明，迎接他们的，又是一个自带光芒、满血复活的朝阳。

我告诉夕颜，坐火车的精彩与高潮，在后半夜。上半夜天南海北的人，正襟危坐着。两人之间互相提防着，彼此不信任，尤其是男女之间，永远保持着那条线，隔开人与人之间的信任、善良和热情，就像两块冰，保持着各自的温度，完全是一副老死不相往来的模样，而到了后半夜，这一切都不复存在了。男的，女的，老的，小的，衣衫不整的，西装革履的，浓妆艳抹的，素面朝天的，各色人等，他们横七竖八地躺着、卧着、趴着，都在时间的深邃里，进入休眠。漫长的旅途，漫长的夜晚，还有漫长的人生，他们似乎在这一刻获得一种精神上的放松。呼噜声、磨牙声、梦呓、小孩的惊叫，还有偶然传出的放屁声，混成一块，尤其是不听话的放屁声，有的带高音，像尖叫的喇叭，有的像节日的鞭炮；还有一种放屁声实在有趣，应该是出自女士的身体，羞涩、谨慎、胆战、忐忑，像一只降临人间的小兔，莽撞、慌乱、惊恐，呆立在原地，不知道去往何方。可是人间的诱惑，又让它渴望，所以还是在犹犹豫豫、惊惊慌慌中迈开脚步，一个断断续续、窸窸窣窣、尖锐压抑的声音传来，完全像一个乐器初学者在夜晚的河边练习二胡曲。

而原先死守捍卫的规则，红妆或者素裹、男女有别等，在困意的攻夺下，城池完全失守，城门大开；有的抱着桌子，有的抱着包裹，有的趴在邻座陌生的肩膀上，有的把脚搁在对面座位的身上，大家相安无事，那么自然而又合理。一个贪恋美食的旅客，在睡梦中抱紧他人的脚趾啃起来，一个女旅客在梦呓里张开双臂，抱着邻座的男人，还有人从沉睡中摇摇晃晃地起身，站在过道上，大声喊着，我要小便！一声犀利的喊叫，把没睡着的和刚睡着的旅客惊起，一骨碌爬起来，大家捂嘴，遮住嘴角上扬的笑容；实在忍不住的，"扑哧"一声笑开了。别被这和谐乐陶陶的氛围所迷惑，其实只要等到火车到站，车门打开的一瞬间，他们各自扛着或拉着行李箱，头也不回地离开，陌生随即涌来。如果有人不死心，碰巧要到一个乘客的电话，打过去后，电话里则会响起一种拒人千里的回话，谁？不认识，想不起来。接着电话就那么尴尬地挂掉。脾气不好的，则在电话那端自报家门的瞬间，这边一句"打错了吧"，随即掐断。

我在卡夫卡的一篇同样写火车站的文章中读到："我生命中有一段时间——距现在已经好多年——是在俄国内地一个小火车站供职，在那儿我从来没有那么孤独过。出于多种与本文无关的理由我那时要寻找这么一个地方，那地方围绕我耳边的孤独气氛越盛越好。"卡夫卡在文中说他在一间小木屋工作，到火车站工作的原因，是在寻找孤独的力量。他说："我发现，把一个人持续地控制在孤独之中，是一种极大的力的较量，而且很难办到。孤独强于一切，它又把人赶到人群中去。"这让我一下子明白了夕颜到火车站的原因。

经济发达的城市，总会产生一种幻象，众生都在物质的轨道上疲于奔命，口中、手中、眼中及心中，都是丰盈的暗影。所有的人都一窝蜂地盯着那条物质标准线，挣扎、拼搏和承受，城市越来越胖，楼房越来越密，人群越来越庞大，孤独越来越盛大。我想象着夕颜每天下班以后，从学生和家长拥挤的大门口走出，然后形单影只地步行在左侧钟南街上，这是一条从荒凉到繁盛，用时不到三年的街道，原先是芦苇、断桥、零星的农人栽种的菜园，还有人烟稀少的地铁口。三年后，道路两侧，七八家学校，商场、大医院、电影院和密匝匝的住宅区，从地面上刺棱地冒出来，长到白云的地方。夕颜走在路上，如同在海底、在峡谷里穿行，抬头望去，一层层高楼，以俯视的方式挤压、聚拢，化为齑粉的阴影笼罩在夕颜的头顶。走完这段艰涩的路，抵达绿植葱茏的小区。接着夕颜还要忍受住宅区高层热闹与冷清的压抑，她无力反抗，也无法拒绝，因为这里就是她的栖身之所，她必须面对邻居热情的招呼和温馨的问候：一个人啊？他们知道夕颜一个人，男人在外地。夕颜告诉我，我不在家的日子，她逃避电梯的围追堵截，转而走人工楼梯，弯着腰，沿着这站立的通道，一层层爬上五楼的家。她整个人瘫痪在沙发里，喘着气，一丝也不想动。累、饿、烦躁、凄清。寂寥的墙壁，四维的白色将她立刻包裹起来。

　　不同的城市，相同的白色墙壁。我和夕颜都在经历着彼此。那时候我唯一的盼望，就是等待假期、等待节日、等待下一个时间的缺口，冲到北京站，买上一张火车票，随着绿皮火车在铁轨和飞速滚动的轮子撞击声中回到夕颜的身边。那一刻，火车站与我，像棵老树，错节盘根的老树，枝繁叶茂，郁郁苍苍，深扎于我和夕颜的内心。那种庇护和依赖，成为我生命里不可或缺的部分。

　　夕颜给我讲述她去火车站做志愿者的时候，我丝毫不觉得惊讶和不解。倒是夕颜嗔怪我，我怎么对她的事情一点反应也没有？出轨，还是心中有了新欢？我从沉思里惊起，不是的，我辩解道，我挺高兴她能找到这样的志愿工作，真的，这里有归来，也有远行。你可以原地不动，当然更可以在衣兜里揣上一张火车票，任意去哪里，不问时间，不问理由，也不问天明以后，就是随着火车和长长的轨道，无止境地跑下去，跑下去……地球是圆的，终有一天你会发现又回到这里。最后一句话我并没有说出口，而是换作了另外一句，你会发现不一样的风景，不一样的期待，不一样的人生。夕颜得到我的肯定，有些羞涩，约定明年暑假再到火车站做志愿者。事实上最后一句话说的是我自己。我也渐渐明白，曾经一心要逃离和漂泊，而现在想的是，早一点返航与归来。

　　我从来没想过这种生活会早早结束。两个人的火车站，城市与城市之串联的两个动词，或者是两个无限令人着迷的花房，转瞬有一个要走向枯萎和凋零。当我知道夕颜在一次春天的例行体检中，发现身体的某个地方发现了问题，有继续恶化的可能，继而引发殃及整个身体的危险，内心有过愤怒，抱怨过上苍的不公。一个人，把火车站当作修道院，日常进行着自己的日课，修行自己，也渡他人，为何如此残酷？

夕颜从住院到出院，从手术到放、化疗，有过不平、哀怨，甚至悲观和绝望。与人为善、与万物为善的夕颜，她不明白世间万物为何如此无情？我不知道该如何抚慰她内心的皱褶和损伤。

我以为夕颜不会再去火车站服务了。这一生命的修行，于她是病痛和人生的无解。两年之后，谁知道夕颜在我出差的日子里，又去了火车站。一瞬间，我周身明亮，火车站的灯光聚集在我的内心，也照彻在夕颜的身上。

客居江南，奔波苏北，从一座火车站到另一座火车站，这已成为我的日常。漫长的路，停停顿顿的火车，支离破碎的夜晚，朦胧不开的清晨，成为我生命里的一部分景致。别离的风景，聚少离多的风景，焦虑守望的风景。之后所有的日子，都失去想象，兑换成现实的一张张车票，一张张弥漫着蓝色忧郁的车票。

在我看来，薄纸片的车票，婴儿手掌般大小的车票，不只是记录着两地的名称、车次、姓名和身份，还包括别离时候的眼神、沉甸甸的行囊、无数个担惊受怕的日子和空荡荡的夜晚。这也是后来夕颜成为志愿者的另一个原因。夕颜每次在我离家远行的时候，在大风嘈杂的声音里，都隐藏起她的万千言语，她始终没有肯告诉我。

夕颜说，在火车站待着，比在家要心安些。火车站里，思念的距离，就是铁轨的物理距离、火车奔跑的距离，只要她一抬头，就可以看到火车，看到铁轨，那一个个闪过的窗口，都是她守望我的身影。这使我对火车票产生了怀疑，薄薄的纸片，不再是木头与水分的变异与组合，分明是锋利的刀刃，它切割着时间的胖瘦、厚薄和长短，白天、夜晚、清晨和黄昏，节日和年关，短暂与漫长，有期与无期，全部打碎、碾碎，直到从繁复、立体、多元的内核里，打磨成为两条不相交的钢轨时间，几小时几分几秒。这张魔幻的车票里，隐秘着空间的挤压、重构，如旷野、村庄、山河、寺庙、步行街、地铁、城市广场、摩天大厦、地下隧道、立交桥、高速公路，还有天上的白云、空中疾飞的小鸟，午夜的梦呓、失眠的星辰、别离的人，等等，一切的时间形态转为空间存在，从固态到液态再到气态，甚至还包括那些隐约的虚无，所有的空间最终化为两端的站台、进口、出口。

电视、网络里每天都在播送各地火车站建成与开通的新闻，一个接着一个，赶场似的，占领着城市的封面。无限地延伸、疯长的铁轨纵横交错，像捆绑在城市身上的道道锁链。人们站在站台上、火车上，挥舞着风里的旗帜，叫喊着、欢呼着，跟着一列列开来的火车奔跑着。这样的图景里，我在想会不会出现更多像夕颜这样的志愿者，以及越来越庞大的志愿者队伍和越来越多的乘客？

重返村庄

1

野生植物，木本，有历史的根系，这是我对村庄极其私人化的比拟。她从荒原走来，也将向荒原走去。与我厮守几个月的倪园村，我在记事本上胡乱地书写着。村庄终将回到荒原，回到未知，回到虚无。大地回归混沌、空白与孤寂。

我幻想和迷恋生活着的世界的样子，应该是万物静默、杂乱无章却又顺其自然、无贪无欲的。我们终将无法抵达，但向前也许就意味着靠近。

倪园村，这是位于江苏徐州版图上的一个山村。是的，山村。准确地说，它确实有那种深山藏古寺的幽深、僻远与静寂，并有着沧海桑田的履历。原始、守拙、自然等元素十足，远离尘世的喧嚣。村里的人要想去市区，就必须经过那九曲十八弯的水泥石子路。如果我们站在山坡上俯视，会看到倪园村偎依在山脚下，在灰色石块与树木杂乱的遮蔽中，隐入大地深处。

这是我近期要短暂停留或者说有一部分伪生活将要在这里演绎的地方。文学和生活，我以为是有重合的两个不同的世界。比如倪园村。事物不是孤独存在的，它与周围发生着千丝万缕的关系，纵横交错，历史的、未来的，当然还有现实。我们很难窥知它的辽阔疆域。文学与现实，都有各自的辽阔和无限的可能。从文学的视角去解读倪园村，也许是一种看似清晰却又更加模糊的路径。在我看来，它像隐秘在山中的寂寞者、守望者，已经融入了连绵起伏的山脉里，用山峦般的呼吸，在时间的水面之下，保持一种默然。风吹湖水，淡然无痕或烟波浩渺，都是假象，唯有虚无才是永恒。

我说的吕梁非山西吕梁山。据考证，此地山脉的源头正是山西吕梁。在肉眼看不见的地底深处，它们以盘根错节的豪迈缠绕着、蜿蜒着。我对这样的山脉是充满敬意的。在泥土之下，它们以骨骼相连的方式暗中支撑着大地、村庄、时间，还有卑微的人们。不以峰的巍峨，不以岭的磅礴。它们所恪守的就是在大地深处蛰伏着，时刻等待迎接洪水的盛大仪式。山水相连，这是历史早就证明的宿命。"吕梁"二字，其中的"吕"字，不正是池塘的象形？天上辉映着地上的池塘；而"梁"，正是茫茫水域中的石头，无数大大小小的石块，在汹涌波涛的冲击下，形成一道石头堆砌的坝，这就叫作梁。水是大地的血液，而梁，则是大地的骨骼。倪园村正安居在这梁上。或许，不只是倪园村，我们不都是活在一种"梁"的上面？每个人的内心深处都有这样或那样的梁，这个"梁"也许是有形的，也可能是无形的。

倪园村确乎神奇，它以前名叫悬水村。顾名思义，悬在水上的村子。依傍山的村子，却有着水的名字，玄机重重，是大自然的内部秩序，还是天地之理？山因为水而存在，水因为山而抵达。

如果我们再沿着吕梁的根系深挖下去，就是城池了。的确，历史正是这么书写的。吕梁的吕，在春秋战国时期，叫吕邑，即吕国。《路史·周世国名纪》："吕，旋亡为宋邑。"周朝时期，吕就作为古国出现。《元和郡县图志》对吕梁城有着详细的记载：彭城县，吕梁故城，春秋时为宋邑，至汉为吕邑，城临泗水。一座村子的地下居然是一座古城，古城以村的形式延续下来。这一转念，又让我们念及这个村子的名字，悬水村。曾经泗水发怒，汪洋泽国，但该村却能随着洪水水涨村浮，像只遗世的兰舟，始终浮于水面之上。对这种传说我是没有办法去甄别的，大概是村里的人超乎寻常的美好想象吧。这是东方的"庞贝城"？也许这水以看不见的力量在冥冥之中庇佑村庄吧？或许这水不是自然之水，而是时间之水，不论历史如何嬗变，但吕梁作为古国的遗迹是不能抹去的。即便城池旧了、荒了、废了，但终究以城的名义存在过。明朝进士冯世雍在《吕梁洪志》中写道，它地势险要，是古来兵家战场。这种种记载，都印证了山村存在的使命。即使泗水泛滥，有灭顶之虞，村也能悬于水上。

位于江苏北部，五省通衢、南北咽喉要道的徐州，别称天师故里、刘邦故里，等等，这块土地始终伴随着传奇与神秘。这水、这石，还有这倪园村，在时间的纷乱与空间的整合里，总是有机地融合在一起，互为生长。这不由得让我想到道教祖师爷张道陵，就在附近的云龙山上，开创了道教中的五斗米道。想必张天师在徐州天地玄黄的骨石命理里，悟出了天人合一的真谛。人与自然合二为一，都是宇宙的一部分。相对于吕梁，徐州从国到村，更合乎天地之轮回，自然之造化吧。

当下，村庄近乎成为一个即将历史化的名字，就像曾经的吕梁古国。在城市化进程的鲸吞下，倪园村何去何从？我们的观念里对于村庄的印象，是陈旧、落后、贫穷，是稀疏的树、破落的篱笆和弯曲的炊烟；一条村路，坑坑洼洼、高低不平；村子里的人呢？在城市黑洞的吞噬下，他们隐匿于大街小巷，只剩下失修的路基、风化的墙坯。村子里无人问津的狗，总会在静寂的夜里，朝着空荡荡的星空，莫名地吼上几嗓子，或许是想以此证明自己的存在，以及喑哑的村庄还在喘气。

村庄究竟往哪里去？它的归宿，是即将抵达的高楼林立的城市，水泥钢筋取代墟里暖暖的炊烟、咫尺相闻的鸡犬和守望相助的生活？如果乡村继续存在，城市边缘的它又将如何存在？

2

去倪园村，抑或问道吕梁，我们是绕不开凤冠山的。凤冠山是吕梁众多山头中的一个，山上有座观道亭。

我和朋友抵达吕梁时，首登的就是凤冠山，直奔观道亭。这是吕梁的最高处，站在山巅，可以看到密布在大地上的高高低低的楼群，还有山脚下草木遮蔽的倪园村。我们当然不可比拟孔子那旷世的胸怀，"登泰山而小天下"，也不可比拟高邮的文游台，当年苏东坡路过高邮与当地乡贤、他的学生"苏门四学士"之一秦观等人，雅集于斯。

　　我们的车子在山脚下停了下来，观道亭就在前方的山巅上。来吕梁我是有很多憧憬的。但眼前的景象让我有了些颓废。我们来时是一个夏日的午后，阳光火辣，空气中弥漫的是当地伏羊节的味道。在这膻味十足的空间里，我们似乎感受到了羔羊的呼喊，青草的卑微和虐心的疼痛从内心里呼啸而出。一种节气，一旦与动物牵连在一起，总是让人心生疼痛。动物与我们，我们与动物，彼此有何区别？谁能说自己不是待宰的羔羊？有些杀戮与暴力是生长在心里的，疼痛是无声无息，却又无时无刻不在的。这炙烤的时间里，我们几个人选择登吕梁山，是不是显得十分不合时宜？幼稚还是疯癫？是不是就像在这物欲横流的世界里，我们还在执着于文字？

　　我们在山脚下转了两圈，没找到上山的路。当地的朋友很恍惚，不对啊，前不久还来过的呢。作为土著，朋友开始怀疑人生了。我们在树荫下张望着山顶。正彷徨时来了位当地村民。一问，才知道此路不通了，原因是失修。村民道，如果实在想去，就绕道。他指着左侧，那里有个小道，可以徒步上去。这种柳暗花明的感觉，让我们如庄周梦蝶一般，分不清哪个是自己，哪个是武陵人，"林尽水源，便得一山，山有小口，仿佛若有光"（陶渊明《桃花源记》）。虽然后来我们还是登上了观道亭，但是那个"失修"深深刺痛了我们。当我们进入盛装的倪园村，回顾那山顶残垣断壁的观道亭，须臾间我开始忆及那些堆积成梁的石头，那些千淘万漉的石头。

　　前往观道亭。乱石、野草、失修的小径、坍塌的土坡。老子说，无为亦有为。呜呼，无路却有路。心中有路处处都是路。在观道亭和孔子之间，一时间我产生了困惑。从鲁国到吕梁山，在古代，绝非易事。在孔子的山水册页上，什么山水没见过？为何他却要跋山涉水、千里迢迢赶来吕梁呢？这吕梁的山水有何神奇？

　　两千多年前，孔老夫子一路风尘，从鲁国赶来，站在亭子中央，望着吕梁山水，目睹"悬水三十仞，流沫四十里"（《庄子·达生》）的壮观景象，发出石破天惊的惊世慨叹：逝者如斯夫，不舍昼夜。逝者是谁？这水，那城，还是战争、时间，现实的，虚无的……形形色色的逝者，恰如这吕梁山水，滚滚东流。

历史不容我们质疑。史料记载，孔子确实来到了吕梁，站在凤冠山上，审视山水。好一个"逝者如斯夫"！战争如水？富贵如水？时间如水？名利如水？万物如水？还是上善若水？我们知道，胸怀治国平天下的孔子，儒家祖师的孔子，当他急匆匆地从鲁国赶来，在吕梁观水时，他究竟遇到了什么样的难题？面对战乱不断，纷争迭起的春秋，是战乱下流离失所的百姓引起他的心痛、不安？还是他深藏于怀的礼乐无处安放？战争根源是在于没有完善的礼乐吗？鲁国乃尚武之地啊。孔子想，要是大家习得了礼乐，天下就太平了。

翻阅史志典籍，我们不难发现，在这古楚大地上，孔子不是首次在这块土地上追寻了。据史书记载，孔子曾五次拜见老子，两次问道于古沛。沛就是今天的沛县。老子是谁？就是中国的哲学家，就是那个震古烁今的《道德经》的作者。"一生二，二生三，三生万物""道可道，非常道"。世间万事万物都在生生不息。合乎自然顺其规律，就是道。那么礼乐之道呢？不知道孔子的眉头舒展了没有？

万物皆有根源。居于鲁国的孔子沿着泗水一路奔走，追寻。

观道亭，海拔实在是低。少顷，我们几人登上了山顶。风大，亭废。乱石碎布，荒草丛生。亭顶筛下斑驳阳光，斜照在石柱上，石柱片片剥落，一种时间深处的风雨沧桑，粘着历史的鳞片，簌簌落下。万籁俱寂。天空中一只飞鸟的影子都没有。一切都在静默，都在回忆，都在反刍。

我们挨着亭沿坐了下来。这亭子也分明是空亭。亭子中央有个巨大的石坑，是地陷还是巨石被盗？只留下这个偌大的坑，像一只深陷进岁月的眼睛，失神而空洞。四围的野草围过来，穿过青灰石板，把亭子打扮得枝枝蔓蔓，这使得原本海拔就不高的观道亭更加落寞与苍老。朋友说，高台四周原来砌有石墙，镶嵌着《鲁司寇孔子真像》等数块碑，如今只有东西两面石墙，残存两块石碑，一块是由明代文徵明书写的《疏凿吕梁洪记》；另一块是镌刻有岳飞的五言诗的碑刻，"号令风霆迅，天声动北陬。长驱渡河洛，直捣向燕幽。马蹀阏氏血，旗枭可汗头。归来报明主，恢复旧神州。"是否为岳飞之诗，颇有争议，但是向往英雄之心却是无可厚非。我们断断续续地摸索着碑上文字，从残缺、模糊与撕裂中，领略历史的厚重和现世的苍凉。

鸟尽弓藏。山下的水早已干涸，这亭、这碑还有何意义存在？朋友说，后来明人秦固纪念孔子吕梁观水，按照孔子所叹，"子在川上曰：逝者如斯夫，不舍昼夜"，就在这里建了座书院，叫川上书院。川上，河流之上。豁然开朗。那么，落地生根的是这巍巍吕梁山和隐匿的读书声？当地人在主官的号令下，约定成俗，春秋之际总要朝着这亭、院，举行盛大的祭祀仪式。

道在日常。是的，平常生活才是载道之处，否则山水拷问，终究不过是空道尔尔。我们下了山，朝村内进发。

3

吕梁之水及倪园村（悬水村），历史的身后究竟烙下什么？在古彭之地，除了从山东境内逶迤而来的泗水，还有黄河和京杭大运河。水，在这里停顿、撒捺，形成湖泊或继续向东奔流。只是万涓水能汇聚于此，形成洪水，对大地意味着什么？人类逐水而居，还是水随人去？与吕梁遥相呼应的那座叫黄楼的塔楼，千年蠹立在世人的目光里。那个在风浪里呼喊着"大江东去，浪淘尽，千古风流人物"的苏东坡（《念奴娇·赤壁怀古》），在这古楚大地上，随着黄楼从历史的水域里，耸立起一座丰碑。可以这么说，在徐州，在黄楼之外，还有另一座黄楼，屹立在大地上，扎根、抽枝、整叶。

苏东坡与孔子不同，正如泗水与黄河不同；同样地流进这里，一个形成了吕梁，惊起"不舍昼夜"的汪洋，一个在与之对抗中，拔高了一座土楼。孔子给予吕梁乃至后世的，是一座精神的宫殿，是无限，是一切，是未知，是源远流长，甚至是浩瀚无尽。水生万物，水灭万物，万物如水，终究是"风流总被雨打风吹去"（辛弃疾《永遇乐·京口北固亭怀古》）。我猜想那时的孔子，从鲁国而至，他是历尽千帆的人，诸侯纷争，群雄争霸，在四分五裂的版图上，诸如这滔滔河水，最终是过去时。怀揣着治国平天下儒术的夫子，何去何从？前行还是后退？诸如身边吕梁之水滚滚东逝。时间，就是一道看不见的浩瀚之水，是一切的缔造者和毁灭者。孔子在观道亭，登高举目，他看到的是辽远，是极致，是终极。

从泗水，到黄河之水，作为文人的苏东坡，即使做了徐州的一方主官，依然难逃文人羸弱的宿命。百无一用是书生。"我欲乘风归去，又恐琼楼玉宇……起舞弄清影，何似在人间。"（《水调歌头·明月几时有》）苏东坡说，"一蓑烟雨任平生"（《定风波·莫听穿林打叶声》）。浪漫，多情，幻想，这些务虚的言辞，在强大的现实面前于事无补。纵观苏东坡的一生，从杭州、黄州、徐州、惠州、儋州等地，历经宦海浮沉，流浪，流放，无止境地被放逐于路上，最后客死常州。苏东坡的一生，就是水的一生，用水的柔软、灵动、润泽、漂流，诠释一生。他给黄州留下了赤壁和人间烟火，给杭州留下了西湖和苏堤，给徐州留下造福于民的黄楼。

徐州云龙山、云龙湖以及湖上的燕子楼，无不留下诗人的身影。累了就躺在石头上小憩，醒了就继续爬山。徜徉燕子楼，寻觅昔日的关盼盼，或者溜达到山顶，醉卧鹤亭，遐思远去的鹤影。谁也不曾想，就在桃红柳绿、歌舞升平的北宋，一场铺天盖地的黄河之水，夺过泗水之道，直奔徐州城。

历史学家说，苏东坡的事业正是从徐州开始的，从那场泛滥的大水开始。文人苏东坡一改昔日的诗兴豪情，扔掉竹杖和布衣芒鞋，从书斋里冲出，迎接那场泛滥的黄河之水。他挨家挨户动员，走上城楼；他力阻万千富户出城，与城同在；他把拿笔的手换成搬石头的手，肩扛手搬，甚至还要把自己的肉身投于洪水，换成一座座坚固的土墙，保护这城内的百姓。更不可思议的是，苏东坡拿出文人的豪情，毅然命令禁军参加抗洪。这是违反宋朝制度的。禁军没有得到皇帝的旨意，是不得随意使用的。然而，文人有文人的情怀和率真，拼得乌纱帽不要，也要挽救这座大水中的城池。苏东坡对着禁军怒吼道，城池都不在了，还有你禁军在？这是何等的气魄和胆识？实在没想到，他能推倒世俗的藩篱、文人的风花雪月，一卸披在身上的功名利禄，一个纵身，跃入黎民百姓的汪洋之中，与民同在。

大水之后，苏东坡褪去泥土，舞文弄墨，一个文人的苏东坡又潇洒在世人面前，建黄楼，铭诗文。一时间，多少文人墨客，居于此地，胜景非凡。

巍巍黄楼，皓月当空里，我们看到了一个理想与现实合二为一的知州苏东坡，站在百姓中间，知冷暖，话桑麻。这是罕见的，文人与现实，本身是不可调和的。黄楼，又叫土楼，按照所赋予的寓意，是"土实胜水"之意。东坡居士，遇水则水，遇土则土。孔子的水，是属于时空的，未来的；而苏东坡的水是属于内心的，属于百姓的。每次路过黄楼，总有脱缰的黄河之水奔涌而来，止于东坡居士。

在徐州，老龙潭这个地名是不可被忽视过去的，距城东二十余里，毗邻吕梁。"五日一风，十日一雨。"这是古人的理想盛世。然而苏东坡率领徐州人民抗洪不久，紧接着迎来的就是大旱。祈雨成为当时对抗自然灾害的唯一方式。谁能想到，一代大文豪苏东坡，居然一改文人的纯真之气，把祈雨祷告当作分内之事，与百姓休戚与共。"神食于民，吏食于君，各思乃事，食则无愧。"（《祈雨龙祠祝文》）苏东坡虔诚地祈祷上苍降雨，并写了青词，即用朱笔在青藤纸上写出呈达天神的奏事表文，称之为"青词"。"水未落而旱已成，冬无雪而春不雨。烟尘蓬勃，草木焦枯……"（《徐州祈雨青词》）东坡偕民求雨，稽首告天。他和百姓一样，带着虔诚和祈祷，跻身于那密密麻麻的人群里，苏东坡舍弃一个知府的荣耀尊贵身份，以一介布衣的名义，跪苍天，求天地。其实他并不迷信祈禳之法。不过，诡异的是，不久后，徐州真的下了一场透泥的喜雨。苏东坡兑现诺言，于城东门外老龙潭处谢雨。

忆昔日吕梁，"吕梁之石崇，河流激荡。"（郦道元《水经注》）"乱石穿空迭浪惊，乌犍百丈上洪轻。扁舟载雨西风急，试问徐州一日程。"（明胡俨《上吕梁洪》）（明代廖道南《吕梁洪》）站在观道亭，已经物是人非了，作为京杭大运河咽喉要道的吕梁，随着短命的王朝一并成为历史，只有凌乱的巨石散落于莽莽山坳之中。在倪园村的一角，我看到了仅存的一片湖水，风行水上，微波泛起。

当年"逝者如斯夫，不舍昼夜"的流水哪儿去了？

4

我在倪园村断断续续，逗留有三四个月。

应该说，我所见的倪园村不大，纵横交错，呈现井字形，江南风格，二层小楼，屋檐精雕，有棱角，屋脊起梁，有花纹。与水乡江南建筑唯一不同的是，它不是粉墙黛瓦，它的墙，完全是吕梁的石头堆砌而成。这是吕梁倪园村的胎记。进入村子的路，不再泥泞，而是灰色的石块整齐排列而成，裸露的缝隙，则有蔓生的野草填充，有"苔痕上阶绿，草色入帘青"的古典素朴之美。一时间陶渊明笔下的那个村子的韵味就弥散开来。

北方村落，更多的是一种赤裸裸的呈现，真实面目应该是草垛、猪圈、庭院和乡场，门口有石碾、古井、农具和牛羊，三五个垂髫之童在地上摸爬滚打，这才像北方村庄的生气。而且村子里也很难看到这么氤氲葳蕤的野草。这是村里人对土地的一种态度。野草绿到门槛前，这是耻辱，要遭到左邻右舍笑话的。村子周围的空地早就被菜园取而代之。如果菜园也做不成，那么就做一块空白干净的地好了。村人是不喜欢野草的，虫子多，诸如苍蝇、蚊子，还有蟑螂、蛐蛐等。在农人的视野里，土地只能生产一种植物，叫作庄稼。在这庄稼之上，是生存和生活。

我喜欢黄昏时分在村子里走走。沿着井字形一路跟随，稍不注意你还以为到了江南呢。这也许是地域因素的缘故。处于长江以北的人似乎骨子里有着对江南的憧憬和向往，或者说对一种诗意生活的追求。"人充满劳绩，但还诗意地安居于大地之上。"（海德格尔语）水乡的小桥、荷塘和古镇，组合成诗意的生活，成为北方人梦里的天堂。所以生活里，他们总是不由自主或者有意无意地模仿或克隆江南的风情。村子里还是很丰富的，除了住家，还有农家乐店铺、酒店。屋檐前不是张扬着酒家的旗号，就是在门前布置着农具石器，长廊、花架也遍布庭院，不少人家在正屋前建造牌坊，有类似"清风徐来""风清月白""富丽堂皇"等字样。村子的路口，摆着几个地摊，正在冷清里贩卖着当地生产或批发来的挂饰、玩具和手链之类的东西。

村子很安静，安静得不像一个村子，空荡荡，很难看到人影，偶有人影在村子里闪现，稍后就无处寻了。村子的最大一片空地上，安置了一些简单的体育器材，看样子是健身用的。滑稽的是，这些高高低低的单杠、双杠、滑梯旁，聚集着屈指可数的耄耋老人或抱着孩子的妇女，他们坐在单杠或双杠旁边，有一搭没一搭地在闲聊，眼睛里盯着的是进出村子的陌生人。她们守候的应该是远道而来的游客吧，时刻准备着递上谄媚的笑，以便售出贩来的商品。

夜晚的山村，是个可以谛听万物的世界。住在村里，岂是一个静字了得。月光的移动，山峦的静坐，小鸟的惊飞和蛐蛐、蝈蝈的跳跃声响，都会潜入耳边。更别说那些鸟的惊叫、黑暗中一些穿行的动物发出的声音，还有孩子的哭闹声、老妪的咳嗽声、少妇的梦呓以及午夜的鼾声，都将纤毫毕现。这时候，你完全抛却都市的喧嚣、职场的纷扰、情感的纠葛，人被自然融化了，化作山石、水土、鸟兽或者路旁的野草灌木，"调素琴，阅金经"（《陋室铭》）。在享受山村静谧之余，总有点不安的情绪在浮动。这村庄的夜晚空荡荡的，水是空的，石器是空的，村子是空的，整个吕梁山都是空的。

村子里的人都到哪里去呢？白天我在村子里也偶然见到过一些乡土的植物，如那静寂角落里暗中生长的茄子、辣椒和向日葵，间或还有葱、蒜、山芋秧、瓜垄，但都寂寥得无人问津。村子里，似乎就我一个闲人。多想听到一声犬吠或者鹅叫，这声音的存在，至少证明我是个入侵者，一个外人闯进村子里来，这村子是醒着的。

这是我印象中乡土村庄的记忆？还是吕梁山水滋润下的村落？村庄以何种方式存在，这也许是个问题。但是探寻村庄真相的想法，犹如骨刺在喉，吞吐不得。

5

在倪园村，徐州名妓关盼盼的身影总是挥之不去。这八竿子打不着的事，居然无理由地冒出，就像历史上的泗水奔流，黄河决堤，怎么堵也堵不住。隔着吕梁山，像个软刺，在肉身的某个地方，疼与痛。

这确实让人坐立不安。一东一西，关盼盼在徐州西郊的云龙山上燕子楼，倪园村则在东郊吕梁山下。如果说要是有血脉相通的话，个中都有山水。关盼盼，乃唐朝奇女子，出身于书香门第，精通诗文，善歌善舞。后因家道中落，无奈下嫁于徐州节度使张愔为妾。节度使张愔喜不自胜，专门为关盼盼盖了座形似燕子的小楼。这也许暗示着关盼盼的宿命，就是一只流落人间的燕子。虽说历史上关盼盼是名妓，但她也是颇有惊世才华的女子，曾一口气可以唱出白居易的《长恨歌》。这令白居易大赞特赞，为此白居易亲自为他的粉丝写下"醉娇胜不得，风袅牡丹花"。张愔不久便病逝，树倒猢狲散。唯有关盼盼念旧爱不嫁，宅居于燕子楼，空守十余年，舞衣入箱，脂粉不施，琴瑟不调；三百多首诗词，写不尽对张愔蚀骨般的思念。谁知道白居易闻知后，感喟关盼盼的忠贞、重情和凄冷、孤寂的生活。情动于衷，对她发出无心的呼唤，既然张愔走了，作为红颜知己的她，何不追随他到九泉之下？"见说白杨堪作柱，争教红粉不成灰"（白居易《燕子楼·满窗明月满帘霜》）。说者无心。关盼盼接到白居易的诗后，羞愧难当，遂绝食而去。关盼盼生前说，苟且偷生，不是惜生命，而是怕世人说张愔重色，玷污他的名声。关盼盼走后，白居易痛心不已，深深自责，并遣走身边歌妓舞伎一干人等，以免悲剧重演。多年后，大文豪苏东坡登上燕子楼，不胜感喟，"天涯倦客，山中归路，望断故园心眼。燕子楼空，佳人何在？空锁楼中燕"（苏轼《水遇乐·彭城夜宿燕子楼》）。

燕子楼关盼盼的故事，一直生长于心。她的血管里呼啸的，应该是另一道吕梁山水。那高贵的坚贞，让人心生怜爱。念及山顶上那颓废的观道亭、残破的碑刻，还有如今山下盛装的倪园村，一时茫茫然。关盼盼走了，燕子楼在；但孔子走了，吕梁山上的观道亭、孔子画像、川上书院呢？消失与存在，我不知道当初的圣人孔子，可否观出人性深处的那一川水与血脉？关盼盼，在情爱的河流上，昼夜汹涌，经久不息。

现在，我所栖身的倪园村，村子里大部分成年人"孔雀东南飞"，南下广州，北上北京；也是个快要空了的村子了。虽然村子里绿意浓郁，有石路、石墙，还有不断升起来的商业招牌、归来的石碾、磨盘等，可谁还能如关盼盼，宅守村庄？

据史志记载，倪园村所在的吕梁，不只是有孔子观水的典故，还曾是盛极一时的漕运之地。这也是吕梁史册上浓墨重彩的一笔。吕梁这一段，是京杭大运河上极其重要的一段，素有南北咽喉之称，南宋后，朝廷专门在百步洪和吕梁洪设立管理的政府机构和官员。元朝的吕梁，是朝廷的命脉之道。"东南漕运岁百余万艘，使船来往无虚日，民船贾舶多不可籍数"（李东阳《重修吕梁洪记》）。元朝是吕梁漕运最鼎盛的时期。我们可以想象，当时的吕梁漕运，河水湍急，浊浪排空，帆樯林立；三步一怪石，五步一险滩，危险就在毫厘之间，否则舟毁人亡。赤裸背纤的船工们，嘶吼着惊天地、泣鬼神的号子，在暴雨般的鼓点里，完成对吕梁的穿越。

也许，吕梁的今日，正是应了孔子发出的宇宙般的惊叹，"逝者如斯夫，不舍昼夜"！斗转星移。亭废，水无，往昔繁华的漕运也荡然无存，只有一个小小的山村，在旧貌换新颜里，以一块块石头的堆砌，继续存在着。

6

发现吕梁石。这是我在倪园村的意外之喜。出了诗情画意的倪园村，我遇到了一些另类的村庄，它们像一个个醉汉，随意散落着，颇似草书，没有倪园村那么讲究。这样的村庄人家，很有点随意，村子参差不齐，毫无规则，或三层小楼，或四合院子。院子里散落着农具，有草鸡在院子里徘徊，墙壁上挂着些风干的红辣椒、咸鱼干，门上的春联，在风吹日晒里早已褪色，出现饱经风霜的黯淡。而地上所有的空地，被密密麻麻、大大小小的石头所占有，这些石头以各种形状站立着，不似江南的太湖石，也不像泰山上的青色竖石。在一块巨大的石头上，石头的主人用红色雕刻着几个字：吕梁石。看得出这样的村子远离酒店、农家乐、商铺摊点，烟火的气息浓郁，它们与生活挨得很近。也许这才是村庄。

吕梁与石有着某种难以言说的神秘关系。据说泗水上,有两险滩最为凶险,即百步洪和吕梁洪。这两处险滩里,怪石林立。怪石又称大石溜。所谓石溜,就是水中巨石经过激流冲击变成的异常光滑的石头,依据形状称为门限溜、蛤蟆溜、夜叉溜、黄石溜等。这些石溜暗礁,严重影响了吕梁的漕运;过往船只,稍有不慎就会船覆人亡。明朝皇帝多次召大臣商议,除去这些石溜。直到明嘉靖二十三年即公元1544年,在河床干枯之际,朝廷再次派人疏凿,至此,舟船上下,如出坦途。

物极必反,盛极必衰。漕运得以畅通,吕梁洪又恢复往日的繁华与喧闹,然而这却是它最后的辉煌光景。原本以为,除去水底怪石,有益于漕运。谁料到失去了阻挡泥沙的屏障,上游冲击下来的沙石,随着天长日久,逐渐抬高河床,河道淤积。狭窄的水道与奔腾的河水是不相容的,河水满溢,水患环生,以致历史上多次造成灌城溺民的惨剧。后为规避风险,漕运被迫改道,吕梁漕运从此废弃。据说,吕梁城就是遭此水患而被埋于沙石之下。

历史总是给予人不可思议的想象。吕梁山,给予了不舍昼夜的水,也给予了石头的美妙。还别说,吕梁山的石头还真有来历。观道亭的建造者张镗就曾以吕梁石制成砚送给朋友。其实原本这石不是用来制砚的,而是制磬。磬是具有中国民族特色的打击乐器,用石头或者玉雕磨而成;吊之敲打,可发出美妙的声音,所以又叫鸣石。也许"金声玉振"这个词语就是这么来的吧。

吕梁所产的石头,磬石属上乘。史书《尚书》记载,"泗滨浮磬"。《括地志》载,"吕梁出石磬"。为什么磬石可以发出悦耳的声音呢?有人研究得出,这些磬石的成分是石灰岩,又叫青石,是一种海湖盆地中生成的灰色沉积岩,纯石灰岩,杂质少,结构致密,敲击之声音悦耳,可以为磬。徐州一带山上都是寒武纪、奥陶纪石灰岩,其中当属吕梁山青石质地佳,所以成为古人首选。这似乎是历史开的玩笑。吕梁山下的人,在挖掘完磬石之后,他们从石头中得到启示,继续做起五彩斑斓的石头生意来。一时间,吕梁石以层多、洞透、色润为特点,进入世人的视野。正是应了一句,上帝关上一扇门，就会打开一扇窗户。漕运败落后，吕梁石脱颖而出。一块块拙石，巧夺天工，立庭、立案，月白风清里，把酒，不亦快哉！

我靠近这些石头，虽然它们不说话，甚至主人也缄默不语。他专注于石头的沉思中，挥动着铁器。他的眼里只有这些青色的石头。凝重与坚硬从石头的表面出来，沿着肌肉、经脉，抵达骨骼，我浮躁的心忽而有了一丝安定，就像一块石头，击破冰面，沉浸到了水底。是的，触底的生活才是真实的，就像眼前的村子。外表看来再美丽的村子，也是需要生活作为底色的。没有俗世的烟火，没有人的家园，那还是村庄吗？

止于石头。我最终没能走进倪园村的内部，我羞于以一个局外人的身份进入其中。生存在这个世界上，没有人可以是局外人。

7

朋友来接我的时候，问我怎样。我似乎显得局促不安或心怀内疚，为没有准确认知倪园村而心生惭愧。我对他们说，这倪园村就像一道河流，上游有观水问道的孔子，有繁盛之极的漕运。这下游嘛，左岸是倪园村，右岸是那磬石作响的烟火之村。朋友微笑不语，他知道我说的意思。倪园村，一半商业一半自然，未必不好。我们既可以领略现代气息给乡村带来的变革，同时我们也可以在午夜里，沿着爬进门槛的野草，找到那野草丛中的那只蛐蛐、夜归人的那声吆喝，还有梦游者的午夜呓语，甚至黎明前的那声熟悉的鸡鸣及满树的鸟语花香。

日中则昃，月满则亏。对于吕梁、倪园村，甚至万物来说，历史是一个伟大的哲思者、悟道的高僧，讲究圆满和公正。就像那些离开倪园村、走进"北上广"的打工者，他们一定会再回到倪园村的。"逝者如斯夫"，水不管流向哪里，它的归宿是海洋。人与村庄，终究来自泥土，有着野草和泥土的气息，趋向阳光、雨水和节气。城市则是阻碍人类靠近大地的壁垒。回到村庄，也许可以让我们看清生命的真相，即生与活的复杂问题，甚至重新抵达天人合一、天地往来的客观世界。

　　临别。我们再次攀上凤冠山的观道亭，看了看那两块碑刻：岳飞诗碑和《疏凿吕梁洪记》碑。回望倪园村，只有莽莽苍苍的山林灌木，随着起伏的山势蔓延上来，哪里还有守字闺中的倪园村、疯长的城市楼宇、古泗水、云龙山上的那座燕子楼和苏东坡的黄楼？更别说隐藏在建筑物内或者其他遮蔽物内的人群了。

　　黄昏迫近，天地再次进入混沌之中。而那个叫磬石的石头沉浸到我心底。远处，铁锤锻打的声响，沿着风吹草动的波纹，从四面八方漫漶而来，模糊而又真切，细小而又洪大。

树有暗影

金黄银杏

大地上的事物。我指的是眼前这些莽莽苍苍的银杏林。这语调有点类似苇岸《大地上的事情》的口吻。大地上许多事物里的细微，那些有生命的、微小的事物，如小到尘埃里的叶落，随着时间册页的舒展，越来越呈现出无限的可能与未知，就像远行的渡客，面对又一个辽阔和无垠。

这是我在中国银杏之乡之一——江苏省邳州市领略到的。一种植物的生长，成为一座城市的成长，这让我对水泥钢筋的城市，有了新的生命认知。在坚硬的混凝土下，根须沿着钢筋的通道，在隐蔽的水泥深处暗暗扎根，向下或向远方绵延根系。邳州，早已与银杏合二为一，每一楼群都是银杏的册页。

银杏，俗称白果。银杏二字，文学意味极其浓郁，内嵌着生物学、色彩学，还伴随着天生的修辞学，底蕴丰厚。因为银杏果长成后，起初色彩确实是纯白如银，拇指大小的银色，在夜晚闪烁着碎银般的月光。这个带有色泽的词语真是妙不可言。银，财气之质；而杏字，则是从形状上解读，其状大小如杏，有着比拟的意思，而杏的酸涩滋味，则体现了银杏一路抵达挂果的不易，是隐秘的昭示。在民间，很多人称呼银杏为白果。这不是偏见，是源于生存里对饥饿的恐惧、抚慰和敬畏。人们难得吃到白果。这种大补的果实，需要芹菜、鸡蛋和肉类簇拥，这对于用沉重的肉身换取生活的人们，确实是一种超出边界的挑战。小时候，母亲赶集回来，会神神秘秘地从兜里倒出半碗白果，掩饰不住一脸的喜悦与兴奋，其中似乎还隐藏着某种神秘与慌张。母亲的这种表情，是只有在她祭祀灶王爷或土地爷爷时才会闪现出的。灶王爷和土地爷爷，是民间的神，掌管着人们的吃饭问题，否则每年的祭灶，灶王爷上天进言，焉能有人们的好事？一种果实，上升到如此令人敬畏的高度，可见它在民间的分量和神龛般的地位。母亲说这白果，非一般人家有口福的，就是其树种在民间都是不常见的。按照她的理解，这都是官宦人家或高墙大院人家独有的美食，与平头百姓无关。母亲称呼果实的语气里，夹着一种异乎寻常的仙味，她自个儿将白果命名为长生果。从博物学角度看，白果非"果"，作为裸子植物，银杏并不具有真正的果实，所谓白果，其实就是颗大种子，最外乃肉质外种皮，中种皮是白色硬壳，壳里可食用的部分，则是银杏的胚乳。

前往邳州，我带着朝圣般的心情，颇为踟蹰。这朝圣，不是在拉萨的跪拜与祈祷，也不是对今生富贵以及来生荣华的贪婪。我要朝圣的，是一棵树，一种叫银杏的树种。实难想象，一种树，用猗蔚的方式，与城市抵达道家天人合一的境界，滋润着、庇佑着这座城市的生息者。邳州，这个小小的县级市，因银杏渊薮而闻名天下。车子驶入地界后，的确，城乡的各个阡陌上闪过的，总是银杏丛林的身影，成行，成片，成林，成为莽莽苍苍的森林，有人工栽培的在旷野里生长的，也有野生的落生在京杭大运河两岸的，还有与生活簇拥在一起的，靠着庭院抽枝整叶。如果一种植物能与某个地域融为一体，未免不是件功德无量、造福万代的幸事。人靠近植物的生活，也就是靠近了诗意的栖居。人亦是自然的一部分，也是一株会走动的植物。贴近地面生长，这本身就是抵达或还原万物的本质，让植物回到地面，人类活出植物的意义来。

溯游而上。据史册记载，银杏自先秦之后，最早称之为枰。西汉辞赋家司马相如《上林赋》中曰："沙棠栎槠，华枫枰栌。""枰，平仲木也。"（引郭璞注。郭璞，东晋著名文学家、训诂家）这个平仲，就是银杏。

银杏除了白果之名外，还有许多诗意有趣的名字，如鸭脚、平仲、佛指甲、圣树、凤果、飞蛾树等别称。宋朝之前，古人使用较多的一个别名是"鸭脚"。这一别称取自于其叶形状，扁平而分叉，形如鸭子脚掌。北宋梅尧臣曾作诗曰："鸭脚类绿李，其名因叶高。吾乡宣城郡，每以此为劳。"银杏还有一种别称也颇有趣，曰公孙树。关于此名的来历，一说因银杏树龄长而结种迟，"公植树而孙得实"，因而得名；一说中华民族祖先轩辕氏复姓公孙（《史记·五帝本纪》："黄帝者，少典之子，姓公孙，名曰轩辕"）。银杏的寿龄可与轩辕相比，因而誉名为公孙树。

邳州银杏，起初是与一个村庄以及寺庙关联的。庙叫白马寺，村叫白马寺村。就是这原本有寺现今无寺的村落里，一棵栽植于北魏正光年间的银杏树，一千五百多年来，今仍华盖如伞。一棵树与寺庙牵连，这是自然里的树，还是另一种形式上的庙宇？我知道与其同名的洛阳白马寺，是中国最早的寺庙。这其中是否与之有着某种联系？在邳州，从港上国家银杏博览园到古银杏姊妹园，到万亩银杏生态林，我们看到，这片土地上的人们，已建起一座植物的寺庙。

这样的佐证，我们在"古银杏群落"里也是可以找到答案的。这个群落里，古银杏树长得恣意、狂野，大气磅礴，确乎有"树精"之称。近看它们的铭牌，哪一棵树龄不是有千百年？其郁郁苍苍状让人惊叹咂舌。你看，这棵姊妹树已经一千两百多年了，那棵联姻树一千四百多年了，蔚然屹立，宛如大地之神。而观音树的传说更是神奇、诡异。相传，当年曹操率军东伐乌桓部班师回朝，在港上观音庙休整时，士兵多患湿疹脓疮；于是，取庙中银杏树叶煎煮，内服外用，不久患者痊愈。曹操手指银杏道："妙哉，真乃观音之树也！"如今，这棵古树千枝如手，盘根于大地上，神似"千手观音"。历史惊人巧合的是，观音树所在的位置，曩昔正是一座寺庙的遗址，名为"三圣堂"，只是至今已不复存在。邳州古书《抱钟志》中明确记载："（元）至正二十七年（1367），有禅宗避江南乱，徙植木创庵，钟磬时发，银杏日藩，不啻北鄙古刹也。"我们在群落的一角，发现有棵树颇具现代意识，名叫抗战树。"抗战树"三个大字，赫然镌刻在一块巨大的岩石上。石后有一处历经战火洗礼的残垣断壁。这片银杏林，正是抗日战争的红色遗址。据记载，1943年1月，由罗荣桓领导的八路军发动郯城之战，当时港上是主战场。抗日军民依恃一棵百年古银杏树作为掩体，还击日寇。战斗中，日寇炮火将它从根部打断，藏身树后的八路军将士却安然无恙。翌年，这棵被打断烧焦的银杏树又萌发新芽，同时长出了两棵银杏树。古树负伤而复生，长势愈加繁盛。因此，邳州人称之为"抗战树"。这样的古银杏故事还有很多，棵棵古银杏，积淀的是厚重的史册，岁月的光斑。对邳州人来说，它们，是大地上的活菩萨，庇佑着一方黎民。

翻开史册，我们会发现，银杏，自汉代就摇曳生姿。据当地出土的近三百幅汉画像石图案里，其中表现银杏树的就多达二十余幅。这些汉画像石上的银杏树，大都刻画在院内亭旁，两株银杏树干缠绕共生，树体逼真生动，叶似鸭掌，重重叠叠，显得枝叶茂盛，生机勃勃。银杏在历史的河床中，与历代名人雅士结下不解之缘，赋诗称颂。著名文学家欧阳修在诗中写道："鸭脚生江南，名实未相浮……因令江上根，结实夷门秋。始摘才三四，金苞献凝旒；公卿不及识，天子百金酬。"后来同代诗人梅尧臣见之，特馈赠银杏与欧阳修。晋代大司马陶侃任县令时，在文庙内手植两株银杏树，人称"双杏"。六朝时期著名文学家刘勰，晚年隐居浮来山定林寺，曾树石题字。唐代大诗人王维，隐居终南山的蓝田辋川，手植银杏树，并赋诗，有《文杏馆》诗："文杏裁为梁，香茅结为宇；不知栋里云，去作人间雨。"宋代诗人苏轼在光山净居寺读书时，见寺中唐代所植银杏树而诗咏："四壁峰山，满目清秀如画；一树擎天，圈圈点点文章。"沈佺期笔下的银杏："独游千里外，高卧七盘西。山月临窗近，天河入户低。芳春平仲绿，清夜子规啼。浮客空留听，褒城闻曙鸡。（《夜宿七盘岭》）"司马相如眼中的银杏："长千仞，大连抱。（《上林赋》）"或枝繁叶茂，郁郁葱葱；或超凡脱俗，清白高洁，溢彩流芳。故此，有文人称誉银杏树为"东方的圣者，中国文人生命的纪念塔"。

在铁富镇，我有种恍惚之感，竟觉得中国银杏滥觞于此。自然形成充满原生意味的银杏林，沿着道路的走向，自觉地耸立于旁，自然随意不造作，天性野蛮不骄横，在时间的深处，与周围的村庄、牛羊以及鸟群依偎。这缓慢生长的银杏，用活化石的方式存在着，这究竟又意味着什么？是隐士，还是布道者？

　　我们蹀躞于时光隧道深处，三五成群，林间的金黄叶片，随着深秋风的寒意，于静谧中从枝头滑落，以朦胧诗的优美曲线，悄无声息地落地。整个秋天，似乎都凝聚在这金黄的叶脉里。这片时光隧道的银杏林，蜿蜒大约三四公里，叶落满路，遮住裸露的泥土和辙痕，遥望去，在晚霞折射的光线中，有蓬莱仙境之感，道路无穷无尽于远方。林中各色人等，呼朋引伴，相约于银杏这最美时刻。摄影家、艺术家、公务员、工人、学生，还有商贩、卖艺者等，他们很自然地徜徉在树林里，随意、率性，无拘无束地，卸去尘世的伪装，袒露原始的本真，与银杏凝视、对话。这是人与自然的对话。俗世之沉重与自然之轻盈，或许，人们在寻找尘嚣之外的一个出口吧。林中，尤其吸引我的是一群农人，即来自当地的村民。他们没来得及放下农具、柴刀等，就素面朝天地赶来；有的还牵着耕牛，驰荡在黄金的林叶间；还有的一看就是家庭主妇，身上的围裙还没来得及解下，绽放出黄金般爽朗的笑容，流连其间。随着不断闪烁的镜头，在大地上拍摄下她们诗意的生活。

　　从时光隧道返回，我身体内的几株银杏复活了，尤其是母亲心中的那株。那年那顿长生果佳肴，至今我在心内反刍。在民间，长生果像母亲口中、等待铁树开花的咒语般，我们就是母亲的长生果，是她内心世界的光亮。可惜的是，我们家是没有银杏树的，至今依旧没有。这种生长周期缓慢的树种，只能成为活在我们梦里的童话与歌谣，它是阳春白雪，难得落生于乡土。民间土壤，留给的是桑树、楝树、柳树、榆钱树、泡桐、枫杨等，中国树文化扉页上镌刻的，生存第一，其次才是健康、长寿、平安等诸多奢侈的愿望。

　　银杏树，生长于人类丰盈的内心中。高大葳蕤的银杏，人们总爱用亲和的名称称呼它，比如神树、福树和圣树。他们认为，庭院廊厅前有株银杏，是福气、吉祥的象征，他们祈祷健康长寿，祈祷银杏庇佑子孙后代。可惜这是人们的奢望。我们常见到的银杏，在民间只有两个地址：一个是祠堂，一个是墓地。古朴阴森的祠堂，黑的瓦，青的砖，加上雕镂着中国木文化的扇门、木雕以及门楣等，内生出中国民间高深莫测的道家文化。这个祠堂，瞬间从物性上升到神性。这时，族人总会千方百计在祠堂内种植高大的银杏，以期浓荫广福，福被后世，恩泽子孙。这时的银杏，已经不再是植物银杏，是信念，是道，是神明，代替祖先在世间审察、监督。每逢清明、正月十五及八月十五等节日，或遇大旱、洪涝等自然灾害之年，所有的族人均纷纷涌来，烧香、进贡、祭祀、占卜、叩拜、许愿，古银杏树上挂满红色和黄色的布条，布条上写着各种祈愿的语言；或者在树身上锁上铁锁、铜锁。甚至有人在古银杏树旁垒一小洞穴，用砖瓦石块搭成简陋的小屋，屋内供奉神像，或神仙，或菩萨，或佛爷，消灾弭祸，寻求庇佑。而种植于墓地的银杏，以恒久的时间，寄寓着永久的纪念，是死者对生者持续遮风避雨的期望。

读清王士禛的《池北偶谈》，其中记载神事有二："辛丑、壬寅间，京口檄造战舰。江都刘氏园中有银杏一株，百余年物也，亦被伐及。工人施刀锯，则木之纹理有观音大士像，妙鬘天然，众共骇异，乃施之城南福缘庵中。"外一则是，"康熙十八年，江南造战舰。凡千百年古树多被斧斤之厄……巡抚下令苏松道方参议（国栋）亲往伐之，树皆出血。方惊悸得疾，旬日卒"。

奇怪之极。这银杏密匝的纹理里，是否内嵌着中国传统文化的因子？佛家的因果报应、道家的天人合一，都在神事之中。银杏亘古孑遗，随遇而安。而前文把银杏尊为"圣果""圣树""佛指甲"，这不正揭橥出它冥冥之中的隐语？

告别邳州，车子在起伏的高速上奔驰。那些叫千手观音、抗战树、姊妹树的古银杏，则再次浮现于我的脑海中，我知道银杏被称为"中国的菩提树"。有植物覆盖的大地总是富有生机和吉祥的。银杏或许在幽微处传达人世间的隐语。大地上的每一株植物，都是我们卑微的肉身。

菩提椰子树

去海南岛之前，相信大多数人和我一样，对它的认知全部就是椰子树。

南方，尤其是海南，靠近海洋，且一年四季处于热带季风气候里，成为我们多少北方人梦里的天堂。椰子树，则寄托着我们无限的遐想和情思，常把海南岛与椰子树两者画上等号。我们用椰子树取代地理上的海南岛，有独特的审美，椰子树有着常绿的气质，蓬勃的生机和鹿回头般的爱情；要是在月光下漫步，椰子树分明就是海岸边窃窃私语的情侣。

是的，海南岛就是椰子树，椰子树就是海南岛。如此判断，不只是我一个外人对海南岛的看法。就是从海南岛的名字上来说，海南岛也叫椰岛，省会城市海口就叫椰城，这些别称已经诠释了这个岛的全部底色。海南当地人说，椰子树就是每一个海南人的家，看到椰子树，就能回到故乡。阵阵椰风里，我们感觉到它带着海的呼吸、盐的晶体。

椰子树，生长在每一个海南人的心坎上、骨骼上，融化在血液里。

椰子树对于海南岛如此重要？或者说一种植物，怎么会与地理如此血肉相连？

植物世界，确实充满着许多无法窥知的生命密码。它们作为大地的胞衣，给我们送来这个生机勃勃的星球。按照科学家的说法，植物是走在人类前头的。先有植物，后有人类。也就是说，在人类诞生之前，植物早就备好了孕育的温床。如果我们把庄稼看作是驯化了的野生植物，那么也可以说人类就是吃着植物延续下来的。

人类与植物的关系原本就是紧密纠缠在一起的。然而不幸的是，人类走到今天，偏离了初心，背离了植物。

海南岛近四万平方公里的陆域面积上，遍布椰子树。文昌、陵水等地甚多，成林、成海。这到底是一种什么样的盛景？我去过西部，目睹在巴丹吉林沙漠里一株胡杨的生长态势，细碎的叶子，庞大的身体，尤其令人震撼的是它的根，为了水分许多根系要蜿蜒几十米远，至于深扎的程度，也许只有大地知道其中的秘密。胡杨是属于西部戈壁荒漠的，椰子树是属于海南岛的。无论椰子树与海南岛有着怎样的隐秘关系，它们对于偏好自然的我，是能让人满心欢喜的。

我喜欢海南岛，在意的是这些葳蕤而繁密的椰子树，面对自然最原始的暗示，我能感受自然的神秘美感。

明代《正德琼台志》记载，海南岛在唐虞三代被称为"南服荒缴"，在秦代被称为"越郡外境"。也就是说，海南岛在当时是荒远的边界，流放地之一，蛮荒之地，瘟疫之地。多少名人被流放到海南？"一去一万里，千之千不还。崖州在何处？生度鬼门关。"唐代两朝宰相李德裕、宋代文豪苏东坡等曾被流放到海南。那么，椰子树也是被流放的吗？答案自然是否定的，那椰子树为什么要落生在这边远的疆域？为了蛮荒，还是为了那些曾经被流放的人？

去过海南岛的人都知道，在那里，与椰子树偎依在一起的，是湛蓝的天空、泼辣的阳光、流畅的风和浩瀚的海洋。椰子树，在这里，就是最高的海拔，就是大地耸起的脊梁。头，顶起的是阳光的炙烤；脚，踏稳的是辽阔的海域。这不由得让我把椰子树理解成天地之间伟岸的勇士、顶天立地的英雄。事实上，椰子树确乎如此。椰子树一般高达25米以上，是世界上最高大的水果树之一，树干笔直，无枝无蔓，巨大的羽毛状叶片从树梢里伸出，撑起一片伞形绿冠，椰叶下面结着一串串圆圆的椰果。

这不就是英雄吗？大地上史诗般的英雄！终年风吹日晒的海南岛，已经使得它干渴，炎热；它需要阴凉遮住裸露的身体，遮住蛮荒与流放的伤口。

因为椰子树，我喜欢上了海南这个地方。一个地方，让植物唱主角，是天赐的福分。摩天建筑或者人工景点泛滥的地方，往往是自然遭到破坏最重的地方。

走近椰子树，我的内心生发出沉甸甸的敬意。

它在海南岛要做的首要大事就是对抗台风。与台风对抗的重任，聚拢在一种树的身上，一种叫椰子树的植物。浩瀚的植物典籍里，有成千上万的植物，矮小的、高大的，挺拔的、弯曲的，却偏偏要由椰子树来担此重任。人定胜天走到这里，似乎拐了个弯，演绎成树定胜天。

我再次对椰子树打量起来。最初我以为椰子树生长于海南岛，是椰子树对南方气候的选择，现在看来，这分明是海南岛的盛情挽留。我曾写过二十多种杂草的生存状况，从中发现不是大地对植物的选择，而是植物对大地的选择。大地上每一个戳开的伤口，总是由植物前赴后继地去消毒、缝补，直至伤口愈合。

造物主给了海南岛的辽阔，阳光的无限，也给了台风的自由。当然，在椰子树面前，台风算得了什么呢？椰子树说，它就是为了台风而来。椰子树干上没有一根旁逸斜出的枝丫，浑圆挺拔的孤独，一直抵达顶部，后向四方铺展开那巨大的叶片，形成巨大的庇佑之伞，生命之伞。椰子树叶的生长，也是充满玄机和密码的，叶片整齐排列而留有缝隙，再强大的台风到了这里，都会被削去威力，只能乖乖地从这些缝隙中偃旗息鼓，直至悄无声息。当然，这只是我们对椰子树的外在解读。实际上，椰子树能抗台风的重要原因，在于根系的发达。谁能想象出，一棵五六米高的小椰子树，根系就有十多米长！庞大的根系是支撑着它对抗台风的坚强壁垒。

原来，看似曼妙、挺拔的椰子树，其婀娜的南国风情里，暗中隐藏着磅礴的生长力量。

造化。大自然鬼斧神工的造化，这是椰子树在长期与台风的生死搏斗中不断修炼而成的。毁灭与新生的修炼，你死我活的搏斗。椰子树，用浩大的根须，与岛、与大地合而为一。

它的身躯是属于风暴、巨浪及炽热阳光的，但它的眼睛里是星辰大海。

椰子树也有温情的一面，母性的一面。姑且不说那多情的椰子树叶，掀开南国的窈窕风情。单看椰子本身，一旦完成守疆守土的使命后，它展开的是累累的浓情蜜意。红椰子、绿椰子、黄椰子等缀满其间。薄如蝉翼的椰肉，甘甜可口的椰汁，成为海南生命延续的蓬勃力量。

它们，是另一种形式的庄稼，是人类的口粮，在喂养着人类。

椰子树，是生命树、吉祥树。除了诱人的椰子汁以外，椰子肉还可以充饥，椰子叶可以当被盖、做雨衣。海南的文昌人把椰子树数量的多少，作为谈婚论嫁的重要考量之一，把硕果累累的椰子视为子孙满堂的寓意，把椰子树干作为当地民居正宅的"木梁"。

海南人对椰子树的依靠远远不止这些。柔软而又坚硬的根系，扎在沙滩上、岩石里、历史里、当下生活里。椰子饭、椰子糕、椰子鸡汤、椰子盅、清凉补等，还有椰子水瓢、椰子凉席、椰子勺子、椰子扫帚……在文昌，还建起了最大的椰子林、椰子长城。当地人还把椰子树亲切地称为革命树，红色娘子军正是从椰子林中走出的，她们饮着甘甜的椰子汁，带领穷苦百姓在战场上杀敌，守护海洋疆土。

椰子树，哪里是一棵树的形象？分明是海南岛的菩提树，是《西游记》里救苦救难的观世音菩萨的化身。

它们用果肉、汁液、力量和高度奉献出毕生所有。不管什么人，以什么样方式抵达海南岛，椰子树都会敞开宽广的怀抱。无论是经商贸易的、战败潜入的，躲避灾难的，还是遣散流放的；还有海南"一鼎三足"的丘浚、海瑞、邢宥，被人尊称为"岭海巨儒"的钟芳、"海南四绝"之一的张岳崧等古今圣贤，以及宋庆龄、张云逸等这样的革命前辈；椰子树以海纳百川的胸怀接纳、庇佑。他们在椰子树的滋润下，又以椰子树的挺拔，守候在海南岛上，光芒如灯塔，直如标杆。

在他们内心里，时刻涌动的是椰子树纯洁的乳汁与菩萨般的精魂。

海南人对椰子树是充满敬畏的，他们以爱岛爱家为荣，以爱椰子树为命。椰子树的根须早已深扎在海南人的血脉里。有一千个动人的椰子树传说，就会有一千零一个美好的海南岛。海南人爱椰子，爱到骨髓里，他们是不允许你对椰子树有一丝一毫的质疑与侮辱。我在海南岛采风时，遇上一名外地游客问导游，传闻椰子掉下来砸死过人？一向和蔼亲切的导游转而恼怒异常，用客家味的普通话急切地矫正道，你不懂椰子的。他们海南的椰子从不砸人的。椰子有金椰子、银椰子等，不论哪一种椰子，每一个走过它身边的人，都不会被砸到。原来椰子被剥去外皮后，我们会发现椰子的壳上，有三个洞，海南人叫三只眼。马王爷有三只眼，他们的椰子树也有三只眼，它怎么会砸人呢？在海南岛，说椰子砸人是对椰子树的一种侮辱，是对海南人的侮辱，他们会不高兴的。当然，非要说椰子砸人，历史上他们的椰子砸的是强盗、土匪。只有坏人才会被椰子砸，好人是不会被砸的，导游说。海南岛的椰子和海南人一样，是讲感情的。再说椰子树也不是胡乱生长的，有人、有村落的地方，才有椰子树的身影。荒郊野外，人迹罕至的地方，你可曾看到过椰子树？

人到哪里，椰子就守护到哪里。这就是海南岛充满情怀和灵性的椰子树。

生为海南人是幸运的，因为他们拥有椰子树。有了椰子树，就有了生活的安宁和踏实。生长在海南岛上的椰子树，是宝树，是粮仓，是避难所！它始终恪守着植物与大地的关系，为人类守望生命和家园。

离开海南岛时，我特地买了一些老椰子回去，当然带回去的还有南国的情怀。海南人说，带回老椰子，就等于把海南岛搬回去了。在那些老椰子内部，一颗颗硕大的种子已经成熟。

酒镇记

在中国的版图上，洋河镇，是一个水与火淬炼出的渺小地址，然而，当我们面对那大海般梦幻的蔚蓝，我们心内的豪情和纯净会卷起千堆白雪。怀着神秘与惊叹，我在一个春日的午后抵达这个以河流命名，有着吉祥寓意的酒镇。

江苏是典型的水乡，水乡注定与酒有缘。此处中国八大名酒占二：双沟和洋河。爱酒或者不爱酒的人，都会在这些晶莹透明的液体中追溯、回忆、怀旧、思念和沉醉。沿着绵长的历史之路，翻阅古书黄卷，酒成为多少风云往事和悲欢离合的抚慰？如青梅煮酒论英雄，杯酒释兵权；酒之醉，醉的哪里是酒？刘伶醉酒，朱耷醉酒，李白醉酒，杜甫醉酒，屈原醉酒，醉的不是杯中酒，分明是内心深处的那团冰或者火，凉得苍凉，火得炽热！酒中日月，乾坤无垠。洋河，一个美酒芬芳千年的地址，作为江苏版图上的一叶，九州疆土中的一点，却孕育着这种神奇的液体，千年之醉。

谈到双沟美酒，追根求源，则是一低矮屋檐下，闪烁着唐朝灯火的名叫全德的酒坊，一个在历史的水光中保留下一点酒曲，逐渐隐退消失的酒坊。但时间的河流模糊的只是容颜，那经年孕育的酒曲依旧积淀深厚，甚至逐渐蓬勃、膨胀，以无限可能和无限想象的漫溯，成为历史长河中最透明的波涛，涌动在内心的流域里。只是在每一个醉眼蒙眬的背后，全德的音符早已烟消云散。绵柔洋河，来自河流自身的醇浆，缠绕于美好神话中的一个叫梅香的姑娘。由水变成酒，这个可能性有多大，毋庸置疑，贪婪狡诈的财主不会分不清酒与水，那特殊的液体中浓缩着汗水、火光，还有受伤的暗血。那咸，那血腥，那苍凉，他不会体验不到。民间，有多少传说成为抚慰伤口的纱布？也许他们不需要真相。传说有时更容易直抵人心，给予生存的力量与信念。那个叫梅香的姑娘，在每一个过客的心内留下了潮湿的空地，留下了千年不干的美人泉。不是泉美，也不是泉水终年不干。若河水都干涸了，泉焉有命在？

我徘徊在泉与河之间。汩汩不停的泉水焉能赛过逐浪滔天的洋河？关于洋河酒的来历，人们给他一件美人泉的神色风衣，谁知道这泉如何盛得下卷起千堆雪的河流？实质上，洋河酒出处与双沟类似，可靠的资料显示，它表面上看来自民间酒坊即叶家糟坊，实质上在它的深处，有那河流的影子。

我们带着微醺的醉意，可以从全德酒坊或者叶家糟坊里钻出来，钻过历史中破旧潮湿、酒气浓郁的屋檐，沿着时间的小径漫步；也可以把头从井口缩回，抬头望望星空，漫天的星辰汇聚成遥远的银河，大地上，星星点点的，是散落的村庄。你可以走得远点，也可以沿着泉水的来处做一条游鱼，溯游而上。这一走，也许你就会发现躲在阴影中的酒坊和大地之内涌动的河流，因为你走出了胡同、家园，经过那口充满隐语的古井，你走向了时间、大地，还有你终于遗忘了自己，你走向了无限与开阔。你发现了酒外的酒，或许你会给酒重新下个定义，当然，那时你是沉默的，你不习惯甚至不屑于说，因为整个天地间都是你言说的对象，只是我们听不到你内心城堡里的风暴罢了。

你或许为自己这一停顿或慢一节拍而惊讶，在沉醉里颤抖，固然不是天气之缘故，也不是内心恐惧与不安。当你把目光从瓶子上移开，你发现面前无限辽阔。漫无边际的水汹涌过来，由远及近，从磅礴到静谧，又从静谧到磅礴，奔腾而来又逶迤而去。姑且从酒的出生地看，双沟、洋河，同样的地名，同样的河流，这哪里是一桶水一条溪的提炼，举杯在手，分明无数道河流在嘴边奔腾。极目远眺，你会看到丝绸般绵柔的淮河、运河、古黄河、汴水、泗水在远处彻夜翻腾、奔流。河面上，往来的不只是点点帆影、过客，还有时间的行者和历史的涟漪，这些水系在静默中把精华馈赠给双沟、洋河，带走泥沙，留下精粹，用水的润泽提炼火的真金。他们不去围观，不去打扰双沟、洋河，如哲人、长者般呵护着，守望着，微笑着。天地有大美而不言，万物无言却又言在其中。河流之所以回到无涯，何尝不是因为它那不息的涛声、辽阔的胸襟？任何的名利或者短暂的浮夸不过是虚妄的花朵，转瞬即逝，都会在奔腾中消失，巨浪会席卷一切泥沙。河流正是看到了远处，它才终究走成了海洋，那里是生生不息，是永恒。河流有义。它们是不会把孤独与毁灭丢下的，不会把双沟、洋河两个孤独的孩子抛于平原。在它们身边，河流用气象与神话之手，在这古老的土地上留下了烙印，一个是洪泽湖，一个是骆马湖，像两只水晶般眼睛，慈祥与温情地呵护着，澄澈，静默，大美。

我们不能说这是人为的念想，我们也不能否认自然的造化。人法地，地法天，天法道，道法自然。冥冥之中，这就是极其朴实无华又再明白不过的至理，是不可抗拒与分辨的自然之理。我相信这是自然的法理。我对神奇与传说没有过多的审美向往，我宁愿相信，双沟、洋河之酒，是大地的结果，是自然的造化，是岁月的鬼斧神工之作，一切皆是顺应了自然的恩赐。如此想来，双沟洋河出美酒，这是河流的宿命。水的色泽、气质、内涵以及深度，与酒是肌肤相亲、血脉相通的，水中有丘壑，水中囊括的不仅是千山万水，还有整个倒映的物质世界与精神天宇。

对于酒文化，我是外行，知之甚少。物质世界中只会挥洒时间的无聊，沉浸在这醉人的液体中。我们知道好酒的酿制是讲求地理与缘分的，诸如四川五粮液，贵州茅台酒，独特的地理和原生态的环境，孕育了美酒的芬芳。大山深处经久酝酿的水珠和黄果树瀑布里激流的山泉，用山的灵气植物的生气给予了水的生命。据悉法国的白兰地、苏格兰的威士忌也无不是自然造化的结果，汲取天地之灵气，孕育宇宙之精华。双沟、洋河之酒，同样是万物造化之功。在这两座酒镇之间，一个遗世独立、羽化登仙的原生态湿地，以无限苍茫隐匿其中，还有成千上万亩的杨树林。这些有着生命本真气场的植物，在纯净与自然的生长中，保持那份原始美好与生命。

酒，是自然的精灵，是水的重生，是凤凰涅槃。如果我们沿着时间的通道寻觅，你会发现酒是棵透明的植物，挂满文明的碎片。翻开酒的史册，你会发现双沟、洋河历史久矣。千年古镇千年酒。据古书记载，双沟酒始于汉唐，洋河则始于隋唐，盛于明清，均有千年的传承。如果我们移开平面化的视角，从大地上收回我们的目光，追溯历史的隧道，这时你还会有神奇发现。在酒镇附近，深藏着绝世王陵——距今2000多年的西汉泗水王陵。公元前114年，汉武帝封常山宪王刘舜的小儿子刘商为泗水王，王国建都洋河附近。2002年，南京博物院发掘泗水王陵墓群，出土了7000多件文物，其中有十八件完整的耳杯、两只铜壶等古代饮酒、储酒器具。史书作证，西周时此地为徐国中心，是中原文化、吴越文化、楚文化相互渗透融合之地，这个从西周绵延至春秋的古徐国，又有多少关于酒的人文轶事从酒楼瓦肆传来？一切都在杯中，都在酒中，醉也归去，不醉也归去。

我清晰记得，那是20世纪90年代的某一天。那是个注定值得历史烙印的日子，那个时间的节点有着金属重量，且更加安静或者说格外肃穆，阳光也非同寻常，比以往更加稠密，黏稠般地与大地纠缠不休，整个时空立体呈现。中国社科院考古专家、国外有关人类起源研究的专家破天荒地齐聚双沟一隅——这片丘陵地带上一个名不见经传的地址——下草湾。就是这个如今森林消失、灌木丛生的地方，发掘出江苏境内古人类化石——醉猿，使得这块寂寞苍凉的土地一下子聚焦在镁光灯下，下草湾人遗址由此走进了世界历史的案头，把人类起源的历史推至五万年前。毋庸置疑，专家说，早在五万年前就有下草湾人在此生息繁衍。双沟，成为世界生物进化中心之一。

这与酒何干？上百名地球科学家从双沟醉猿化石的考察中发现，长臂猿属于饮酒过量倒地的，即死于类似酒精成分，故又称醉猿。好一个醉字！五万年前有人工酿制的酒吗？答案是否定的。那么，酒从何来？或者说类似酒这样的液体从何而来？

我去过那个叫下草湾的地方，一条河流蜿蜒缠绕着村庄。在陡峭的岸边，有一块立起的大石头上刻着"下草湾人遗址"六个大字。那是十足的丘陵地貌，高低连绵起伏，极具战略纵深。可以想象当时这里是一片原始繁茂的森林，各种灌木树种野草杂陈期间，类似尼罗河或者亚马孙热带雨林般，万物竞长，以无比疯狂的方式，肆掠绿色空间。也许这起伏的丘陵地势给了长臂猿天生的庇佑场所，它们穿梭在林间，尝居于此，休养生息，繁衍后代。渴了就到河流的上游喝口水，饿了就到林间采摘果实。也许林间果实的生长速度远远超于长臂猿的繁衍速度，大量的果实挂在枝头间，它们等不到长臂猿的到来就自行跌落于树下。一个、两个、三个……越来越多的果实落向地面，碰撞着，堆积着。正午的阳光从林间密密麻麻的绿叶丛里洒落来，照射着这些遗失的果实，加热，加温，腐蚀，发酵……整个下草湾就是一个纯天然的巨大的酿酒车间！

长臂猿疲倦的时候，就栖于枝丫间，闭目养神。不养神干吗呢？物质疯狂的自给自足与天堂般的生活环境，他们还需要干啥？游荡、漫步、嬉戏或者安然入睡，仅此而已。如果说它们还有一点空余的时间，不妨一只长臂猿对另一只长臂猿深情相望，或者暗送秋波，谈谈情，说说爱。它们有的是足够好的物质条件。这是大自然的造化。就在这群长臂猿感到日子单调、生活乏味之际，忽然闻到一股芬芳，从未有过的气息从林间传来，越来越浓。它们寻香而去，在一凹地间发现了一些腐烂发酵的果实，一股股黏稠的液体从中流淌出来，散发着香气。长臂猿好奇、新鲜。它们伸出手，谨慎地蘸了一下莫名的液体，绵甜、柔和、圆润、细腻，这一滋味使得长臂猿顾不得遐想，一下子贪婪地扑在那液体上，喝个饱，喝个够，然后跌跌撞撞而去。哪曾想到，它们还没有走出多远，就一个个地倒下了，醉得沉，醉得香。

其时，整个下草湾、整个大地都醉在其中，一醉千古！这酒，是自然酒；这猿，则是醉猿。

当我从森林繁茂的下草湾中走出来，走出我们自己幻想的景致，审视身边的山坡、河流，也许我们只能用满目疮痍来形容，裸露褐色的土壤，稀疏的树木以及荒芜的小草，河流已失去昔日的波涛。人类在自然的开发进程中，我们不妨自省下。在漫长时光里，我们到底得到了什么？还是不可恢复地失去了什么？我们的现实与精神世界中还残留些什么呢？这是一个看似简单却又如此深奥的问题。

历史不可重演。对于自然，人类必须时刻保持着足够的清醒和敬畏。

　　我是在一个春日的午后抵达洋河镇的。我怀揣着疑问，一个小小的糟坊，在绵长的历史隧道中，靠什么抵达了今天的高处？历史的尘埃、河流的侵蚀都没有淹没或者掩埋它的光泽，相反它以无以复加的方式在日月中蓬勃壮大。2022年5月，福布斯发布2022全球企业2000强，洋河酒厂排行第1202位。看到这铁一般的事实，恍惚觉得这哪里是造酒？分明是在为民生造血输血。一只小小的酒杯，承载着多少人生活的希望？我们姑且不说是得天独厚的地理环境滋润了洋河的绵柔，或者历史孕育了人文元素，值得深思的是这绵久的酒香里，火辣辣的表面之下深藏的无尽柔软之情，民生之情。这才是酒透明而深邃的内涵。它的透明、冷静、严肃，与生活有关。因为生活本身的严峻与沉重，它必须选择透明的昭示与抚慰。一切虚伪的迷乱的背后，都要回到真实，回到最简单、最原始，也最具有本质的力量上来：生存。

　　去洋河酒厂前，我就听过朋友戏言，洋河的麻雀都有着三两的酒量呢。车子没进入镇里，酒糟散发的酒香已经迫不及待地往车子里钻，往皮肤里钻，往我们的身体与灵魂里钻。人在这样的境界里，总有莫名的冲动。生命深处的诗意与豪情在历史与故事分子的激发下，氤氲起来。武松"三碗不过冈"的豪情，李白"明朝散发弄轻舟"的浪漫等森林般地繁茂起来。少年心事当拿云。老夫聊发少年狂。空气中弥漫的浓郁酒分子，总是给你一个燃烧的时空。我们都会像曹孟德先生般豪迈、慨叹，"对酒当歌，人生几何。譬如朝露，去日苦多……"当然，我们也会像凄婉的柳三变在断桥彼岸悲吟，今宵酒醒何处？此际，男人打通物质世界与精神世界的通道，非酒莫属。

　　我们避开了新厂区，选择酒厂的老厂区。新厂区的盛大气势与磅礴的镜像，也掩饰不了钢筋、水泥和科技的商品气息。曾经积淀下来经典的人文、斑驳的墙壁和暗处的苔藓，都在经济的潮水中被苍白洗尽。一切都是崭新的，都是新鲜的，天空里棉絮般的白云，随时的狂风暴雨都会让它遭受致命的溃败。我们的大地最终还能留下些什么呢！特别是这些接地气的事物，尤其需要接近烟火、日子和人群。没有经过时间和自然锤炼的事物都是没有光泽和生命的。

　　酒，本身就是大地膨出的玉液琼浆，这种液体，遍身紧裹着水分，却内心燃烧着蓝色的焰火，时刻准备点燃你，燃烧你，直到你烂醉如泥，物我两忘，整个人彻底地瘫在大地上，天地人合一。固然如此，酒还是中国文化中不可或缺的元素，是日子中不可缺少的坚硬或者柔软。我总有一种不可名状的幻觉，举杯，在液体顺着咽喉流淌的路上，似乎有无数的玉米、大麦、小麦、高粱一股脑地涌入体内，无声无息。彼时我有一阵阵惶恐的心理。不是酒精的麻醉，也不是水与火的考验，而是来自田野里农人手中木质的锄头、镰刀或者连枷等农具，于我似乎是坚硬的刺，生疼。粮食是酒的主要成分，无数小麦、玉米、高粱形销影瘦后的涅槃，造就了酒的再生。从粮食到酒的路上，还有千山万水要走。实际上从大地内心吐出丰硕的粮食，何尝不要跋山涉水？这不也是另一种意义上的发酵？那些"造酒"的农夫，用农历的节气、汗水和生命发酵着这些酒的原料、酒的元素。惭愧的是在他们的生命里，有多少属于自己的可以自斟自饮的"酒"？

　　沿着布满光阴的水泥路面前行，我们到达了酒厂唯一幸存的手工车间。一路上，坑洼不平的路面犹如布满皱纹的老者，也只有它才会品出岁月之酒的滋味。我不知道这个手工车间的存在有何意义，是回味昔日手工酿酒的历程，还是保留造酒的文化？在粮食、水与生命合一的舞台上，还有什么不能够醉去？这个车间，据说它是酒厂最古老的酿酒车间，多久谁也记不清，全部属于手工操作，里面的老窖池已有200多年的历史了。四围墙壁上斑驳的绿点，在努力地对抗着时间，脱落的地方有黑色的物质补上去，好似一块隐喻的伤疤。三三两两的工人师傅，手握着木锨，在庞大的陶缸里翻滚着发酵的粮食，热气腾腾。此刻这些高粱、玉米正在经受水与火的考验。陶缸的一边，是铝制的容器，有漏斗，下方是带有测量标记的木甄，时刻接住酿制出来的原浆酒。整个车间，有种柔软漫溢着。岁月的墙壁、充满温度的木甄、盛满粮食的陶缸，还有不曾见到的手推车，无不给人以酿酒的真实与本质，接地气又有生气。不远处，还有三四个车间粮食平摊在地上，在灯光的照射下，正等待发酵制曲呢。可惜我去的不是时候，没有见到印象中人工踩曲的情景。无数光着脚丫的踩曲姑娘，藕节般的小腿，在粮食与水的舞蹈中，放飞青春的身材。淋漓的香汗伴着爽朗的笑声，映照出红扑扑的脸庞。水为酒之血，曲为酒之魂。她们哪里是在踩曲，分明是在酿制生活的芬芳，体验人生的真谛。

我们要离开的时候，朋友带着颇像车间领导模样的人走过来。别走，喝一口原浆酒啊，说着他从旁边拿过一个容器，从木甂里舀了一碗酒，我伸出舌尖浅尝，一股绵柔的液体顺喉而下，酥软的感觉袭遍全身。

万物皆有仪式。登基有仪式，祭祀有仪式，收庄稼也有仪式，酒也不例外。登基、祭祀的仪式充满庄重，而收庄稼的仪式则让人倍感温暖与亲切。我喜欢农人那种庆贺丰收的原生态仪式。在苏北表现的方式就是用中秋的火把。农人们会在中秋的夜晚，用高粱秆或者芦苇扎一草把，交给孩子们到原野里燃烧。那个夜晚，整个旷野里火光冲天，似星辰降野。农人说，这火烧得越红火，就意味着来年就越丰收呢。靠天地生存的人，他们的图腾只能是这些来自民间底层的物什，诸如门神、石桥、牛槽、土地庙等，这些无不带神性的咒语，是灾难时悲怆中他们最后的稻草，支撑他们继续活着的理由。

酒的盛大封坛仪式是在地下酒窖中举行的。时间是冬季。据说有1300多年的历史了，诸如状元红、女儿红，亦有封坛仪式。这也是酿酒者必须遵循的古老习俗。古时候的人们就懂得酒封起来越陈越香的道理，实际上还有一种寓意，就是把一年的美好愿望寄予佳酿之中，以待来年开酿。

仪式为何选择在地下酒窖呢？这个酒窖本来就够令人震撼的。这是目前世界上酿制白酒行业最大、也是最古老的酒窖之一了。成千上万的陶坛经年累月地沉睡在这里，等待一朝酒醒。美酒的酿制不是机器与技术的合成，也不是酒曲与调酒师的作用，而是岁月的沉淀与酝酿。刚从酒器里流淌出来的，则是原酒，从原酒到真正的成品酒，中间还需经过蒸煮、出甑、冷凉和加曲，再进入酒窖长时间地生长，才抵达地面，抵达我们的酒宴。洋河酒人是懂得接地气的，况且酒的精魄来自水，也是善于利用地气的。他们把酒置于地表之下，陶坛之内。这个陶坛非同凡响，不是出自一般泥土的炙烤煅烧。这陶土是来自江苏宜兴的紫砂土。宜兴得天独厚，盛产紫砂壶，名冠天下，其妙就出自泥土。这特质的土，烧制成陶坛后，盛酒其内，透气不透光，过气不过液体，能够让原酒在坛内"自由呼吸、蕴藉精华，自然老熟，成为活酒"。更神奇的是由于湿地的缘故，地下酒窖的湿度很大，促进了陶土对窖内多种微量元素的微化，散发出易被人体吸收的离子来。

地下酒窖。身边似乎每一下震动，都会掀起浓厚的酒香涟漪，加上幽暗的光线、曲折的小路和古朴的陶坛，越发增添酒的神秘与奇异。引人注意的是每一陶坛口均扎一根大红色的绸带。这让我们一下子跌入张艺谋导演的《红高粱》中，耳边，高粱地里那原始、野性的美在酒的勾兑中，在巩俐的演绎下，我们看到了从人性里发酵的酒，从血性里酿制的魂，"喝了咱的酒，上下通气不咳嗽……喝了咱的酒，一人敢走青杀口……"遗憾的是我们没有见到一个动态的酒封坛仪式的现场，我知道我们也不可能见到，这千年的神秘与积淀，总有许多不传之谜。

朋友看出了我们的沮丧，转而安慰我们。其实，这封坛仪式的关键在于两种东西：一是封坛胶，一是水绵纸。可别小看这封坛胶，它是用自然界天然原始材料经过几十道工序提炼制作而成的，对原酒有催化老熟之功效。而水绵纸，纯手工打造，带着人体的温度，纸质坚韧，久存不陈，防腐防蚀，密封性强。朋友掀起一节红绸，指着陶坛口给我们看。我们只看到陶坛上布满厚厚一层黑黑的斑点，摸上去丝绸般地光滑柔软，我们哑然失笑。朋友看出我们的质疑，说那不是霉斑，是菌苔，是空气中适宜酿酒的微生物群长年集聚而成，就像原始森林中庇护地皮的植被。这也是酒窖厚重历史的见证啊！不信，你问问那棵黄杨树。

出了地下酒窖，我们如约地碰到了见证地下酒窖的那棵古老的黄杨。朋友说它已经有235年的历史了。叶家酒坊不在，当年的酿酒之人不在，多少风云的历史也远去了。历史却把最青葱的一页交给了这棵黄杨。

历史如酒，黄杨亦酒矣！

"面对大河，我空有一身浩瀚。"海子如是说。在洋河，我把双沟、洋河之酒看作河流，它们从地下的暗流中涌出地表，然后在时间与尘埃里，撞击成无数铿锵的浪花。从一个日子到另一个日子，从一个餐桌到另一个餐桌，从这个酒具到那一个酒具，涌动的不都是河流？这是立体、厚重而又隐形的河流。这流动里，不单是泥沙俱下，杂草丛生，沉舟千帆，还裹挟着世间的欢笑、悲伤、行走的背影和城市、村庄，甚至还会有悠远的汽笛、银色的机翼。这都将汇集在一种叫酒精的河流中，我们可以得意忘形，可以仰天长叹，可以泪流满面，可以沉醉酣睡，还可以终日花天酒地，莺歌燕舞。

没有什么可以阻挡河流的远行。就像我们无法回溯洋河昔日的荣光与气场。一切物质与人事都会在河流的滚滚波涛里逐渐远去与消失。泰戈尔说，天空中没有鸟的身影，但我已经飞过。在漫长的时光旅途上，我们似乎总是听到那些不倦的酒歌在耳边歌吟，或历史，或文人，或战争，或现实……

念及此，我愿为洋河酒击节赞赏，为它的物华天宝与人杰地灵。钟灵毓秀的地理赋予它水的柔情与缠绵。女人是水做的，酒亦是水做的，它是燃烧的水，是飞翔的水，是穿越的水。如果说天赐禀赋的湿地给了洋河自然与河流的温柔，那么历史与文化就赋予了洋河大地与人世间的胸怀。

洋河有洋河的激滟与波光。相传乾隆皇帝第二次南巡，驾临皂河，与几位侍从由泗水南下，舟至洋河上岸小憩。只见青砖灰瓦、锦旗招展、瓦肆林立，车水马龙、暮鼓晨钟、糟坊俨然、酒香浓郁，一派繁华盛世气象。他不顾龙体，跃下船头，钻入一家酒馆，要了当地的洋河酒，品后大赞："酒味香醇，真佳酒也！"乾隆皇帝在此之后，居然把洋河酒举到了外交的酒宴上，成了国酒。这是洋河酒的魅力。但我想说的是，当初乾隆爷品尝的酒已经不再纯是水与粮食精魂的化合物了。你想，治国平天下的乾隆，可是一酒囊饭袋？面对着洋河镇芸芸众生安居乐业、其乐融融的盛世年景，怎不龙颜大悦、洋洋得意？以江山为重、社稷为重的乾隆爷面对此情此景，端一杯酒在手中，其时酒不醉人人自醉。他虽六下江南，五次留驻宿迁，醉饮洋河美酒。他的醉是洋河酒的醉，是洋河百姓的醉，更是他江山的醉。但不可否认酒借其景，景酒映衬，国泰民安，浑然天地人合一了。

这样一来，乾隆爷对洋河酒的评价似乎与政治挂钩了。我倒喜欢文人墨客口中的洋河酒，据说著名文学家曹雪芹经过洋河时，在此停留大醉三天，后又满载一船洋河和清风明月，顺水归去。水波过后，留下了一副传世嘉联：飞鸟闻香化凤，游鱼得味成龙。我不知道曹老先生那一惊世传世之著作《红楼梦》，是否曾在洋河酒真味中得到神来之笔？明朝的诗人邹辑，应算是洋河的知音了。洋河历史上隶属桃源县，有世外桃源之隐喻。他因对仕途心灰意冷，遂告老还乡，晚年隐居洋河。诗人说，白洋河下春水碧，白洋河中多沽客……行客年年任来往，居人自在洋河曲。洋河酒，不只是文人墨客隐匿生活的陪伴与解忧之物，也是寻常百姓、天地过客口中、心中的慰藉了。

中国的文化至少半壁江山与酒有关。中国文化元素无酒不成席。从《诗经》"既醉以酒，既饱以德"到《楚辞》"举世皆浊我独清，众人皆醉我独醒"，穿《唐诗》至《宋词》，无不烙上酒文化的印痕。国人喝酒与洋人不同，不喝出内心与现实交织的自我，不喝出天地合一的境界，不来个"今宵酒醒何处"，就无法知道酒中的滋味与人生的况味。送别是酒，"劝君更尽一杯酒，西出阳关无故人"；出征是酒，"葡萄美酒夜光杯，欲饮琵琶马上催"；忧愁是酒，"抽刀断水水更流，举杯消愁愁更愁"……洋河，以河流的名义，我看到了汹涌和无限的远方；而洋河之上，我看到了一种载着文化与文人的河流正走向远方，看到了我不曾看到过的浩瀚。

我是偏好洋河酒的，偏好那晶莹澄澈中的那抹蓝。在植物中，很少有植物能开出蓝色的花朵。蓝是一种气质，一种圣洁，一种浩渺。那蓝色的海水铺天盖地般潮来、江南苏绣般的柔软与纯美，似乎一双蓝色的大手，拥你靠岸；又似一味难以名状的药酒，在给大地疗伤，给红尘疗伤。

从羊禾路走出酒厂，我为这两个字惊醒。羊与禾苗，接地气的动植物，不正是"吉祥如意、人寿年丰"的象征？不正是大地上众生的祈祷？洋河，原来走的是一条大地之道、苍生之道。趁着酒兴，我禁不住地吟诵起俄罗斯女诗人茨维塔耶娃的诗句：

　　"我想和你一起生活，在某个小镇，

　　共享无尽的黄昏，

　　和绵绵不绝的钟声……"

负二层

　　我时常把自己想象成一只猫，黑暗中孤独群体的一员，着一身黑色寓言，与同伴，三五成群，蹲守在小区的进出口或者别处，对着匆匆的行人、林立的高楼、琳琅的商铺以及长空里的秋雁凝视着，目光看上去空洞、呆滞、冷漠。这个凝视，不只是某个时间点上的延展、变形、拉长，也应该包括脱节、藕断丝连、空白与接续。

　　小区大门，我视为城市躯体重要的器官之一，是通往无限隐秘与幽深的隧道入口，就像一个人的口腔，打开后，沿着下行，穿过气管，然后就会依次抵达肺、心脏和肝脏等器官。网状型、管道般的水泥城市，其内部不正是由这无数个住宅小区组合而成？而我更愿意把这扇门，比作城市明亮与隐晦的私处，明面上是芸芸众生自由出入的通道，迎接着晨曦、美好与梦想，暗地里抵达的，是归来者深夜窗口不眠的灯盏折射出的暗哑、疼痛和悲欢。

　　当然，我们还可以把小区的门，看作是城市白天与黑夜的分水岭，时间的警戒线。门外，对峙的是日出、奔走的人群、川流的车辆，以及高耸入云的楼盘、写字楼、金融大厦、现代性的地标建筑与密布不堪的商品住家楼。那些写字楼或者商业大厦；我以为是收容外出者白天的广场、空间；小区的活气则在黄昏归来或者夜晚漫溢，热闹、喧嚣地驶入，或者形单影只地遁逃，无论以何种方式进入，盛装的，或是归来者的疲惫、焦灼与失眠，或是下一个路口与憧憬。上班下班，也分明是从一个黑洞抵达另一个黑洞，光亮的部分在路上点燃、捶打与熄灭。

1

我是在小区门口的一块巨石上与它们相遇的。那只猫，或者那几只猫，群体或某个家族，以巨石为圆心蹲守着，散乱，也可能是乱中隐藏着某种序列。那块黑色的巨石，庞大、笨拙、缄默，像长期潜伏于小区一角的思想者，暗哑的思想者。那种与生俱来的黝黑与凝重，让人想到夜晚中猫群凝视的双眸，藏匿着黑色闪电的踪迹。城市的夜晚，危机四伏。到处都一闪一闪的，布满陆离与光怪，各种魑魅或魍魉，就在你我的四周。

我对巨石的想象，源于我时常看到一只黝黑的猫始终端坐在石头上，留守者还是守护者？旁边，还有几只密布虎斑纹的猫，在外围散落着、逡巡着。这是它们的分工，还是在地盘的争夺中失去了固有的根据地？流落于巨石一侧，寻求另一种安慰与依靠。

猫自身的颜色，无形中增加一层巨石凝重的神秘，就像隐藏在屋内的黑色蝙蝠，传说中的黑色女巫，神秘与怪异的身影，仿佛带着天空的咒语在人间飞行，让人恐惧和不安。这种神秘与不安，加重了小区人的不安全感。原本这座城市的繁华、喧嚣，物质的高度发展，房价肆无忌惮的飙升，物价无止境的上涨，还有一票难求的学区房等诸多因素，已经让日常生活遭到了重重包围与剿杀。包围圈里的人们，在时间与空间的双重压迫下，早就变形砥砺为那根细瘦的绣花针，在厂矿企业、商场酒店等场所里，咬紧牙齿，埋头躬身于横流的物欲生产线，以此维系着陡峭的生活。

城市的每一个拐角与窗口，吞吐、转折、旋转、下坠的，应该是经济的水声和充满物质与利益的欲望。我们走在街上、马路上、商店里或者公交车上，耳边响起的，是证券所股票的跌宕声，是楼盘的惊嘘音，是商品推销的吆喝声，还有房产交易中心所的喧哗声。我所在的小区物业管理部门，组建了个微信工作群。这原本属于工作性质的沟通联络工具，转眼就被日常生活所圈地，取而代之的，不是业主与物业之间的交流，而是一日三餐、修补打扫、生活旅游、文娱活动的狂轰滥炸，是股票、楼盘、债券、二手房和旧商品等铺天盖地的信息。城市的拔高，对时间和空间做出了强烈的异化和割裂。随着电子科技的介入，面对面的约定，则分裂成了一种时兴的虚拟网络联系。还有一些能干的主妇，在自家的厨房里，靠着自己的心灵手巧，做起蛋糕、面包以及各种熟食，在群里大肆兜售着。而从乡村来的业主们，则利用故土的资源优势，做起了环保、天然绿色的乡土菜生意，比如遥远乡下的油桃、土鸡蛋、槐花、枇杷等，他们赤裸裸地在群里吆喝着，一时间引得吃惯了大棚和超市里东西的"吃货"，纷纷抛出橄榄枝。进城早的业主，则把家里的旧家具等旧物，折价发在群里叫喊，这种叫卖也是有市场的，一些以租房为业或者流落城市的打工妹、打工仔，则用少许银两，换得廉价的配置，皆大欢喜。实在没什么可以叫卖的，有人力资源的主妇，干起媒婆的行当来，给城市里单身的小伙子们对接淳朴善良的乡下表妹们。大部分的时间里，小区处于一种静默，只有群里是热闹的，喧嚣的，人来人往，穿梭不停。

我和它们相遇，是一种时间凝滞的状态。斑驳的豹纹，围绕着那块巨石，它们像几块被遗弃的、极具重力的风化石。这些带着时间纹理的石头，和我一样，俯首在同一个屋檐下，凝视着小区门口的过往，不动声色。

2

这是早晨七点三十分，一个慌乱、拥挤、喧嚣的时间节点。赶赴八点公交、上课、买菜、赶火车、挂号、奔丧等的人流，在轿车、电动车、自行车和行人高强度的逼近、挤压下，已经失声了，尖叫了，轰鸣了，车鸣、人叫门卫的训斥声，还有孩子的哭喊声奔涌而来，空气中已经弥漫着一丝丝肉体摩擦的撕裂之声。不甘寂寞的外卖小哥，赶场似的，带着刚出炉的、散发着热气的早点，猫着腰穿过闸门，穿过保安鄙夷的眼神和人流的缝隙，朝着小区单元门火急火燎地奔去，活脱脱地，一只疲于奔命的野猫。

这是谁家的早点？想必在这个忙乱的早晨，还有人慵懒地躲在高楼里，享受着这晨曦、日出、悠闲，似有"众人皆醉我独醒"的人生况味。

我对高楼里的猫，还有眼前的猫感到惊奇，它们在喧嚣和纷扰之外，保持着无动于衷还是波澜不惊？一拨拨人，从楼宇的高耸里钻出来，汇成一股强大的、澎湃的、激越的河流，冲向门口。紧张、喧嚷、拥挤，居然没有惊吓到它们。是对这个忙碌世界麻木，还是看透了这早已熟稔的日常图景？老僧入定，静坐在巨石上，静静打量着被光阴和生活打乱的天籁。

有时猫实在淘气，拦在内部道路的中央，有人就停下行色匆匆的脚步，把它们推开，动作看上去有点简单与粗暴，甚至有些生硬和冷酷。这也难怪，人家急等着要上班打卡考勤，你这猫凑什么热闹？可是，这些猫，谦恭、持重和沉静，面对突如其来的野蛮与侵袭，丝毫没有惶遽、惊叫和遁逃，而是随着人流带起的气浪，靠着惯性顺势闪到一旁，佛系青年般闪开一道沟壑与空隙，然后继续颓废在一旁，独享一种忙碌中的淡泊与宁静。

我原本以为这些猫，会躲避、忍受、溃散，或者反抗、挣扎，甚至与之搏斗一番，伴随着凌厉的喊叫，竖起锋利的爪子，露出狰狞的牙齿，然而它们都没有，就那么一再地退让，退让，再退让，沉默，沉默，再沉默。这与它们一身深黑色伪装的象征丝毫不相称，缺乏夜晚中某种惶遽的咒语、令人战栗的锐气。

这是源于小区的呼吸？我所居住的小区，完全被树林、高大的建筑以及不见天日的阴凉所遮蔽。浓密而巨大的庇护下，许多貌似庞大、令人惊悚的动物，在主人的驯化下，早已演绎为温柔与乖顺的背影。这是一种掩盖虚弱的外表，还是对世界的恐惧与战栗的伪装？我经常见到小区里一些高大威猛的男人或者浓妆艳抹的女人，怀抱着一些娇小的宠物，徜徉在午后的林荫道上。当然，看到更多的是一些金丝笼里的娇小女子，牵着一只只体型肥大的狼狗、土狗，摇头摆尾地晃悠在小区密林掩映的深处。所到之处，行人依旧纷纷退避三舍，惧怕猫狗的人则瞬间仓皇而逃。跟在一只早已失去威风的狗后面，女主人依旧威风着。

3

这群猫诡异的表现，后来我在小区门口的黄昏里得到了答案。这个定格的时间，不是某种隐喻与象征，而是一种日常时间的真相回归，就像游子归来、倦鸟归林、牛羊回圈。早上外出的人，带着一天工作的风尘，穿过那扇刷卡开启的电动门，陆陆续续地回到小区。小区以门为界，从静寂又恢复到短暂的热闹，一时间就像烧开的铁锅水，热气密集上升，喧闹沸腾不已。相对白天而言，寂寥与沉寂的小区，已算得上有了城市的活气与言语。

返回到小区后的人流，褪去职业装、办公脸以及在单位的种种消极情绪，换上另一种面孔，以家居服、休闲服的装束，遛狗的遛狗，与爱人散步的散步，或者带着孩子从小区出去，到马路对面的奥体中心休闲、健身等，还有的人白天没来得及去买菜，背着包径直奔门口几家菜店，挑拣着已经蔫了的蔬菜。烟火气从小区逐渐漫溢、上升起来，生活回到了原本属于它的轨道。

黄昏，是猫出现的另一个时间渡口，猫以固定不变的方式，出现在小区门口。一只、两只，或者更多，仍旧盘踞在那块巨石附近，一只猫高傲地蹲在上面，盯着进口处归来的人潮，间或发出一两声无厘头的叫唤，呜咽声音里，极尽柔软和委屈。

我后来才明白了猫与巨石的关系。那块半人多高的、方方正正的巨石，对它们来说，是庙宇里灰暗、笨重、老旧的供桌或神龛，现在，在神龛之下，是一群虔诚、膜拜的教徒，它们以贴地俯首的作态，包围了这座神龛。巨石的上方，一只不知何时就有的蓝花瓷碗，空口朝天。碗是空的，旁边，凌乱地散落着一些吃剩下的鱼刺、肉末等残渣，有新鲜的，也有曩昔的，看样子，这种情景已经持续了很久。

猫群在黄昏与早晨出现时，我不知道为什么会不一样。傍晚的那群猫似乎没有精神，它们看上去稍显疲惫，弓着腰，缩着头，耷拉着两只耳朵，在每一个路过它的人面前，总要发出一两声让人听来软弱无力的喊叫，加上浑身凌乱不堪的绒毛，把小区宁静祥和的气氛顷刻间打碎、撕裂。

对于小区而言，早晨是道汹涌的河流。一拨又一拨人，从高楼上乘着电梯，流水般通过甬道，抵达小区门口的栅栏，然后在出租车、公交车、电动车等交通工具的承载下，流向每一个人所追逐的地址。一条大河，化整为零，分解成无数条小溪，在属于各自的山路上蜿蜒、流淌。最壮观的莫过于小区的负二层，你只要往负二层门口一站，不论是早上还是黄昏，成百上千辆黑色的、白色的、红色的轿车，从地库中鱼贯而出，排列着整齐的队伍驶出小区。负二层，就像一个大腹便便的孕妇肚子，或是一个隐藏在地下深处的黑洞，在地表树木葱茏与绿草如茵的掩护下，谁能想到这无数的铁家伙，像夜晚里的猫，隐秘在黑暗之中？

那一刻，我对负二层有了某种担心和爱怜。这被掏空肥沃的土壤，承载着植被、种子、蚯蚓、黑壳虫以及各种腐殖质土壤的地下空间，一旦在大型挖掘机的外科手术下掏出肝脏、割断血脉、扯断神经、流尽隐秘的暗水之后，填补进去的则是水泥、石块、钢筋，还有纵横交错、冰冷坚硬的通风管道和鼓风机，包括后来钻进来的无数甲壳虫般的车辆。每一辆车，都有一个秘密抵达的远方。在车主的驾驭下，它在蜿蜒的道路上奔驰着、狂野着，与平坦、笔直、起伏、肉身、恒远有关，也与徘徊、盘绕、停息、曲线和伤悲有关。有的车也许日行千里，有的车也许只能原地彳亍，就像一个人或一个群体。在这个现代化的城市里，有的人找到了驿站与归宿，有的人依旧走在风中，流星一般。

小区，这个坚强而又缄默的怪物，在早晨和黄昏的日常交替中，它要不断地经受着贫血与充血的折磨。成千辆车从它盛大的胸怀里爬出来，带着沸腾的轰鸣、温度和热血，直到渐渐平息。这不正像一个失血的人？而抵达黄昏，又像一个人躺在病床上输血，夕阳就是巨大的输血袋，充实与空虚、平安与焦虑、憧憬与失望、精神抖擞与一蹶不振，都在车轮滚动的节拍里，发出隐秘的示意和寓言。

4

门口人群和车辆进进出出，像河流，猫对此熟视无睹。不知道它们从哪里钻出来，走到巨石旁，继续着日复一日的凝视。

我对猫的记忆，停留在故乡的村落中。我以为村庄是猫最好的家园。作为老鼠的天敌，猫只有在夜晚不设防的村落里，才能用上那个脚上的肉垫和缩进去的利齿，才能用上黑夜中守卫的耐力与执着。别看村庄里的猫，白天躺在屋檐下，眯缝着眼睛，在阳光下翻过来覆过去地舒展着，半睡半醒；或者待在主人的身边，瞅着主人的眼色，围绕着主人的裤脚绕上一圈，撒上一个娇，发出一声缠绵悱恻的叫唤。这声音，其实不是卖弄可怜，而是在向主人报告，别被它白天懒惰、爱睡觉的现象所蒙蔽，那是它在养精蓄锐呢，时刻等待着冲进黑黝黝的夜晚深处，彻夜不回。

这是猫迷惑老鼠的一种假象。一旦到了夜里，猫立马从颓废，拉到抖擞，它们从各家的门洞里钻进，然后从另一家的门洞钻出，一家一家地，展开对老鼠惨无人道的捕捉与虐杀。猫似乎不懂得优待俘虏，它们逮到老鼠后，不只为了填饱肚子，还总是要调皮地玩弄一番，直到老鼠气绝身亡，才会转身走开。

猫一旦走进城市，乡村就成了诗和远方。乡下的土坯房与城里的商品房相比，没有精致、华丽、高端、封闭，但是乡村房子的宽敞、开放和随意，给了猫安全舒适的家园。乡下人不管哪家，总会在门框的一角，留有一个洞，那是为夜晚进出的猫准备的。而高度封闭、精致雄浑、富丽堂皇的建筑，别说一只猫的门洞，就是一只苍蝇飞进来的罅隙都甭想有。紧闭的纱窗、高科技的密码锁，还有严密监控的摄像头，打造一个严密封锁、昼夜监控的时空，把一只只崇尚自由、爱捉老鼠的猫，拒之千里之外，望楼兴叹。

失去故乡的猫，会以怎样的一种状态存在着？也许从狗身上，可以获得答案。黄昏时分，在碎石铺就、灌木掩映的花园小径上，总会碰到一些珠光宝气、牵着狼狗的女人，肥胖而臃肿的身子，垂下来的长发，在一根狗绳的牵引下，摇摇摆摆地溜达。看到贵妇人走来，我们只能远远地躲开，不是怕那贵妇人，而是担心她身边的那只人高马大的狼狗。小区的微信圈里，早就呼吁文明养宠物，禁止养高大威猛、伤人的危险宠物。这遭到了圈内养宠物的人的群体攻击。堂而皇之的理由是，他们的宠物轻易不咬人，只要你不去惹它们。这是什么话？难道人会主动地去撩狗？养宠物的人曰，狗咬人活该，如果你愿意，也可以咬狗的，这样就扯平了。

5

巨石。猫群。门口。这是一场日常中的偶然，还是有预谋的演练？那天，万物配合得恰好。天气突变，天色瞬间暗淡下来，风从远方赶来，挟裹着乌云。冰凉的雨，夹杂着天地间的重量，稀里哗啦地砸了下来，在风的助威下，小区的门口，显得寂寥，凌乱。几个执勤的保安，一改往日的殷勤和周到，缩到了岗亭里，摆弄起手机来。巨石旁的樱花树，在风暴的攻势下，细碎密集的叶子，盔丢了，甲弃了，溃不成军，散落一地，随着潮湿的雨滴，混搭成一块。凄风。冷雨。大石头、小石头依偎在一起，抵抗城市的孤独与冷暖。

骤雨初歇。另外一群人开始登上了巨石舞台中央。我想这应该是猫执着等待的人吧。他们拿着从自家带出来的食物，煮熟的鱼、火腿肠，还有一些零碎的面包，会合到巨石边，把食物搁在石头上。讲究的人还带来一只手掌大的蓝花绣边瓷碗，把食物放在碗里。清一色的老人，从不同的楼宇里走出的老人，操着不同方言，聚集在雨后的巨石旁。

这时，西天从乌云的缝隙中，露出了几片云霞。在霞光的映衬下，大地上出现了一幅奇特的人间画卷。地上散落的猫，就像一个个动词，已经回到了巨石这个句子上，就像树叶，按着某种序列，回到了树枝上。它们和原先在石头上蹲守的猫汇成一排，在不时发出的喵喵叫声中，开始进食。在它们的对面，是小区里来自天南海北的老人们。

我曾了解过，这些老人，有的是随儿女从老家过来哄孩子，或者接送孙子孙女上学的；有的是陪着女儿在异乡生活的。他们是小区最忠实的住户，最长情的陪伴者。他们穿着整洁而又价格不菲的衣服，虽然看上去还不太贴身。白天里，从黑洞洞的窗户里透过来的，是他们空洞而寂寞的眼神。这肯定是在城市打拼的儿女，为了老人像个城市人而重新包装设计的。可是，从额前散发出的乡村气息，以及浑身上下泥土的味道，明显地与城市封闭的气息格格不入。他们，不正是白天蜷缩于小区深处的猫群？金融大厦、斑马线、旋转餐厅，还有灯光舞台等，距离他们很远。他们走得最远的路，应该就是抵达小区门口的路程，等待或者张望着自己孩子的归来。

猫吃得欢快，嘴里发出"呜啦呜啦"的声音，有点狂欢，有点撒娇，完全是一种胜利者的激情和姿态；尤其是吃饱了喝足了的猫，不顾风雨飘落，围着那只饭碗，展开了一场看似严肃与活泼的决斗。瞳孔放大，尖锐的爪子已经伸出，身体朝着后方使劲，这分明是一种以退为进的攻势。一发之间，不知道哪里响起一声莫名的吆喝，立即摁住了那只顽皮的猫，战斗进入休止状态。那只猫失去威风后，转瞬又以温柔缠绵的身段，趴在那只碗边，继续展开吃喝大戏，有时还会转过身来，伸出细软的舌头，朝着过往的行人，上下翻卷，舔舔自己毛茸茸的嘴唇，极力证明自己的温柔。

短暂相聚的老人们，一边盯着这群猫，一边操着各自的口音交流着，他们像猫一样，时而大声，时而低语，时而欢笑，时而沉默；自然，熟稔在这里得到完美的演绎，仿佛故旧，老相识。他们的故土、村庄似乎就在这只猫碗的周围呈现着。在这雨后片刻的宁静与祥和之中，他们的心早已飞回了遥远的村落。

猫吃饱喝足后，从巨石上下来，抬起眼帘，用人间小小的满足，朝着老人们叫喊了几嗓子，当作是对老人的一种回应，它已酒足饭饱啦！当然，也许是对下一次的期待和诉求。不管你听懂没有，猫才不管呢，摇着尾巴，拖着圆滚滚的身子，踩着猫王的舞步，朝负二层懒洋洋地走去。

陌生而又熟悉的老人们，没有受到猫离开的丝毫影响，依旧伫立在原地，一个又一个话题，就像爆米花般倾泻出来，老人们充满着某种热望和迫切，讲到低沉处，有的人还会忍不住地流泪。

此时，天已经完全黑了下来。

6

城市的夜黑起来，要比乡下深沉、铁血和支离破碎。高低不齐的楼房，就像暗夜里长出的巨刺，挑破夜晚的秘密。远处高楼上的几盏不灭的灯光，在深渊般的峡谷里，执着地发光。白炽灯的惨白，就像一个人剖开肌肉后露出的森森白骨。从某种意义上，黑夜对城市来说，也是一个疗伤的隐秘时分。没有人躲得过伤口或伤疤的纠缠，即使在衣着光鲜与富丽堂皇背后。

夜晚走到小区的门口，就像峡谷与云端的抵近侦察，水泥、电网以及钢铁伪装成一个巨大的黑洞，整个小区从门口望去，就是个内部阔大神秘的、错综复杂的黑洞。高楼、别墅、葳蕤的树木、灌木以及猫、巨石，还有暗夜里归来的人，这些移动的、惶遽的、无助的、彷徨的、背井离乡的、颠沛遁逃的、走投无路的、逍遥自在的黑色身影，聚与散，消失或重现，悲与欢，生与死，可以看作是一道聚聚散散的盛宴，一个归而未归的地址，更多的人则被举在半空中。

我在城市里看到最熟悉的一幕，莫过于空中颤抖的脚手架，庞大的巨型机器塔吊，在吱呀声和轰鸣声里，展开对房子的破坏、重建；再破坏，再重建；新旧交换，这是不是推上山顶的另一块西西弗石头？而地面上奔驰的则是火柴盒样的轿车、纵横交错的公交和地面之下运行的地铁。城市，分明就是一台高速运转的绞肉机，与钞票、时间、效率、计算关联，它碾碎汗水、青春、皱纹；稍有不慎，不是下落不明，就是血肉横飞。

我是在小区后门发现那个令人困惑不解的年轻女人的。我该如何描述那个夜晚中的女人，是无法言说的一节乐章，还是半部乔伊斯的小说？"乔迷"们说，詹姆斯·乔伊斯的小说是写给未来人看的。生活比文学作品更加精彩，时常呈现一段不为人知的哲学面孔。黑夜、工业园区、高档小区门口的一侧、明暗的灯光、来历不明的妖娆女人和一摊青色的莲蓬，怀抱着看样子没有足年的婴儿，眼神迷离着投向晚归的人群、疾驰的车流。这过多的隐喻、象征以及多解或无解，平面的，立体的，虚幻的，神性的，等等，密集地指向无尽的夜晚和时间深处的分叉。

我发现她时，她很安静，就像一只抱着幼崽的黑猫，在宽松衣服的保护下，蜷缩其身子，收拢起所有锋利的爪子，还有那双可以穿透黑夜的目光。树影在斜射过来的灯光的照映下，有明明暗暗的光斑落在她的身上，像夜晚的疤痕。怀里的孩子已经熟睡了。她始终站在树影里，既不吆喝，也不言语，甚至更多的时候，是低垂着眼帘，是一种羞涩与躲避。这个夜晚在女人的身旁，似乎变得更加魔幻与神秘，而女人的身份也就更加扑朔。现代园区的高端大气，造成对尘世烟火的排斥与远离。透过那些摩天的建筑，我们很难发现生活的真相或者日子的真谛。难道这个女人为生活所迫？为了昂贵的生活资料，趁着夜色挣取点孩子的奶粉钱？还是被一个四处流浪的男人甩了，留下孩子和不堪的日子？看着面前不多的莲子，即使兜售完，如何抵抗生活的席卷？可是看着她的神情，分明又不是一个常在江湖流窜的小商小贩。在她的身上，我们很难看到一丝商人的俗气、狡黠和欺骗。她的目光没有停留在路人身上，没有栖息在那些青涩的莲子身上，她的眼睛落在孩子身上。我敢说，任何一个过路的人，稍微一个猥琐的动作，一些莲子就会失踪或者下落不明，但女人毫不在意，眼睛里只有孩子和车辆川流下的马路。看这情景，这时候你很难相信她是在卖青莲子，是在卖褓褓中的孩子吧。

当然，我们还有一些猜测，这是个来历不明的女人，是一只金丝鸟或者被老板抛弃的女人，现在抱着分娩的孩子，打着卖莲子的幌子，堵在小区的门口，等待那个骗钱骗色、玩弄良家妇女的负心汉。

这是一种用孩子胁迫男人的手段和方式？我们得承认，钢筋与混凝土的膨胀，加重了人与人之间的陌生感和不信任感。你很难知道，从一幢楼里出来的男人女人，已婚还是未婚，职业、年龄，土著还是外地人，一口标准流利的普通话，灵巧的舌头加上厚厚的水泥，已经封堵住方言、习俗、身份等信息通道，我们只能眼睁睁地看着一些人从楼里出来，一些人进了楼里，然后随着电梯，消失在各自的巢穴与远方。我们无法叫出其中任意一个人的名字，即使与我们同属于一栋楼、一个单元、一个楼层，哪怕就是隔壁的人。

7

清晨与黄昏，我开始对小区门口的那群猫念念不忘。一个问题就会从心底浮起，之后的那群猫到了哪里？刮风、打雷、暴雨或者更多慌乱与惶恐的时分，它们到了哪里呢？回到故乡？故乡还在？过得怎么样？在城市里，我们每天都要邂逅清洁工、农民工、饭店服务生、中介卖房者、外卖小哥以及无数白领、蓝领、金领，他们在时间的指挥棒下，在夜晚星星的红绿灯下，都去了哪里？有家可归，还是无家可归？

小区不远的工地上，一幢楼接着一幢楼从地面上拔起，一群人又一群人随着拔高的楼宇，不断地从这个工地迁徙到另一个工地，密密麻麻的楼宇，却没有一间可以安放他们的身体。我也见过大雨突如其来时，马路上总有一些人，待在雨中，不知所措。这不是说他们是雨中的战士，或是对雨的迷恋，而是不知道哪里可以躲雨。在雨中行走，这已经成为他们经年行走的方式。好在大雨可以淋湿他们的衣服，却没有办法淋湿一个人的内心；有一块属于家的空地，始终是响晴的，无风，也无雨。

至今想来依然觉得自己幼稚可笑。很多时候我还在为一次次被掏空的负二层担心，为那群流浪猫受怕。而实际情况是，那群猫，在我们看不到的时间里，早就与负二层完美地纠缠在一起。那是它们离开家乡后，在城市里的又一个隐秘世界。这也可能是它们在城市里的最后领地了。

都市建筑的富丽与堂皇，科技电子的无缝对接，生活卫生的精准清扫，加上经年不关闭的日光灯，照彻得它们毫无藏身之地、生存之地。你想从城市的缝隙里，寻找到一丝人间的烟火，已经不是容易的事了。动物对城市来说，如果不能够成为人类手中的玩物、宠物，那么，是不是只能落个无人认领、飘荡在外的流浪者与抛弃者的结局？

猫不是不勇敢，也不是不清楚城市对它们来说，是一个建筑疯长和人群潮涌的荒原。它们想过要离开、要逃离。可是，宽阔的马路、纵横交错的街道上，当它们穿过去要逃离玻璃、钢筋的丛林时，命运总是无比地"眷顾"，总是让它们在巨大的车流里，不是暴尸街头，就是横尸马路。是的，城市的不断膨胀，让更多的动物被迫消失或者下落不明。动物不断消失，可能有一天会灭绝的。到那时是不是剩下的都是一种叫人的族群，谁来代替、演绎它们的这一角色呢？

城市小区的负二层，给猫偌大、空洞而黑色的回答。这个看上去短暂而又永恒的地下空间，收纳着城市的车流和遮蔽的暗世界。

我该为猫庆幸，还是为城市留出这么一块地下空间叫好呢？

这个玄秘、昏暗的立体空间里，猫是一个个身裹着黑暗秘密的、四处游走的动词，会发出嘶叫的活物，是黑色秘境中的精灵，有着相同的神符与秘语。

我忽然惊觉，猫是这个地下空间的主人，入侵者是那些轰鸣着发动机的车辆。如果你站在小区门口仔细观察，你会发现每一只猫的眼睛里，都会闪过一缕不易觉察的轻蔑，那是对那些车辆在轰隆的发动机声中狼狈逃窜的蔑视。一阵车水马龙、大地轰鸣之后，猫迈着轻盈的步伐，扭动着灵动的腰身，哼着无人意会的小曲，随着尾巴蜿蜒的曲线，一个个径直回到负二层，回到它们的居所。是的，这是它们的居所，谁也不能改变，谁也无法占为己有，即使那些逃窜而去的车辆，再次回到这里，也改变不了它们是房客、入侵者，只有猫才是房东、是主宰者的事实。九点后的负二层，则是一片欢腾的世界。我就在那个时刻，偶然闯入，见到了那群猫，撞开了负二层隐秘的部分。

那个时刻，我和庞然大物冰冷的钢铁盒子无异，用笨重、野蛮闯入它们的领地。我是另一个世界的入侵者。纵然我不是猫，可是我分明感到压抑和一种无法呼吸的痛。

这镜像，与城市闯入我以及老人们的世界，何其相似？一直以来，我对城市始终保持着某种偏见与警惕。老人与摩天大厦，似乎天生是格格不入的，堵塞的是强烈的排斥、暗无天日的孤独和被遮蔽的黄昏。迷乱暧昧的夜店、醉醺醺的酒吧以及宽阔坚硬的马路，这是为新生的事物以及青春的人们准备的吧。城市的面孔，在时间的一端，始终淹没在一个巨大的词语中，日新月异。而另一端，连接的是我们看不到或者根本就不想看见的衰老、疾病以及死亡。

很多时候，我站在小区三十三层的高楼上俯视着地面。

拥挤不堪的人流，在时间的手指下，流水般地被裹挟着，奔涌着，直到分解成无数细小的溪流，然后溃散。大量年轻的、看似脱缰的野马，在路上狂奔一段路程过后，逐渐慢下来，接着机械般地走进厂矿企业的内部，成为生产线上的一分子，一个安分守己的分子。大浪淘沙过后的小区里，遗留下的沙石、沙砾以及坚硬的石块，散落在小区宽松的马路上、门口以及失修的私人花园里，稀疏的身影，就是河床里没有被冲走的石块，没有生气，也谈不上活力四射了。如果你要是再马虎一下，这些留在小区河床上的石块，笨拙的、苍老的石块，转瞬即逝。她们或者他们，都到哪里去了呢？！

道理也许浅显但并不简单。一块石头的下落跟它与地球的重力是有密切关联的。石头自由落体，自然要往下坡落去。那么这些河床上的石头般的老人们，不受城市待见的老人们，他们不断下落、下坠；最后的地址，正是负二层这个天堂般的地址。小区早晨或者黄昏时候的那一幕幕，再次在我眼前闪现。那一瞬间，我对那群流浪猫与河床上的遗留石块般的老人有了某种联想，他们之间的相守与呵护，有着某种相通的情愫，秘而不宣，却又同病相怜。

我记得那个时间段应该是午后，也是一天中最为荒芜、无所事事的时刻。沿着电梯，在一种失重带来的麻木中，堕落感随之上升。抵达负二层后，闪身钻入负二层，等待一辆车载着沉重的肉身，被抛弃在漫长的高速路上。疾驰的风，带给人一种向前奔跑的力量。其实，我们仍旧停留在原地。

8

走近白炽灯与白天的黑暗交融的负二层后，你会发现，这个隐秘的空间里，空气、时间与地面同样令人窒息。这幽暗的负二层，不只是那一群猫的领地，也属于摩天大楼里的老人们。也就是说，猫群和老人，都是负二层的所有者，各自也都是入侵者。

这场对决或者说是战斗，神秘而又荒诞。神秘在战斗双方，是一群流浪在城市的猫与生活在城市边缘的老人们。这看似不对等的战斗，居然会在某种条件下形成战场对峙。这场战斗不像史书上记载的那些史诗般的战役，光荣响亮或者惊天动地，也不像发生在勾栏瓦肆之中的那种大呼小叫，它是无声的，缄默的，暗哑的，愤怒的，张牙舞爪的，甚至是你死我活的。

暗淡的光线，暗淡的猫群，还有暗淡的老人，两支队伍，一高一矮，但这丝毫不影响双方之间的决斗，以沉重的铁门为楚河汉界，以睁大各自的眼睛作为武器，用冷兵器的寒光，与彼此对抗。一时间，负二层里的所有景物，在各自瞳孔放大的凝视里，增添了几分凝重，让人心生寒冷。此时的猫群，完全不是白天的那幅倦怠、慵懒以及无精打采的低迷状态。

在负二层一盏日光灯下，猫借势轿车这个事物，展开排兵布阵。有的昂着头，吹着胡子，站在光亮处；有的埋伏在私家车底下，伸出头来，打量着对方；有的冲锋在前直接抵达老人们面前，倒竖着尾巴，眼睛睁得大如铜锣，不时发出几声嘶叫；还有的则像狙击手一样，占据车顶这个有利地形，俯视前方；仿佛稍有不测，就会一个猛虎下山般俯冲，完成一个成功的阻击。当然，一定还有更多的猫，潜伏在漆黑的负二层一角，作为强大的后方。只等待前线一声令下，发起进攻。

老人们也不甘示弱。虽只有区区三人，明眼人看出，三个拾荒的老人，在气势上明显弱于对方，但依靠着逐渐佝偻的身材，并没有在它们面前胆怯、恐惧，没有后退一步。他们手拎着肥大的塑料袋，袋里装着刚刚从回收箱里拣出的可回收物品，站在猫群的对面，两者相距不足两米。只是平时拿在手里拨拉着可回收物品的蜕皮木棍，此刻被他们紧紧地攥在手里，也就是说此时的木棍，已成为他们手中防御武器的一种。

对峙还在进行。没有结果就是结果。因为从长时间的对抗中，想必已经看出最终的胜利者，也就是说猫已经获胜。占据身高、武器等优势的三个老人，在长达一两个小时的观斗中，他们始终没有借助人类的庞大身材，挥动一下手中的有力武器，脚步也没有向前移动哪怕一寸。倒是在猫发出凄厉喊叫与爪子呈现的锋利中，惊吓地后退几步。那些黑色的猫，在黑暗中睁大两只铜锣般的眼睛，从黑暗中射出的两道雪白寒光，像两柄血刃的利剑，剑锋过处，准确而又无误地击中老人的目光，寒意沿着衰老的皱纹、透风的牙齿、白银的头发，还有枯萎下去的身子，一点一点，渗入，渗入，就像渗入一种腐朽的催化剂，老人们就在这寒意里，开始躲闪、恐惧、后退。他们又望了望前方不远处几位麻将场的老人，甚至有了逃走的念头。

猫似乎读懂了这一切，或者说已经看到了一群溃败的老人，他们在围攻垃圾桶、夺取阵地的战斗中，已然败下阵来。但是猫还没有继续收手的迹象，不断地有猫从黑暗中走出来，迈着猫王的舞步，或者是凌厉着锋利的牙齿，抖动弯曲细长的胡须，在脸庞挤兑的丑陋不堪中，继续展开对人类的威吓、恐吓。

另一个意义上的淝水之战哪！看似强大老人与弱小猫群的对峙，实际上最终形成对峙的，完全不是外形和肉身，而是心理强大与否的抗衡。强大的人类，无所不能的人类，弱小的自然是贴地行走，流窜在夜晚深处、靠着几声虚张声势的喊叫，以此惊醒午夜奔走的老鼠。当然，也有不知趣的猫，会在这看似忠于职守的夜里，以呵护黑夜的名义，完成几声缠绵悱恻的叫春之声。当然，也可以理解为得意之声。这场对峙，看似浩如烟海的人群，此刻只有三个拾荒者，在面对着不计其数的猫群，谁也不知道这个城市有多少只流浪猫，也不知道黑暗里还有多少只猫在隐藏实力，虎视眈眈。

三个老人，几十甚至几百只猫，这是一组多么可怜的数字对比啊！

这个寒酸而又屈辱式的情景。让我不禁联想到白天的老人们与猫之间的事情。我们也可以看作是这场战斗的铺垫与前奏。难道是为了夜晚的战斗而想出的一种用糖衣炮弹、麻痹敌人的战术动作？那些老人，是站在三个捡拾垃圾老人的一边，再用大鱼大肉或者小鱼小虾，在给猫上眼药，抹甜水，还是在沟通、缓和敌我双方的敌对关系？他们卑微着，祈求着，甚至以落寞与不安的状态，呈现在黄昏或者早晨的猫群前，以期感化这些坚硬的小石头。

可是，看上去这个战术是失败的，没有一点作用，甚至是极其可怜与悲哀的。这些招数不仅没有招来猫的退让，反而让猫从软弱与彷徨里，看到了人类的虚弱。为了负二层的空间，准确地说为了负二层里的一只只垃圾桶，猫选择了战斗，勇敢地战斗，敌人不退，战斗不止。

人为财死。现在的猫，为了那些垃圾桶，豁出性命在所不惜。因为那些容器里，有它们一天又一天的三餐美食。主人们的奢华生活，大量的食物被遗弃，正给了它们生存下去的勇气和力量，以便它们在苟延残喘里，在从乡村逃离出来的背井离乡之痛下，和这个日益长高繁盛的城市好好相处，直到融为一体，双方不再格格不入，不再老死不相往来。它们对城市的依恋，就像曾经对乡村的偎依一样，城市会成为猫活在尘世的乐园。

这些猫，其实哪里知道，三个拾荒老人的举动，与它们的想法是千差万别的，他们寻求的不是高楼主人抛下的残羹剩饭，而是废旧的纸箱、撕碎的泡沫以及布满灰尘的旧家具和孩子的昔日玩具。老人们要把这些东西捡拾回去，然后送到不远处的废品收购站，以此换取一些生活的成本，也有的老人捡拾，只是对老年时光的一种无聊打发。

这样一来，负二层里的一只只蓝色塑料桶，就像一只只张扬着风帆的船只，装载的不再是生活的残渣，而是猫的口粮、老人们的时间和经济利益。

9

猫和几个拾荒老人的对峙游戏还在上演，或者说每天都在上演。这是一场悠久而又没有尽头的拉锯之战。老人走了，就会有更多的城市新老人加入；猫呢，一只猫终结了，就会有更多的流浪猫涌来。大家接过各自的接力棒，共同完成对生活乃至生命的一种坚守。

战场之外，不远处，还有一群在下象棋、玩纸牌的老人，他们躲在一间没有窗户的地下屋子里，其实是墙壁与柱子的一种改装，四面围成一间房子，放上一张业主遗弃的餐桌，还有几把破旧不堪的椅子，以此组合成两个人或者四个人的游戏，对抗老去的时间。

是游戏有巨大吸引力，还是他们熟视无睹？他们沉浸在自己的游戏中，完全没有理睬在负二层的另外一侧，一场属于人与猫的大战，悄然发生着，看上去无声无息，却也有几分惊心动魄。如果他们能从餐桌旁走下来，来到三位拾荒老人的身边，即使不言语或者空手，只要那么轻轻地一站，相信战局就会立马扭转过来，进而夹着尾巴、呜咽几句然后仓皇逃窜的，就不是丢盔弃甲的人类，而是一群依附于人类的动物了。

遗憾的是，那些老人始终端坐在餐桌上，热热闹闹地铺陈着没有尽头的游戏，没有抬一下眼皮，或者发出一声惊呼。

后来，我多次来到负二层，发动着私家车，沿着从地面上穿透下来的光亮，从昏暗的二层，穿过模糊的一层，抵达明亮的地面，然后像一只奔跑的甲壳虫，在纵横交错的高架与快速路上疾驰，以城市为中心，看似有条不紊地生活着，工作着。在城市这架庞大无边的、高速运转的机器里，我们很难说得清楚，这就是所谓的城市生活，是我们想要的生命状态。

我没有在意那一场荒诞而又隐秘的人猫大战。虽然我也像一个拾荒的老人，或者一只夜晚中坚守的猫，幽魂般，踟蹰在负二层；看着一辆辆私家车，载着西装男人与浓妆艳抹后的女人，在马达声中离开这里；或者等待着他们像夜晚归宿的鸟儿，再次回到这个巢穴，回到这个猫群和拾荒老人争夺的战场。

如果说，我还有一点好奇的话，我喜欢等待那些深夜回来的人，疲惫的他们，载着一身的星光，匆匆地窜入地下，然后急匆匆地泊好车，寂寥地穿过猫群、穿过为数不多的人群，沿着上升的电梯，上楼。

而令人夜不能寐的，我还遇到过一群午夜寂寞的一群人，她们在暗夜里牵着宠物狗，踱步在负二层。还有深夜躲在车内吸烟、迟迟不肯归家的男子，紧皱着眉头，陪伴着一声声低沉的长吁与短息，一支烟接着一支烟，直到地上扔下一个个烟头，天边露出了鱼肚白，才悄然下车，离去。当然，这样的黑暗负二层里，也许一不小心，你也会遇上一对相亲相爱的青年人，他们才不怕那群猫或者那场看上去令人恐惧的对峙呢。负二楼是他们隐蔽的情感温床，他们隐秘在灯光照不到的角落里，在夜晚的荷尔蒙、汽油味、遗忘、孤寂、汽油等合成的气味里，成功地演绎着一次次短暂而狂热的欢愉。

我在负二层里所见到的，那些尖锐而温柔的声音，耀眼而朦胧的光线，是不是我们各自内心的生活图景？在城市的地下空间里，我们、动物以及生活，也许正在暗中上演，比地面之上更为真切、赤裸与异化。老人与猫群的争夺，是不是人类与动物、植物等争夺前的一次隐秘的演练？膨胀的高楼，密谋着终有一天把故乡、伦理、情爱、眼泪等挤压侵占，碾碎风干。到那时，大地上剩下的，将会是疯长的、漫天漫地的水泥森林。

而我们所不能知道的，是小区门口的那群黑猫及那只蓝花瓷碗，会不会仍旧在那里。还会不会有人在雨后等着我们归去来兮呢？

无尽烟火

1

对于成熟的城市来说，一条街道的生长，不是一蹴而就的，也不是几幢高楼大厦积木般搭建的空隙；就像一棵树，迎着风，沐浴着阳光、月光在光阴里缓慢生长，从新生种苗到后来蓬勃葳蕤，直至参天耸立，撑起一方独立的天地之荫。

我理解的街道，除了建筑之外，还需要拥有道路、临街店铺、居委会、菜场、医院、周围定居的人群还有水席般的过客，以日常角度，靠近或抵达烟火袅绕。比如马路街，一条我租住大半年光阴的街道，在不到两公里长的宽阔街道及其周围，集聚着医院、菜场、停车场、地铁、饭店、宾馆、杂货店、小型超市、修理铺、馄饨摊、卤菜店、保洁公司、批发铺、居委会、派出所、休闲公园、快递公司等。如果忽略路两边三三两两的梧桐树、凌乱的灌木丛，还有一些被切割成若干方块、参差不齐的简易店铺，街道是如此坦诚与直观，像根一览无余的直肠子，坦荡荡的，毫无城府、丘壑可言，而弯曲幽深是不是意味着某种遮蔽与隐藏？比如始终缄默的路面、矗立云天的楼宇，还有反复出现的车辆和东奔西走的人潮。

如果这种坦荡或幽深，与马路街身旁的若干巷弄勾连起来，我指的是跟它紧密相连的太平巷、绣花巷、五福巷、文思巷、复兴巷等纠缠起来，包括其中无数细碎的、散落的、无声的、喑哑的、逃逸的或正在消失的一切，是否这就是一条街道从根系到枝蔓的全部图景？从空中俯视街道，你会发现，街道是鲫鱼粗壮的脊背，小巷是锋利的腹刺，空间的丰满与时间的骨感，组成或沉重或轻盈的肉身，从灵到肉，从肉到刺，扎入生活釜底，疼痛或麻木、沸腾或冷酷。曾经很长的一段时间里，我骑着城市共享单车，与这些骨、刺纠缠着，在无数个孤独的昼夜里。

我在叙述这一街道时，夕颜已经康复出院，离开马路街回到苏州家中。人的一生充满着很多无法窥知的玄秘与诡异。若干年前，夕颜像一只春天的燕子，停歇于这座城市，倾注她的青春和热血；谁也不承想，多年以后，重返这座古老城市时，它以拯救的方式，给予夕颜抚慰与重生，这是时间里的偶然还是一种天宇里存在的命理？这就像农人，在大地上撒下若干个种子后，注定会有一颗种子，长在你必经的路上，以春华秋实的面孔回赠你当初的付出。我不得不承认，人世间没有一粒种子会无缘无故地落生，无缘无故地睡眠。

马路街的一端，是一家大型综合性医院，以直角的方式，成为这个街道的核心部分，就像那块叫石敢当的石头，蹲踞在高大建筑的拐角处，在阴影里镇守神秘与莫测。夕颜在这里走过她生命里最暗淡也最光亮的一段历程。两百多个日子，从马路街穿过棉鞋营南巷，然后抵达棉鞋营36号。这个熟悉而又陌生的城市街道里，我们以租住的方式，带着疼痛介入它的内部。

进入一座城市的方式有很多，如地铁、高铁、轿车、单车，当然还可以徒步。我这么突兀地引出单车，是源于我对地铁、高铁感官上的麻木与隔阂，对徒步劳累的畏惧。其实多年来我日常的出行以地铁和高铁的方式为主，我把它们归结为某种僵硬的、可以移动的铁皮箱子，箱内是陌生的面孔，天南海北的方言；箱外是城市、世界和烟火。我和城市之间，隔着的是一层又一层坚硬的铁皮。《装在套子里的人》里的别里科夫，追求与世隔绝或者苟且偷生，与我无关；相反，我对生活与城市、城市与世界的理解，是没有任何偏见的。肉身与路面擦出的火花，或某种歇斯底里的尖叫，都是在放大我们的不堪与恐惧，也是我或者我们必须要经历的一段路程。所以，单车的选择，成为我贴身走近城市的某种考验和选择。

单车相对于徒步，有着明显的时代性，比徒步快，又不失去对城市的体悟。骑在单车上，像一只小蝌蚪游弋在人群的河流里，那么弱小，那么无助，随便一阵人流或者车流，都会把它卷走。这种以钢管为主体结构的代步工具，在肉身双脚的驱动下，随着路面颠簸、拐弯、漂移等，带动肉身的震颤、疲惫和疼痛，深入城市的毛细血管。这是不是一种肉身的转身？这种经验我多次在现代人的城市笔记里读到，许多人正以背包、单车的方式，与城市来个近距离的接触，或者有人以赤脚、裸体等行为艺术，表达对某一座城市的感知与解读。

实际上我对单车的理解，是后来在骑行一段时间后逐渐体悟到的。我对单车的选择，当初完全是一种物理距离上的考虑。从常府街地铁口到马路街医院，这段路说长不长，用软件导航下，不过两公里而已。对于一个爱抽烟的人来说，顶多一支烟的工夫；对音乐爱好者来说，耳机里放完第二首歌曲；如果对于一个徒步健身的人士来说，这点运动量还远远不够。就是这段舅舅不疼、娘亲不爱的路，出租车不愿带，公交车开不到。对于每周都要经过十来回的病人家属来说，不再是音乐休闲、锻炼养生，而是体力的严重透支和心力交瘁的惶恐。如果不想徒步，骑单车是唯一的方式。

从常府街地铁口出来，迎接的，始终是一排排列队等候的共享单车，黄的、绿的还有蓝的，清一色的左转向，向着地铁口张望，像恋人在暗中等待，充满着忐忑、慌乱、不安和清冷的孤独。因为我每次从这个出口出来后，时间的指针都指向午夜。我要在这午夜的街头，骑上一辆单车，迅速地赶到医院去。这一路上，要经过巍峨矗立的江苏大厦、广场舞浓烈的郑和公园，还有一条挤满小商小贩、店铺林立的绣花巷，然后来到马路街，医院就在马路街的一头。当然我也可以从白下路走，穿过人车拥挤、狭长精瘦的五福巷抵达医院。我更多的时候，选择那个有着不少菜场的绣花巷进入，街头拐角处有一家水果店，几个创业的大学生开的，我总要买上一些。

我曾多次回望，那些停在地铁、医院、超市等附近或黄或绿或蓝的单车，好像拥有着上帝的视角，带着害羞和体贴，码在你出行的街角、路口和门外，像某种约定，老朋友的体贴、爱人般的守候。上天给予你伤痛，万物赠与你抚慰。那一刻，我对单车及造物主是感激涕零的，对城市的温暖感一下子上升起来。

午夜的南京，路上人影稀少，安宁、静寂。陪伴夜归人的，是站直身子的路灯，在黑暗中睁大昏黄的眼睛；橘黄色的光，弥漫着温暖。我很享受从常府街地铁口到医院的这段路，曲曲折折，幽幽暗暗；除了路灯的热情，我还可以跨上单车，双脚奋力蹬动，在飞速的旋转中，把两旁的高楼大厦，偶尔冒出的出租车，还有一些暗中模糊的黑影，统统抛在脑后，前方只有我这辆疾驰的单车。飞一样的速度里，沉重的肉身似乎获得片刻的轻盈与上升。

很长的一段时间里，我对单车是迷恋的、依赖的、忠诚的。夕颜进入化疗阶段后，输液，成为她时间里的主宰。一天多至七八瓶、少至四五瓶的药水，从点滴开始，切割时间，从清晨开始，到午夜结束。大量的药水，加快她的头发逃逸、零落和不知所终。她的世界里，除了白墙、白大褂和透明的液体，不再有其他的色彩。主治医生曾忠告我，夕颜的病目前没有什么大碍，药水也是一种辅助预防性治疗，最大的免疫力量，是来自亲人的关心与陪伴。他的话，开启了我从苏州到南京接近一年的长途奔波。我一天天一次次地丈量着两城的距离，像那个推石头上山的西西弗，不断地推上去，然后又一泻千里地滚落下来。时间一长，我对距离就有了心得，如高铁、地铁上的这段路程，人充满着强烈的疲惫感、无力感、颓废感，甚至还有绝望感，再要紧的事，你也只能顺着高铁沉重的喘息与奔驰，地铁的停顿与穿行，一步一个脚印地向前赶，不会慢一分，也不会快一分，不急不躁。高铁、地铁不会因为你内心十万火急，你的刀绞心痛，就加快体恤与悲悯的速度。你能做的，是无奈地静坐在座位上，保持一种顺其自然或听天由命的绝望。时代的进步，城市的发展，随着万物互联，人已经变成其中的一个部分，不再是主宰者、驾驭者，万物抵达平等的地平线。我庆幸，从常府街到马路街还有这样一段距离，像一个跳出生活轨道的顽皮孩子，流浪在外。没有地铁、公交和轨道车辆，只有单车。

这是一段我唯一可以主宰和控制的物理距离。

不曾料到，一个小时高铁的漫长，却赶不上这地铁口到医院两公里的时间长度。这段物理距离里，身体像台古老的机械钟，时针、分针还有秒针，三把细长锋利的尖刀，在心脏深处挖搅、切割，尤其是秒针，以马不停蹄的速度奔跑，声音铿锵，推土机般一点一点地吞噬你的空间。扇形面积逐渐在缩小、缩小，压迫感、无力感还有虚脱感潮涌，随时有窒息的危险。那个时候恨不得自己能一步登天，一分一秒都不想耽搁。即使把车轮蹬得快如闪电，人和单车合成一支离弦的箭镞，我还是能感觉到时间的飞奔而去。

快点，快点，再快点！有个声音在耳边呼啸，我朝着医院方向弓着腰蹬动轮盘。

推开病房的门。夕颜说，你今晚比昨晚正好迟到了三滴。我不在她身边，她就一个人数着水滴。我不到，她不睡。

三分钟的单车路程。有时候慢两秒，有时候快三秒。这是我反复掐准的时间，也是双脚与单车之间的约定和坚守。夕颜不相信，胡扯？我夸张地对她说，那还能有假？导航指路，反复骑行也不是一天两天呢。夕颜凝视着我，不用那么急，慢点骑，这里有医生护士在呢。

我把脸转过去揉了揉眼睛，然后又转过身对夕颜说，你记着，出了地铁，我三分钟就能赶到你身边的。

我兴奋地对她说家里的新闻，你知道吗，你不在家的日子里，我们家小区门口也设有共享单车点，从小区北门到星塘街地铁口，再也不用步行啦。

夕颜住院，儿子高三。这迫使我不得不在两座城市之间来回奔波，他们都是我生命的支点。这样一来，我常常要在一大清早坐最早一班高铁赶回苏州家中，接送儿子上学、放学、吃饭，然后再乘坐高铁夜里赶回南京。清早回，夜里来。这样的生活节奏，以至于我常把高铁想象成上苍伸向人间的长臂，拯救众生。一离开医院，微信成为我和夕颜之间联系的唯一方式。只要有一点时间，我就会给她发微信，在高铁、地铁里发，在我骑单车的时候发，随时告知她我的动态：上高铁了，到南站了，乘上地铁了，到医院门口……

共享单车真好，有了它，这一截路我们就能走好。我坐在病床前，夕颜握着我的手说，等她好了，我们一起骑单车上下班。我使劲点头，然后拉上窗帘，披好夕颜的被子，熄灭灯盏。旋即轻微的呼噜声响起。

2

羊皮巷，准确地说叫羊皮巷菜场，马路街之外另一个熟悉的地方。距离医院三公里处不到，是地面一层改造而成的，距离新街口只有咫尺的距离。作为地标性的街口，它的名字，意味着繁华、时代、前沿和哲理，是无数人到南京的打卡地。而现在，低到尘埃的菜场，与高到云端的街口，放在一起，是否有着某种隐秘的表达？羊皮巷菜场也不是很大，三四百平方米而已，摊点众多，种类齐全，肉制品、时蔬、干货、水产等应有尽有。

两百多天的马路街生活，让我对南京大街小巷的菜场有了清晰的路线图，方圆三公里的区域，几十家的菜场，像一张密密麻麻的蜘蛛网，暗结于我的内心。我对羊皮巷菜场至今念念不忘，它的名字打动了我。我没有深究过名字的由来。是过去杀羊晒皮的巷子，还是像羊皮一样的菜场，充满着呼喊、疼痛以及弱小的悲哀与绝望？在这样的菜场买菜，面对着各种菜，我有点恍惚，每一种菜，都像是一尊佛，需要我以凝视的方式，或者某种仪式，把它们请到夕颜的碗边。

我只买土菜，按照夕颜的吩咐，土菜就是乡野里长的，接受大自然光照的，没有化肥、农药和激素的蔬菜。生病后，她的胆子越来越小，对什么都充满着敬畏与恐惧。在她的认识中，万物都是强大的，唯有人类自己是孱弱的。任何一个不堪，都会让肉身遭到伤害与打击。不是为了补充必要的动物蛋白质，她轻易不吃动物的肉与内脏。她转而迷上吃土菜。理由是，乡下的土菜长得皮，吃了长，长了吃，吃完了来年又蓬蓬勃勃。人吃了它，没有多少负罪感。

土菜，有人也叫农家菜。土或者农家，这些字词的内部，隐藏着某种朴素的哲学。有人以为，土是落后、朴实、真相和自然的混合，是没有虚假、激素、膨胀、农药、化肥和算计的面孔。城市化进程里，还有我们印象中的乡村吗？商品的大量涌入，让乡村的内部早已发生了裂变，没有哪一种庄稼、蔬菜不带着城市化的印记。正是因为这个土字或者农字的面孔，在高度发达的城市高楼和商业圈的背后，农家乐、民俗、乡土菜馆还有乡村度假区等各种有关土或农的招牌，从城乡结合部密匝匝地冒出来，一方池塘，几亩菜地，还有羊圈鸡圈里饲养的动物，一切都是以农家的面目呈现。这种从田地、羊圈到餐桌的距离，在众多食客的心里，就像一道黑色的闪电，或者是从左手到右手的想当然，完全沉浸在梦幻之中。他以为在餐桌上吃到的时蔬，还有鸡鸭鹅都是当时看到的，吃的是野草、虫子，喝的是澄澈的自然水，呼吸的是蓝天白云。庞大臃肿的都市，像个怪兽，在不断地蚕食着越来越瘦小的乡村。

不管城市如何发达或者繁华，在层层叠叠的小区楼宇之下，即使有大型的超市，菜场是注定要有的，如新街口菜场、白下区菜场、夫子庙菜场，这些就像是大家闺秀般，还有一些便民的、散乱的菜场，地摊一般地龟缩在城市的某个街角，随着卷帘门的合上和拉下，完成便民菜场的定义。像这样星星点点般的菜场，在小区的周围，你一不小心就会发现它们。它们就像切入生活的一枚铁钉，操着各地的口音，讲着生硬的普通话，冰冷而又温情地走进楼宇、小区和餐桌。

夕颜住院的一年里，我屡屡光顾羊皮巷菜场，就像一本厚重的羊皮书，一次次地打开与合上。确实如此，我正是把羊皮巷当作是生命的课本，封面是羊的皮，内容呢，不只是一些菜蔬、豆制品和肉类、鱼类等，还有一些莫名的喊叫和忧郁的面孔。每次我都骑着共享单车，从低垂的卷帘门下，弯着腰钻入光线还很暗淡的羊皮巷菜场，那种感觉仿佛是一种割裂和撕裂，在掀起的卷帘门背后，我以为是一张在风中晾干的羊皮，凝固的皮质上依然有着无声的嘶叫，叫声震颤人心，就像我路过的几家肉铺，锋利的刀下，一块块白白红红的猪肉，皮肤发出撕裂的响声，从我的头皮和肉身上划过，传递着莫名的痛感。躲避、逃避、溃败或者狼狈，都是我那一瞬间的内心图景。我只好迅速地逃离，疾步走向其他的蔬菜摊点，远离那种声音和猩红的血汁。矫情？我也不知道这是不是，在这背后还有无法遮蔽的恐惧和巨大的不安。

我时常对着蔬菜摊，一遍又一遍地徘徊着、思索着。面对着摊主热情或者冷漠的询问，不知所措。太热情，你总觉得这里面隐藏着一种陷阱，是价格、斤两还是质量问题？比如蔬菜是反季节的，不是农家土菜；普通的山药当作铁棍山药卖；再如鲫鱼是家养的，说是野生的，分明是挂羊头卖狗肉；再如还有的猪肉抹上羊油，说成是羊肉等。种种因素，你只好装作路过。如果是太冷漠，一副吊儿郎当、爱买不买的态度，这自然让你望而却步。买菜久了，自然就患上"买菜综合征"，看着一菜场的菜，刘姥姥进大观园似的，不知如何下手。

夕颜知道我的窘境，背着岳母告诉我一个秘诀，跟在一帮老太太身后买菜。夕颜虚弱的声音，让我心生惭愧。三十多年来，我还没学会做菜买菜。夕颜在岳母面前保护着我，即使她现在还躺在医院八楼的病床上，在点滴的下坠中。这也成为我以后买菜的秘诀。再踏进羊皮巷、夫子庙等菜场，我就开始打量菜场的顾客，寻找那些资深老太太的声音，跟在她们的菜篮子后面，等待着摊主的回应。果真如此，每次买回来的菜，都能得到岳母和夕颜的赞许。

在羊皮巷或者其他菜场，我始终觉得顾客不是上帝，尤其是像我这样的菜鸟，跟班的角色，就像个弱势个体，或者是肉案上的那块猪肉，随着刀起刀落，皮开肉绽或者五马分尸，直到消失。我始终记得，在夕颜住院的日子里，我对羊皮巷的光顾成为一种短暂而永恒的约会。医生告诉我，病人身体虚，目前能吃点鱼虾极好。肉是白肉，虾是河虾。我们崇拜地看着医生，希望在医术之外，给予生活饮食上更多的指点。那是靠近夏季的路口，河水开始回温，河虾开始产籽，更多的河虾开始远离河岸、渔网以及一些我们所不知道的秘密。买河虾成为我那个五月里艰巨而神圣的使命。带着河水的生命，还有晶莹的光亮，竖着长长的触须，我就像一只河虾般，骑着共享单车，穿行在白下区的周围，猎犬或鹰隼般的目光，要把每一处建筑看透，把每一个路人看透。繁华的街道、汹涌的人流，川流的车辆，还有大呼小叫的商铺，一切都是静寂的，除了耳边呼呼的风声。哪里都是河虾的影子，灰色而略透明的影子，就像莫言笔下的那个透明的萝卜。

我跑了七八个菜场后，在孩子舅妈的指点下，抵达羊皮巷。孩子舅妈在南京一家医院上班。在我外出的日子里，她曾冒着五月的阳光，买到一份难得的河虾。我按照她的路线图，在巷子外面的一家水产铺前停下，果真，在灰暗泛红的水盆里，发现了一网河虾。店主歪着头，斜叼着一支香烟，看一眼东边升起的朝阳，不断地把鱼虾开始向外摆开。我尽量吁吁地喘气，压低嗓子，揣着那帮老太太的江湖经验，用早上五六点的声音问店主，什么价格？一百一十元一斤。那是我买河虾历史上最贵的一份，成为夕颜和岳母每次笑话我的谈资。

看着粉红晶亮的河虾，一只只抿入夕颜的口中，化作蛋白质，化作红细胞，化作强大的免疫力，流入经脉，流向身体的各处，羊皮巷的名字从心底瞬间闪亮起来。

3

从安徽来的，白发比我多，看上去比我大，一层一层的，我管他叫安徽哥。

当然。也可能比我小一些，身材匀称，浑身上下没有一块赘肉。不像我，长得毫无节制，肚子也有了凸起的前兆。我没问他叫什么名字，自以为没有知道的必要。不分青红皂白逢人就称兄道弟，这往好里说，是对一个人的亲近，反面也可以理解为是一种敷衍。在病房里，每个人都希望做一个过客，迅速逃离，尽可能地不带走一丝记忆的痕迹，哪怕是最轻的，就像一个人的名字。

这里除了护士，几乎没有人记得你的名字，大家都有一个辨认的代号，几床的。在他们眼里，只有几床的，或几床的家属。所有的人都在寻找一种遗忘的方式，是为告别作准备，还是原本就无须相识？

人海茫茫。伤好之后，各奔东西，再见仍是初见。

他是我在医院陪护时认识的唯一朋友。

我坚持称呼他安徽哥，还有一种难兄难弟的味道。同是天涯沦落人，在这段重合的光阴里，我们似乎可以挽着手，或者相互搀扶着，像一对从生活的战场上，被打伤的士兵，一瘸一拐地。安徽哥和我一样，带着妻子来南京看病，住在同一个病房里。

医院，一个非常吊诡的地方。病房与病房之间，病人与病人之间，生疏起来，就像万丈深渊、峡谷，令人望而生畏；熟悉起来呢，又像不管不顾的钱塘江潮漫漶过来，亲得像找到了多年失散的亲人，瞬间淹没了你。抚慰、温暖包围着你，没有隔阂、没有算计、没有阴暗，一切都是不设防的，没有一丝遮掩。

信息爆炸的时代，我们需要的不再是认识、熟悉或记忆，而是需要遗忘，不断地遗忘，不断地走失，不断地杳无音信。我们比任何时候都渴望陌生，渴望大段大段的空白，甚至是恒久的陌生，最好一辈子也不认识、不相见。可是，在科技面前，我们一丝不挂，丝毫毕现，毫无秘密可言。如果记忆可以，即使最后只剩下"安徽哥"三个字符，我也希望在我离开之前，它被打碎、被吹散、被虚无。我们都知道从病房一旦离开，就再也不见。可是彼时，我却渴望相逢、相识。

我和安徽哥的交集，纠缠在吃饭这件事情上。

有过类似经历的人都知道，在医院最为难的，不是给病人按摩、洗头，或擦洗身子，而是病人伙食的卫生、营养。一日三餐的好坏，直接关系到病人身体恢复得快与慢。

当我果断拒绝医院食堂师傅"洪湖水，浪打浪"般的粥汤后，无奈地侧过脸，把叹息的目光投射在安徽哥身上。

此刻他正端着碗，和妻子偎依在床头，就着黏而稠的白米粥，还有几根清淡的蔬菜叶子，两个咸鸭蛋，快活地吃着。嘴巴发出的声响应和着咀嚼的节奏，成为生活里的某种欢愉。

心如火烧。其时已经是早上七点半，我的夕颜还没有吃上早饭，内心似乎有几十万只蚂蚁在奔走、撕咬。一时间我把手术后夕颜的身体，想象成龟裂的土地、寸草不生的戈壁或者风沙漫卷的沙漠，它急切地需要水分、营养，甚至血液补充，否则赤手空拳、虚弱无力的夕颜，怎么能打过那些肉眼看不见却武装到牙齿的病菌？

在狡猾的敌人面前，善良的人们，总是手无寸铁、孤立无援。

安徽哥——

不要说别人惊诧，我连我自己都不敢相信，为了一顿早餐，我会迅速地缴了械、投了降，亲热地呼喊，带着几辈子修来的饱满情愫，热烈而真诚，分明是一份呈给他的投名状！瞬间。我想赞美自己，果断以为自己有了做演员的潜质。我不知道是我们的同病相怜，还是那一声充满着伪装、狡猾的喊叫，刺破我们陌生、冰冷的铠甲，撞击着怦怦作响的心跳。

安徽哥丢下碗筷，和女人沟通了几句，拿上一件外套，拉着我就直奔电梯、下楼，穿梭在马路街附近的大街小巷，七拐八拐，又横行几个十字路口，终于来到一处民房前，墙上红漆写着几个不太规范的方块字：代做病人早餐，门旁炉子上，放着一口超大的钢筋锅，八宝粥弥漫着诱人的气息。山珍海味，终究抵不过日常。

胃，是身体内部一个有趣的零件，健康的时候，就像个回收站，来者不拒；一旦病了，胃的功能和意义马上纤毫毕现，它知道什么距离自己最近。

躺在病床上的夕颜交代，早餐吃粗粮，山药、芋头、玉米、南瓜之类，外加一个鸭蛋。我以为这已经是简单至极的早餐，近似返璞归真，相对于当下必胜客、肯德基或牛排、水果沙拉等西餐来说，已经简朴得不能再简朴。

我小声说了句，营养够不够？

事实上，为了这所谓极简的餐谱，遇到了前所未有的困境。别看大商场小超市各种食品堆满货架，你很难找到食物的最初面目。加工后的玉米，在添加剂里穿上了真空的塑料袋；大棚里的南瓜在膨胀剂的催化下肚大腰圆；储存室里拿出来的红薯兜售在反季节的货架上；山药是化肥速成的，鲫鱼是人工养殖的，西红柿、黄瓜是人工药物催熟的；就连最常见的青菜，也是农药守护出来的，否则早就沦为虫子的口中之物了……昔日的食物早已面目全非，吃的问题越来越复杂。

从简单到复杂，已经成为现在都市人的心病。谁敢向简单处想？无数个简单叠加、积淀成重重复杂，就像厚重的铠甲，穿在城市的身上。那些胃部曾经最熟稔的口粮，早已脱离于科技与时代的怀抱。

我一下子蒙了。跑遍南京大街小巷、大大小小的菜市场，这一场没有硝烟的战斗，最终以我的失败告终。

站在菜场里，面对着凶猛的蔬菜，我一时间无从下手，如此境遇，令我这个菜盲一下子有了恐惧，人还怎么张开嘴？

从菜场回来，我把阵地转移到饭馆。骑着单车，在巷子里转悠，从文思巷到复兴巷，再到五福巷，挨家挨户地打听，一家餐厅接着一家餐厅地寻找，繁华都市，餐馆林立，却没有一道保持原汁原味的菜。

有经验的病人家属都知道，有什么困难，问问快要出院的人都清楚了。比如安徽哥。

在他的带领下，我们来到了一条隐秘的巷弄内，这里是一家微小的、足以让人忽视的菜馆。不是老司机带着你，你是很难发现这家店的。

在众多的餐馆中，这家餐馆确实与众不同，一个字"土"。

土墙、土灶，人来自郊区；不用说，菜也是土的，许多菜都是自家地里长的。走进后厨，你可以看见新鲜的芦笋、带着不少小黑虫的青菜、长相丑陋的黄瓜、西红柿、茄子，大喜之下我赶紧给夕颜发了张图片。

夕颜说，乡下人朴实，比如青菜，菜叶上土多，不似商贩和菜场里的人精明，洗得干净；再如黄瓜，长得粗细均匀，色泽鲜艳滋润，多是大棚里种植的，别看那些长得歪瓜裂枣的，模样丑陋的菜蔬，那才是在阳光下长出的呢，一个日头都不少。

种瓜得瓜，种豆得豆。乡土是不会骗人的。

我们满载而归。

这以后，为了让夕颜能吃上更多喜欢的饭菜，我和厨师熟悉后，经常到他家打饭买菜。时间充足，我们也会自己下厨动手，炒上一碟。店主是个女的，身着方格子棉袄，深色修长裤子，脚上一双灰色的棉皮鞋，村姑的模样，亲切感油然而生。

我从安徽哥那里还学到一些。他时常会骑着单车到郊区，从菜农手里买些时令的菜蔬回来，晚上简单蒸煮下，再撒点盐，一顿清淡可口的晚餐就算完成了。

由炒改煮，他的说辞是，这样做菜营养不易流失。我信以为真。

安徽哥他们出院以后，我盯上了医院楼顶的阳台。阳台上有一片青菜地，刚抽叶的青菜，青乎乎、嫩乎乎的，微风过处，像一颗颗跳动的生命。我和夕颜都发现了这个秘密。

因为夕颜住在九楼，是马路街那家医院的最高层，距离顶楼最近。闲来无事的护工们把它开辟成一块菜地，谁也不清楚那些泥土是怎么到楼顶的。

我对"九"字有宿命般的联想，如九层垒土、九死一生、九九归一等。处于顶楼的病区，你能想象会是怎样的一种图景？放疗、化疗、生命垂危、面色憔悴、瘫痪、呼天抢地，还有夜晚的哭闹、孤独地等死以及随时摊开的伤悲，挤满这个空间。万物皆有裂缝。我说的是九楼的人工通道。压抑到一定程度，混合着苏打水与酒精的气体随着人工通道，拥挤着向楼顶溢出，然后冲向虚无的天空。

我好奇这个病区设置在顶层的内涵，居于地面之上，置于苍穹之下，中间只有无人看守的风和无法窥知的病痛，还有带着一丝光亮的抗争，直到最后离去。能够侥幸活下来的人，应该属于命运的垂青与上苍的怜爱。正是生命的不确定性，造就了人间多少悲欢离合？

从一楼到九楼，再从九楼乘着铁盒子一样的电梯回到一楼，看着门外马路上车水马龙，每次我都有一种回到人间的重生感觉。

因为置身于病房里，就像置身于北方的冰天雪地里，白色是主题，然后是沉寂的时间。提醒你世界还在运转的，是护士台前那面电子钟彻夜不眠的秒针，始终如一地发出哒哒哒的声响。打破静寂的还有病房里的呼叫铃。第一次凝视它，白色的两指宽的方块塑料，中间有个红色的按钮，只要轻轻一按，护士台就会收到声音的信息：五十八床呼叫，五十八床呼叫！这个平常的数字，日常的叫喊，一声声不知疲倦的重复，不免让人心惊肉跳，寒意丛生，进而转为身体内部的痉挛、颤抖和恐惧。就像伐木工人手中的那把锯子，正在你的心坎上来回拉。

我们住的是三人间病房，普通的那种，宽敞、空荡，日常的光景是两人，或者一人。病房有进有出，有去有来；这床的人刚打包准备出院回家休养，另外一个病人则浑身插满管子躺着进来，就像一列向着远方奔跑的火车，停靠在叫九楼的站台边，有人下车出站，有人进站上车，而满员的情况很少见。这是护士站特意为之，还是为了始终保持着一个空床的状态？空，意味着下一个到来或是刚刚离开？我不免恍惚，世上怎么会有那么多人不断地受伤或疾病缠身？还是每个人都在带病生活？

在陪护夕颜之余，更多的时间里，是我和空床的凝视。一张空床注视久了，你会发现床并不是空的，而是满满的。你可以想象之前的病人，如何面色红润地健康地离开，也可以想象下一个病人的来到，是男的还是女的，是人到中年的，还是银发满头的，这些都可以想，最不能接受的是年轻的病人，念头一闪，揪心地疼。当然，空床的意义不止于此，我则乐意想成是医护人员对我的偏爱，让我在陪护的日子里，不至于蜷缩在那张椅子上，一夜一夜挨过。

吃饭。

打针。

吊水。

吃药。

余下的时间里，我和夕颜就外出到走廊或者楼顶的阳台上溜达。说是溜达，其实就是想呼吸下新鲜的空气，感受下每一天的阳光。

夕颜挺喜欢那个楼顶阳台的，每天都到阳台上去，她是那个病区去阳台次数最多的人。阳台上不知道何时被人种上了一片蔬菜，几排塑料泡沫材质做成的容器里，盛放着泥土，在几场春雨的滋润下，青乎乎的，青菜已经长出了三片叶子。有的箱子里还栽种了几株西红柿苗。每天去看它们，菜地总是潮湿的，看样子有人一直在料理它。

我和夕颜很少去谈病情，或有关病情的一切。那个巨大的阴影，我们谁都不想也不愿意去触动，就像诗人昌耀所写："我们商定，不触痛往事，只作寒暄。只赏芳草。"我们希望所有的疾病，都是上天飘下的雪，阳光过后，转瞬消失。

所以病房里我们很少和他人聊天、说话，即使同病房的安徽哥，我们之间也是闭口不谈。日常简短交流后，人后就是长时间的沉默与清冷，恰似我曾经到过的巴丹吉林沙漠，夜晚沙漠腹地彻骨的凉意。

唯一暴露彼此信息的，不是医护人员，而是床头的病历卡，姓名、年龄、饮食和疾病名，仅此而已。余下都是空白，空白的墙壁，空白的时间，还有空白的人。不想让人知道，还怕触犯伤痛。我们把病情推至远远的，然后面带轻松，看窗外的天，或看电视剧，享受着时间带来的一切。至于暮色降临，电视剧动人还是搞笑，无从过问。

青菜在阳台上，得风得雨得太阳，绿意盎然，精神饱满，肥嘟嘟的叶子，有点像婴儿胖乎乎的小手，长势喜人。

进入三期、四期化疗后，夕颜的身体明显开始虚脱，头发大把大把地往下掉。每次醒来，一看到枕畔掉落的头发，夕颜都会发出一声声令人惊悸的喊叫，惶惶不可终日，会不会掉光？怎么她也掉头发？洗漱间里，她不再梳理自己的头发，越是梳理掉得就越多，恐慌像潮水般涌向她。我安慰说，头发掉了没事的，过几个月就会长出新的呢！医生不也说了吗，药性一过，头发就像韭菜般生长，比以前的头发更亮更乌呢。

夕颜卧在床上，半天，问我，那几盆小青菜谁在打理？

一想到小青菜，夕颜的精神就有了几分，她坚持要去阳台看看。

五月。阳光好灿烂，看上去那么丽亮，那么通透，把阳台照得满满的。阳光下的青菜，越发长得鲜嫩。夕颜欢呼着，蹲在青菜身边，用苍白的手，抚摸着小青菜，言语着，多嫩绿呀！

夕颜仰头看我，也一脸的阳光。是呢，绿得那么任性。我们沉浸在一盆小青菜的喜悦里。阳光从头顶倾泻下来，夕颜的眼睛里金光闪闪。

有个事情我至今也没想通，看着那绿油油的青菜，夕颜怎么没想到要去吃呢？素炒青菜、青菜豆腐汤、香菇青菜？

那以后，猜测青菜的主人是谁，成为我和夕颜日常的功课。因为就着鲜绿的青菜，谈起话来，语言也鲜嫩着，充满着一种绿色的汁液，那是生命的养料。夕颜说那种感觉无法言表。只要到了楼顶，见到喜人的一盆盆青菜，早就忘掉了身上的疼痛，人整个就活了。

夕颜说，世间谁不是病人？有的人病在身体，有的人病在心理，还有的人病在精神上。我知道夕颜指的是回廊一端的那个中年女人。

那天半夜夕颜睡不着，我们就游荡在回廊上，从这头走到那端，然后再折回来，一趟趟地折返。我们就是在那端看到那个中年女人的，四十出头，身材肥胖，朴实得像乡下大姐，愁苦着脸，无语凝噎，任凭泪流。

深夜。大姐指着病床上近似古稀之年的老人向我们哭诉，整天给她按摩、翻身、擦洗、喂饭等还不满意。白天里，老人子女到病房来和她大吵一架。

我和夕颜从大姐囫囵吞枣的叙述中，明白了上午病房里的大吵大闹，原来跟大姐有关：

三四位年轻人围绕着大姐，争吵得脸红脖子粗。看着几个人脸上怒气冲冲，埋怨、愤懑、不平等，护士和医生都不敢近前劝解。一时间聚集了好多人，场面几近失控。始终安静如一的，是躺在病床上的老人，微闭着眼睛，不言语，嘴里只有气流穿过。

三十几岁的卷发女子唾沫横飞，凭什么要我们来服侍？老大、老二、老四、老五呢？都是父母生的！

戴眼镜的男青年，看上去在机关上班，一副斯文样，他忍着为难对卷发说，实在请不到假，上班族碰到这事，总是无能为力。

还有一个看样子是工厂上班的，一身工装，头顶的毛发已经稀疏了，光秃秃的，他拉着大姐的手，哭丧着脸，他也不容易啊，老婆家庭主妇，他要上班挣点工资，一家五口人都要吃饭呢。三个娃不能不读书。他哪有时间来陪护？

……在吵闹的人堆里，那个头发斑白、腰身快要弯曲成句号的老人，背靠着墙壁，蹲下身子，双手掩泣，没有一声言语。

这世间没有谁容易，谁都不容易，何况躺在病床上的人。

大姐说，老太太多儿多女，算起来五个，从厂矿企业到公务员事业单位，从国内到国外，可是老人瘫痪在床，竟然抽不出一个闲人，或者说没有人愿意到床前服侍。也不怪他们，家家都有这样或那样的难事，这个年代，哪个年轻人不在累死累活地忙？小到孩子读书上学，大到就业买房，关关卡卡，哪一关都像是鬼门关。自从接了老人的护理工作，一家人就像间谍似的，定期或不定期地对她搞突袭检查，稍有不慎，就会遭到子女的抱怨、责备，完全不把她当人看。

儿女们走后，老人擦着泪珠对大姐说，对不住了。

原来大姐是护工。那一盆盆小青菜就是她日常的杰作。

大姐一有空闲，就在阳台上和夕颜闲聊。这恐怕是与夕颜年龄相仿的缘故吧。她们对着嫩绿的青草敞开话题，青菜籽是她托人从市场买来的。闷死了，再不来点花花草草什么的，她快要被憋死了。

大姐说，出来做这个十多年了。

这么久？夕颜有点惊诧，一直没有回去过？

回哪儿去？她从乡下逃出来后，医院就是她的家，病人就是她的亲人。

大姐眼里有些潮湿，想说点什么，最后还是忍住了。

夕颜安慰，一个人在这里也好，有吃有喝的，还有免费的空调、洗澡间，也挺好。不管怎样，活着就好。

正说着话，病房里传出惊呼，老人要不行了！接着就听见走廊里嘈杂的脚步声密集起来。有人大声呼喊，医生！医生！一片慌乱的脚步声。

大姐麻溜起身，身后传来一句"改天请你吃青菜豆腐"，青菜豆腐保平安呢！

谁也不知道，大姐的那一句约定就再也没有兑现。随着夕颜渐渐康复，加上病人身体营养的需要，我们就在医院附近的棉鞋营单独租了个公寓房，后来再也没有见到过她。

棉鞋营，这是夕颜心生欢喜的名字，一进来她就手舞足蹈。名字好听，就像小时候妈妈给做的棉布鞋，温暖。确实，这个地名有来头，相传是明朝时期为士兵做棉鞋的营地。千里征战，没有一双好的棉鞋怎么打仗？

我们租住的房子，位于这个小区楼群的中间部位，小区是以院子为单元的，一个院子大约有三十来户人家。棉鞋营，就像棉花结籽那样群居式的住宅楼，房子楼层不高，走上十六个台阶，踏上二层平台，转个身就到了。

棉鞋营，最大的好处还是距离地面近，有宽敞的院子。自然，有了院子，就有好事的人，总要在地面上栽种些什么。住在院子一楼的人家，当然不会放过这样的机会，他们从秦淮河岸边取来些泥土，就着些废弃的铁桶或花盆之类，种起花花草草来，有田园情结的老太太们，从菜场上买来一些秧苗，栽上辣椒、西红柿、丝瓜，一个菜园就这样形成了。

花花草草动静不大，比如一株月季，花朵开了败，败了开，见久了没什么异样。蔬菜不一样，前几天辣椒才开出白花，三两天不见，再见到就有手指头粗细的辣椒了；西红柿呢，刚刚还是珍珠大小，一场雨后，加上几个晴天，嘿，拳头大的西红柿已经长出了模样，仔细一看，有半边已经泛起了红意；丝瓜不像西红柿，它喜欢在角落里，习惯内敛，潜滋暗长，一不留神，就会在院子的檐角下，一个个细细长长的瓜蔓坠了下来，与你的脸亲密接触。

夕颜从病房搬进这里后，人整个精神了。医院的苍白、单调、沉闷还有日常的药水味，见面是病人，背后还是病人，不是打针就是吃药，整个小小的病房空间里，经常充溢的是呼号、哀痛和自怨自艾的语境，让人难得有个好心情。

医生交代过我，夕颜的病最好的良药，就是让她开心，万事不能憋在心里。

夕颜一下子就喜欢上了这个院子，不只是眼前的蔬菜、花草，天天带给她生命蓬勃的力量，还有院落内三三两两的老太太，午后或者黄昏，她们聚集在一起，手拿着蒲扇，有一搭没一搭地聊着，有时说着说着就忘了下一句，或者说完前面怎么也想不起后面的内容，可大家依旧聊得起劲。夕颜说，最喜欢听那帮老太太亲切地对你说，回来了啊！声音亲热、自然，富有温情，就像自己远游的孩子回到了家。

有院子的小区和没有院子的小区就是不一样。院子里有人，自然就有了方向。住在一、二、三层的住家，一日三餐，总喜欢打开厨房的窗户，俯视着院子里，一边烧饭，一边欣赏窗外的风景；种种美味佳肴，从窗户里飘下来，一缕缕混合着，缠绕着，然后汇聚在院子里，走近院子的人，总要被这人间的烟火迷醉。

棉鞋营外，沿着内街马路一溜排开，是形形色色、杂七杂八、琳琅满目的门店，批发烟酒的、开饭店的、修电器的、焊电焊的、做保洁的、收快递的、开肉铺的、卖凉菜的、开理发店的，还有打家具、卖鸡蛋、出售成人用品的等，应有尽有，一路走下来，仿佛在人间走了一个遍。

棉鞋营烟火气息浓郁，夕颜觉得生命又鲜活起来，就像楼顶上的那片青菜，蓬勃、葱茏。

步 履

甘南：蓝

那一次我去了甘南。我的意思是我来到了冶力关，一个属于甘南藏族自治州的小镇。这个口吻实则传递的还有我与甘南的距离，不只是空间上的远，我根本就不以为我会与甘南扯上关系。甘南，在我的字典里似乎与梦幻、缥缈的词语相连，是我对西部阅读中的词语。在书上读到广袤的西部——甘南，我总是把它与原生态的地域、保持更多自然属性的山野以及敬畏世间万物的藏族同胞牵扯一起。那是个神秘的地址，是我们多数内地的人不可能抵达的一隅。是的，有些地方，对于逐渐失去敬畏的我们来说，抵达的也许只是庸俗的肉身。

萨特说存在就是合理。荒诞的本身正是合理。越是不能抵达，就越要去追逐。我最终还是踏上了甘南的土地，到了临潭县冶力关池沟村。这实在是个有趣的地名。我说的是冶力关镇和池沟村，鲁院的同学们大多数都不以为然地误读着。当然，作为池沟村的第一书记，我们鲁院的陈涛老师，听到我们的叫法总会眯起眼睛笑，很享受的醉态。一看老师这么个状态，我们就作不明就里状，再次把这个地名叫唤上几遍。我们喜欢看老师那醉里眯着眼的笑意。那笑容里，甘南就沿着蓝天白云渐渐靠近辽阔与神往。

对于久居江南的人来说，西部，就是我们寄予的神秘想象和无限未知。西部的一个个地名，如麦积山、莫高窟、阳关、丹霞、玉门关以及天水、张掖、武威、酒泉、夏河、碌曲、迭部等，于我们都是厚重的史册上神奇的传说。这种感受源自我前不久到武威、张掖、敦煌等地的游历。沿路起伏绵延三千公里的祁连山脉，是无尽的辽远与广袤。江南到了这里，只能说是块碧玉了。车子沿着连霍高速行驶，奔驰的车轮碾压的，是褐色的荒漠与沙石，偶尔有稀疏的几根荒草，不知从何处随风卷来，显得异常珍稀。那一刻我对荒凉有了真切的感知。可从敦煌、嘉峪关、张掖等城市回来后，对那山脉、戈壁和疏勒河等有了新的认知，那铺展在大地上的山石，荒是荒了些，可石头是有温度的，水是瘦了些，可它是有情怀的。

认识甘南，首先是从兰州拉面开始的。兰州火车站旁，那家著名的兰州拉面，早就在陈老师那儿生根了。不吃碗兰州拉面，等于没到过兰州。陈老师早早就在饭店里点好了拉面。从鲁院毕业一年后，在远离京城上千公里的兰州见到朝夕相处四个月的陈涛老师，个中滋味，难以言表。和我一起到的还有扎西哥哥，还有他的爱人、我的藏族嫂子。我们没顾得上细细打量陈老师，就一头埋进拉面里，在大蒜、牛肉和汽水的混合气味里，大口吞咽；内与外，大汗淋漓。

我想再啰唆几句，写写我的藏族嫂子。我对藏族同胞的直接感受来自鲁院扎西哥和尼玛兄弟。直接的印象是，我们在北京鲁院附近的小酒馆喝酒，他们始终是坚守不吃动物肉体的，看到也总会双掌合十作忏悔与救赎之状。我们瞬间萌生出恐惧与恍惚的罪恶感。生命的课题中我们似乎习惯麻木不仁和熟视无睹。嫂子的名字我记不准，印象是叫多杰措，青海电视台的主播。那天我和扎西哥还有嫂子多杰措相遇于兰州大学门口。她那隆重的民族盛装打扮，藏袍，在八月的兰州街头，有了神秘、敬畏和文化的重量。高跟鞋和藏袍的搭配，在兰州街头留下至今还在"踢踏踢踏"的声响。

我曾说过，我与甘南的开启是从小姑娘媛媛开始的。当然相遇藏族嫂子，算是甘南的序曲吧。这个只有四五岁的小姑娘，有水晶般的世界，纯洁、天真，似乎就是甘南的影像，就是冶力关的影像。我们分别坐上去临潭县冶力关的车子。陈老师和桫椤、雅熙一行，我和扎西哥、嫂子一组。从兰州到冶力关，不足两百公里的路程，开车也得三四个小时，盘旋弯曲的山路，可谓是千回百转。

我就是在车上遇到这个小天使的。开车的正是她爸爸，旁边坐着她的妈妈。这个娇小、可爱的小姑娘，纯净，洁白，玲珑剔透，浑身上下透着甘南的蓝。她不怕人，开始似乎显得拘谨，我们之间攀谈很少。后来经过一家超市，我们买了点零食之后，渐渐熟悉起来。山路颠簸，她就在后座上不停地吩咐，爸爸慢点开、注意安全之类的话，完全是一副小大人的口吻，你很难想象这出自一个四五岁孩子的口中。从她妈妈口中我们得知，为了接我们，陈老师带领他们一早就赶过来了，媛媛爸爸已经好久没睡过完整觉了。困，累。一家人都不放心，就跟了过来。

一路上我们就攀谈着。过度的谈话和曲折的山路，希望可以陪伴开车的媛媛爸爸提起精神。实际上后来到达貂蝉公园时，我们还是停了车。因为媛媛爸爸实在困倦极了。后来我和郭钊兄弟结下了一定的感情。没想到在聊天中得知小姑娘的妈妈也是藏族的姑娘。这使得我兴趣盎然。我对藏族以及西藏的很多东西充满着敬畏，如转经筒、酥油茶、拉卜楞寺、拉萨、哈达等，这对于我们来说，是充满着神圣和未知的，不可企及。现代社会的高速发展，随着物质与高楼的林立，我们失去了一些本该坚守的底线，甚至逐渐迷失自我。这哲学的问题，也是活生生的现实。我们常常感喟，自己活得几乎没有什么真正意义上的信仰了。

当好客的朋友们给我们献哈达，我是显得无比笨拙与惶恐的。献哈达，这是冶力关当地藏族朋友们欢迎远方客人的神圣仪式。洁白的哈达，就是藏区上空圣洁的白云，远离尘嚣，超凡脱俗，它栖身于纤尘不染的庙宇之上。而从俗世红尘里带着满身尘埃的我，抵达这里，是否接受得起这洁白的哈达？她们用双手托着哈达，庄重得以至于我们必须微低下头，虔诚地把哈达挂在胸前，贴着心跳。给我们戴哈达的是冶力关助学小组的姑娘们，她们也是天使，用青春的热血，在积极为当地教育发出光和热。哈达献完后，她们端来托盘，托盘里是三杯青稞酒，满满的。按照当地风俗，客人必须把这三杯酒喝完，这是对客人最高的礼仪，也是对她们的尊重。她们一个个敬，我们就一杯一杯地喝；她们三杯三杯地端，我们就三杯三杯地喝。一圈一圈又一圈，推杯换盏，觥筹交错。那天晚上我们都喝了好多酒，以致回房间就寝时，拥着哈达，一觉睡到天明。

我还是回到这个叫媛媛的小姑娘身边来。我坐在后排，挨着媛媛坐着，理所当然担负起看护媛媛的任务。嫂子也坐在后排，间或我们一起逗媛媛玩。媛媛问我，叔叔你会玩滑梯吗？我说不会。我不知道媛媛说的什么意思，再说大人嘛，还能去玩滑梯？媛媛大方而热情地说，那我教你。小姑娘古道热肠啊。媛媛爸爸说，来趟甘南不容易，趁天色尚早，我们到貂蝉公园看看吧。我们到貂蝉公园前，下了车。恰巧的是，公园门前有一个小型乐园，什么蹦蹦床、小火车、木马和滑梯都有，媛媛看到一下子兴奋起来，赶忙兑现我们的约定，她要教我玩滑梯。快，叔叔，我带你玩滑梯啊。我哭笑不得。在媛媛的带领下，我们玩了滑梯，过山车，还有旋转木马等。我紧张地抱着媛媛，谁知道她误会了我的心事，叔叔你害怕吧，我不害怕的。她一脸的自信和勇敢。

我后来有点不安的是，到达冶力关的第二天下午，接到媛媛妈妈的电话，说媛媛在家闹，想叔叔，要来找我玩。虽然后来媛媛来了，我带着她在树林里采野花、合影，她像洁白的云朵般，徜徉在森林里。可惜我们第三天就从甘南回来了，也没顾得上和她告个别，未尝没有遗憾和愧疚。在甘南的几天，我们终究是个过客，我们无法走近甘南、理解甘南的草木和蓝天白云，还有彻夜瀑布般奔流的冶木河。

到池沟村去。这是我们来甘南的目的。池沟村，这是中国版图上名不见经传的小村庄，小到只有十几户人家。村庄建在半坡上。村子都是新的水泥砖瓦结构的楼房，一看，不正是江南人家？四围青山绿水，还有穿村而过的冶木河。池沟村，正是我们的陈涛老师挂职的村子。据陈涛老师说，这些新房子都是国家扶贫援建的，山区生活不易，多数人家靠挖点草药，喂养牲畜为生，在抵御自然灾害和生存困境前，只能是靠天而活。土地对他们来说，是奢侈的。我们顺着陈老师的手指方向看去，对面的半山坡上，一小块一小块梯田，已是空荡荡的，只有少许的禾秆，三五成群地站立在地里，干枯而又贫瘠的土地上。是青稞还是油菜？只有枯黄的背影在远处。陈老师说，山区平原式的田地几乎没有，多是这么阴阳般的斜坡地，缺水少肥，庄稼始终处于半饥渴半干枯的状态，就是这样的田地，在冶力关也是不富余的，每家每户也就几亩地而已。

见此情境，我的幼稚病犯了，说靠山吃山，山里的蔬菜水果，还是动物，都是环保野生的嘛。依托快递物流，卖到山外去，不是可以搞活经济吗？陪同的镇上干部说，发展快递物流，这曾经也有过设想、规划，甚至付诸实施；现实情况是，在冶力关，懂网络的人很稀缺，互联网到这里就断了。镇干部也是一脸的无奈，电子信息时代，现在冶力关最严重紧缺的，也许是文化知识。

这让我们再次忆起敬酒的冶力关助学小组的姑娘们。她们都是镇上的干部，有着自己的本职工作。空闲时间自愿加入当地的助学小组里来，在陈老师的引领下，池沟村村部、池沟村小学以及村外的十几所小学都陆续建起了图书室，孩子们都有了喜爱的书阅读。

我们来到了池沟村小学。临来甘南，我已经在微信里看到了冶力关教育的情况。姑且不说这里缺乏师资，单说孩子们课间的玩具，据说，孩子们唯一的玩具就是汽车的废轮胎，一个废轮胎，就是庞然大物般的玩具。散落在大山深处的学校，寥若晨星，要想上学，孩子们就得翻山越岭起早贪黑地去。

我们在池沟村转了转，看到了学校的图书室以及村里的图书室。我知道，这些丰富的图书、体育器材等，均与冶力关助学小组有关，与大山外的社会爱心人士有关。当他们通过陈涛老师的微信，了解到冶力关孩子们枯燥的世界、枯燥的童年时，他们会用各种各样的方式资助教育。现在，冶力关镇很多村小学都有了滑梯、篮球、排球、跳绳、乒乓球等，还有各种丰富的儿童文学书籍，甚至还配上电脑，孩子们也能触摸到互联网的鼠标。

在池沟村口，我们看到了某位名家的题词：中国乡村旅游模范村。对于"模范"这两个字，我读到了不同寻常的人与自然相互关系的生态内涵。村口前就是澄澈清凉的山泉，从大山深处蜿蜒而来，哗哗的水声，似战鼓、似马群、似奔驰的列车，正冲向山外，走向山外的世界。

天色尚早，我们在陈老师的带领下，决定去看看冶力关的圣湖。这也是甘南三大圣湖之一——冶海。据说，这是明朝将领常遇春饮马的地方。大山深处，有一处水域深广的海子，确实珍贵无比，名副其实的母亲湖。我们在冶海处，看到了洁白的羊群，还有为数不多的马匹。羊群自由地徜徉在岸边，啃食青草，或者吃饱了，就整齐地排在一起，头挨着头，朝着山壁，伫立不动。谁也不知道它们在干吗。没有声响，保持一种无限的静默，是谛听大山的心跳，还是感恩天地的造化？而岸上的那些马，可就不像这些羊清闲了。在当地人的牵拽下，马正在把疲惫的游客，从冶海边驮上岸呢，为主人换取为数不多的生活费用。牵马的人群里，有姑娘、小伙子，还有年长的老人，在游客中穿梭着洽谈生意。游客坐在马背上，他们牵着缰绳，在石子路上走。走到泥泞处，他们就请游客下来。马脖子处挂着个铃铛，随着颠簸的山路，发出惊悸的铃声，伴随着马蹄声，这不由得使人心生怜悯。但这些靠马挣钱的人，我没看见他们骑在马背上，而是用两条腿，和马来来回回奔忙在冶海边。

冶海，是上天赐予冶力关的神圣礼物。在沙漠上，人们都称之为海子。没到过沙漠的人，是无法理解其中的感情的。在阿拉善右旗，我到过那个叫巴丹吉林的沙漠。方圆两百公里的沙漠，我们在十月底飘着小雪的时分进入。雪花不大，隐隐约约，一路上，在越野车的颠簸与盘旋里，我们不断翻越沙漠的坡坡洼洼，有时俯冲，角度达到85度，有时仰爬，几乎达到直角，险象环生，好在沙漠导游的技术实在出人意料。男性导游，本性里天生的征服欲。我们已经顾不得欣赏沙漠优美的曲线，宛如肌肤的曲线，还有在沙漠上星星点点的芨芨草、蒿草、荒草以及滚作一团的风滚草。眼前除了沙漠，还是沙漠。刚才车过留下的褶痕，随着一阵沙漠挂起的风沙，转眼了无痕迹。多亏出色的导游在沙漠里摸爬滚打几十年，他早就对沙漠的大小沙丘一清二楚，否则早就迷失，不知所踪。车子驱行60公里左右，终于停下来。导游说，下来看看吧。前方就是大大小小的海子。七八个呢。什么海子？就是我们江南所谓的小的池塘。到了这里，当地人都称之为海子。海子的尽头就是海洋，是辽阔，是无限。人对自然及万物的探知，不也是无穷无尽，不都是大大小小的海子？导游神情颇为严肃，眺望着脚下的海子，悠闲地抽起烟，欣赏着这天造地设之作。我们也颇为诧异，沙漠深处，谁会想到，居然会有这么一大片蓄满水的海子。海子旁边，我们看到一两棵胡杨。

而甘南的人，对海子同样充满着神圣与敬畏。在冶海的旁边，我们看到了无数的经幡，在石林间，迎风，发出呼呼的声响。七彩的旗布，密布在山上，形成类似草原上的敖包，一个聚会或者祭拜的地址。我对经幡存在着一种独特的理解，这丰富的色彩，隐藏着藏族人的民族密码，每一种色彩，都是一段神性的文字，昭示在天地间。

我们聚集在经幡下，这时陈老师从山上一木屋处出来，手里拿着三四个盒子，里面装着油墨印制的方块纸片。陈老师说，这叫风马，一种寄托祝愿的画符。每次远方朋友来，他总要买上一些，在这冶海的经幡下放飞。我们一群人从他手中接过风马，面对着冶海，站在石岩上，向天空挥洒风马，无数的风马，蝴蝶般在风中翻飞，美好的祈祷与祝愿也随着风，抵达要去的远方，抵达我们每个人到达不了的隐秘内心。

将要告别甘南时，朋友们把告别的午宴安顿在林间。这真是个美好的酒宴。空阔的林子，野草葳蕤，树林葱茏，让我们穿行期间的人，有种返璞归真的情境。远离世俗，远离尘嚣，远离烟火，到了冶力关，整个人完全跌入一种闲云野鹤般的闲适生活。我们在林子中觥筹交错，我们划拳猜令，我们推杯换盏，我们其乐融融。这不就是人人心中的甘南？

我们，陈老师，还有冶力关的朋友们。大家似乎都醉醺醺的，却又神采奕奕。直到夕阳西沉，大家才三五成群，扶着拉着拽着，揣着兴奋与浓密的醉意，依依散去。

第二天清早。天未明，我们和陈老师拥抱着告别。陈老师指着东方的山巅，说，那是冶力关的卧佛。我们顺着手指方向，是的，我们都看到了一尊安详的卧佛，凝视着东方。

——旭日即将冉冉升起。

一个人的栖霞寺

我是从栖霞山逃离出来的，确切地说，是从栖霞寺逃离出来的。这次栖霞寺采风活动还没结束，我就提前离开，表面上似乎是俗世的纠缠。我的逃离不是爱丽丝·门罗小说中的生活逃离，而是一个人在内心世界的逃离。对于寺庙或者宗教的认知，始终处于混沌与模糊的境地，在这样两个世界里我还没有找到沟通的暗道。对于在肉体之外，在无法未知的精神世界里，有一种看似虚无却时刻困扰我们的绳索，缠绕我们一生，或者在我们隐秘的房间里，始终有一扇门，从未打开过；我们时刻在面对活着的课题，以至于在物质的角逐与随波中，不知酒足饭饱后我们该到哪里去。

车子行至栖霞山脚下，就被汹涌的车流人流塞住了。我对栖霞山印象是浅陋的，很多都是纸上的印记。印象中没有钟山的盛名与浮华。栖霞，就似一个得道多年的思想者，在尘世之外静默。事实也是如此，当我们走进栖霞寺内，在高僧的介绍中，我们确实被震撼了。这个始于南北朝的寺庙，居然有着如此悠久的历史。此等香火，到底是什么原因使得它袅袅至今？我也曾去过不少寺庙，庞大的建筑群、暗红的柱廊，还有雕漆的肃穆神秘的檐角，应和着殿外众多香客用虔诚点燃的香火，在青烟中增添我的陌生与恐惧。我们下车后，从拥挤的人流中分离出来，沿着另一条山路，抵达栖霞寺。虽香客依旧熙攘，但从人群中，恍然读到一种真实生活的感觉。不管身边的游客或者赏红枫的本地者，还是不远千里的香客，都是一副闲情行至的状态。看山，进寺，叩拜，如同吃饭穿衣睡觉般，没有生疏和界限。修行这个词语瞬间从我心里荡漾开来。对于栖霞寺，我有种熟稔的情感。生活即修行。在栖霞，看着山、人、寺融为一体，从香客、游客那散漫自在的步履里，我看到了俗世生活的光与影。

转瞬已是中午。到了用餐的时分。省作协胡老师给我们宣布一个意外的消息，我们在栖霞寺用餐。这是我第一次在寺庙里用餐。前所未有，充满着多少未知的神秘与好奇。早已知晓寺庙伙食不吃荤，但依旧难以想象不吃荤菜如何克服所谓的口欲？我们采风一行人经过一间很大的食堂后来到餐厅。餐厅与酒店无异，只是所见的食堂让我诧异。在我的印象里，寺庙的伙食该是稀饭馒头，恰似青灯古佛，守着泛黄的经书，在时间的深处修炼世间的佛学要义。如茶，如水，如盐，甚至在最柔软处又如钢。饭菜上桌，素菜接踵而来，貌似荤菜如鸡肉的也呈在大家面前。我们都面面相觑。不是寺庙不吃荤吗？难道现在都改变了？端菜的师傅笑了笑，你尝尝就晓得了。大家都诧异，这不就是鸡肉嘛！一样的形状，一样的颜色，一样的皮肉。胆大者用竹筷夹住一块送到嘴边，咀嚼后咽下，发出惊奇的赞叹与惊叹。越发吊起众人的胃口，大家纷纷举起筷子，品尝，原来是面做的啊！端菜的师傅面带微笑。为啥？师傅解释，刚来修行的人，乍离开俗世，难免会留恋这些口福，哪能过得了这清汤寡水的佛门日子？一份份貌似荤菜的佳肴，缓解修行人的思念之苦。众人皆释然，默不作声。也许做一名真正的向佛者，光有虔诚还不够吧。

　　饭后，大家回房休息。我和新勇兄则到后院转转。穿过连廊，经过一棵金色的千年银杏树，我们来到了千佛岩，千佛岩后面就是群山，已经泛红的枫叶已经在等候游客了。栖霞红叶，是栖霞山独特的风景了，每到深秋，游人如织，在透红的那抹红里，多少诗词经书收藏着这岁月的光芒！我和新勇兄还是对栖霞的佛像产生了浓厚趣味，这有着一千多年历史的栖霞寺，始于南北朝的栖霞寺，到底是什么原因使他在岁月的尘封中依旧保存下来？到千佛岩，要经过主殿。其时虽是正午，殿内依旧不少香客，陆陆续续的香客前来，他们来到殿内，双手合十，口中念念有词，然后三拜九叩，述说各自的心事与祝愿。我被他们的虔诚的敬畏感动着。如今的世间，敬畏存在多少？谁的额前还悬挂着一把明晃晃的敬畏之刀？多少荒唐荒诞匪夷所思的事情居然就能够堂而皇之地发生。朝闻道，夕可死！道在哪里？都在贪欲中遗失殆尽，只有膨胀的私欲在逐渐放大。我也想参拜，但终究没有。对于佛的理解，因自身依旧是凡夫俗子，尘埃密布，如何能与佛做纯洁的交流与倾诉？我无法做到心无杂念，只能默默祈祷，转身离去。但佛头的故事在我心里扎下根来。那个盗走佛头的日本人，能够在地震中保留下来后，已有悔意，又把佛头送回栖霞寺。善，是一切的根源。

　　午后，我们一帮人到山上转转，别有一番风味。山常见，森林、草地、红花、绿叶和山间沟壑，仅从自然角度看，无非如此。然而称奇的是，寻常之山，却藏非常之人。在山一角，我们意外来到李香君墓地。据说秦淮八艳之一的李香君，在爱情不顺后于顺治十二年（1655年）的暮春独自来到栖霞山下，在一座寂静的道观里，出家为道士。而《桃花扇》中记载李香君经历战乱后，栖身于栖霞山。当然后来据河南商丘李香君墓开掘后，证实了她葬于商丘，而栖霞山上的仅为李香君衣冠冢。不管真假，李香君的故事流传甚广。就这样的一个衣冠冢，引得多少游客前来桃花涧。也许真相不重要，大家关注的是李香君本人，俗世红尘的奇女子，一个歌妓，在世俗的樊篱中被拦腰折断，令人唏嘘。有些身份是无法抹去的，不同的时代有不同的价值认识。如果李香君活在当下，那命运又会是另一番传奇，只是可惜了这一才女。我不知道李香君衣冠冢在此处，与修行有关乎？我忽而对她在栖霞山出家修行的传说感兴趣。如果真是出家，那她定是看透红尘纷扰，一身繁花烟舞，多少水榭歌台，终究会如秋草，红又如何，绿又如何，最后都要回归本真，进入内心。下山路上，我们与了凡问道景点相遇。据史书记载，明代袁了凡先生在35岁时到栖霞山参访云谷禅师。云谷禅师为明朝一代高僧，为避世俗隐遁栖霞山千佛岭下，后移居栖霞后山的幽深处叫"天开岩"的山里修行。两人在天开岩下默然无言相对静坐三日三夜。后经禅师传授，了凡悟道人生。在此处我们盘桓一会儿，世上的人谁不在问道？道在哪儿？参悟其中，也许不是如禅师了凡那般简单，只需要三天就可得此衣钵。也许有的道需要一生去修行。

　　天色夜晚。远处传来寺庙撞钟的声音。我们沿着钟声的方向下了山。寺内晚课即将开始。我因俗事栖霞寺采风活动没结束就匆匆离去。我们每个人的心头都有一座寺庙，我们需要做的就是时常点一盏青灯，敲起木鱼来。

与徐州书

隐　者

到徐州，必去云龙山；就像不到虎丘就不算到过苏州。

云龙山，其实是山后来的名字，本来的名字叫石佛山。我在一本史书上看到了这个信息。这个名字一下子就击中了我。山川河流，一旦镶嵌进佛字，那么这个山水就多了一层精神的天光。我们与山水的距离，就成了两个生命之间的靠近。当然，这个佛字也不是凭空来的，顾名思义，此山上必定有寺庙。确实，这山不高，山顶上确实有座寺庙，叫兴化禅寺。寺我也进去过，那天香客甚少，在蒲团上看到了一些香客，跪在上面，虔诚跪拜、祈祷。那种肃穆、庄重的神情，让我瞬间有了些许敬畏。徐州寺庙确实不少，诸如竹林寺、土山寺等。据资料记载，中国历史上第一个尼姑的庙宇，即竹林寺，就在徐州，这在当时是独一无二的，在佛教史上是有记载的。

我固执地称之为石佛山，其实与隐居于山中的张山人，还有那群鹤有关。

张山人，原名叫张天骥，因为隐居久了，当地人就忘记了他的原名，呼之张山人，石佛山与他合二为一。这个张山人，作为山野之人，回归山林的隐士，和苏轼有着非凡的缘分。

作为宋朝的一代文豪，其个人魅力至少占据半个宋朝。在一生颠沛流离中，留下千古的佳话和故事。而且，苏轼与徐州的渊源也是颇为深厚的。原本他是被发配调任到湖州的，谁知道他半路就接到指令，到徐州来做知州。

苏轼到徐州，怎么会结识张山人呢？这确实是个问题。作为徐州的父母官，苏轼高居庙堂之上；而张山人，标准的山中一草民，处于江湖之远，这是八竿子打不着、毫无交集的两个人，竟然结识了。

山人张天骥，一生只知道赡养父母、打柴、种地、养鹤，仅此而已。他这个人一辈子没有结婚。照顾好父母，还有那两只鹤，这一生就算足矣，夫复何求？张山人在当时是特立独行的，这就增加了他与苏轼结识的难度。

据说当时苏轼爬上山来，听说山上有这么一位放鹤的人，倍感好奇。一个人，不去山下追逐荣华富贵，不去考取功名获取利禄，只知道砍柴种地，放鹤侍奉双亲，这十足吊了苏轼的胃口。

这个放鹤张山人十足怪。很多人削尖脑袋想巴结下苏徐州，可是他倒好，拒绝苏轼的好意。他只与鹤在一起，他要放鹤。这才是他的正事。

张天骥原本是住在黄茅岗的，后来一次水患淹没了他的草房子，后在山上发现一处好地方，就把家搬到了现在这个地方，继续放鹤。早晨，张山人备好双亲的早餐后，就带着他的鹤，站在山巅，张开双手，迎着金色的晨曦，放飞了他的鹤。晚上，随着张山人的一声声熟悉的呼喊，远飞的鹤，听到了就扑打着翅膀，回到张山人的身边。日子就这样，在晨曦、打柴、粗茶淡饭中过去。

张山人觉得没什么不好。现在苏徐州要接见他，他有点惶恐。苏轼也有点纳闷，堂堂一介官员要见一个山民，竟然遭到拒绝。苏轼有点兴奋，有点激动，内心那个文人的高光，瞬间被击中了，他执着地要见到张山人。

事实上后来他遂了心愿，见到了张山人，而且两人还成了好友。苏轼还给张山人写了一篇文章《放鹤亭记》。

云龙山我已经去过了两次。我还打算去第三次、第四次……我喜欢上了这个原先叫石佛山的云龙山，还有那个放鹤的人。他与苏轼结为好友，这样的境界有几人能做到呢？我说的境界不仅指不慕权贵，还有一个人的生活境界，与鹤为伍，远离喧嚣，走进自然，过着闲云般的日子。

我对此山产生深深的眷念，不只是佛字，还有那位张山人与鹤。如果换作我们，还会不会像张山人一样，在山上放鹤，还能不能放好鹤，或者鹤还会不会回来？

站在放鹤台上，眺望远方。山下，是芸芸众生，是熙熙攘攘，是滚滚红尘，是功名利禄。而山上，是清寂的放鹤亭、招鹤亭。还有三两游客，和我一样，枯坐在台上。此情此景，我不知道要是张山人也在，会不会和我们谈上一谈，喝杯酒，交个朋友，或者把我们也看作他手中的那两只鹤，放飞。

寒 梅

明清时期的士林，主要集中在江南地域，在某种程度上是一道文化景观。他们都是读书之人，在宏大的时代背后，追逐的是个人生活。即使有的后来走上短暂仕途，但骨子里终究还是士林风骨。士林之人嗜好醉卧花荫，或者乐山乐水，远离翻云覆雨的政治，转而隐居山野。

徐州，历史上作为英勇尚武之地、帝王之地，也曾稀疏地出过状元，祖籍河北出生于徐州的李蟠，清朝时期唯一的钦点状元，士林之影也是清晰可寻的。户部山，应该说是徐州地区士人集中的地方，如刘向、刘策、崔世焘等人。李蟠家族迁居于徐州丰县梁家镇，后来家境殷实后，就搬迁到了户部山。当然，李蟠中了状元后在此原址上，遵照圣旨重新修建了状元府邸。

李蟠出生于书香之家，李蟠的祖父和父亲都是前朝的忠臣。李蟠的名字也是源于以气节著称的"诗圣"杜甫之句"仙李蟠根大，猗兰奕叶光"。李蟠的字"仙李""根庵"以及乳名"根大"也都出自杜甫之诗"仙李蟠根大"一句，该句源自杜甫赴洛阳瞻老君庙所写的五言诗《冬日洛城北谒玄元皇帝庙》。李唐王朝建立后，追尊"太上老君"李耳为"玄元皇帝"，举国上下形成一阵"李耳热"。时值此时，杜甫赴洛阳玄元庙，作诗以记胜。身为遗民的李向阳为孙子李蟠如此取名、命字，既有追思李氏先祖的意味，也不乏对老子李耳吟啸山林、洒脱不羁真性情的仰慕。

李蟠家族于元朝至正年间从河北正定迁至武安州（明朝至清朝初期皆名为徐州）西北程子院定居。李蟠的祖父李向阳，字孝乾，明朝天启孝廉，授金山卫教授，入清不仕，与万寿祺朝夕唱和，称莫逆。其父李峷，原名李鉴，字奕修，南明福王时拔贡，授予司理，不就。两者皆为明清易代之际的遗民，不仕新朝，常与友人往来，闭户著述以终。

父辈的情趣与观念不断渗透进李蟠的生命中，这在祖父李向阳为李蟠所起的名字中也可略窥一二。其实李蟠祖父李向阳，作为第一才子的他，也是坚持不做官，在黄茅岗享文人清闲，不愿出仕。这样的家庭氛围，自然给幼小的李蟠埋下士林风骨的种子。李蟠极为敬仰"徐州二遗民"之一万寿祺，甚为其气节所钦佩。后来李蟠之妻，正是万寿祺的亲孙女。万家后代，始终没有在清朝做官，立志不做清王朝的奴才。李蟠回乡后，与铜山颇负盛名的遗民家族杜氏交往甚为密切，还把自己唯一的孩子取名为李杜，并与杜氏世代结契或联姻。这从李蟠的《白燕诗》中看出，"谁知二墨风流后，羽化偏成不染禽""羽翼忽传四皓齐"等诗句，隐含着李蟠对于隐士高人的仰慕。

李蟠参加科举时已四十多岁。之前是不爱科举，或者说兴趣不在科举，反而"慕东南山水之盛，买棹渡江，遍历吴山、天目、钱塘、镜湖，三月阅而归"。寄情山水，借漫游以荡涤心胸、开阔视野。李蟠尤其喜欢结交隐逸士林之人，如遗民朱居六。朱居六，明清之际的遗民。遗民徐巨源在为其朋友所作评传《友评》中称赞："朱居六，风气奕奕，触事玲珑，棋如韩信木罂度井陉而不作背水计，画如韦伯将悬空书榜而了无怖色，支道林所谓爱其神骏者也。"

李蟠家搬入户部山，与户部山的士林集中、山林幽深有关。李蟠一家定居于此，建藏书楼，以读书、交友为主，过着闲淡隐逸的生活。

李蟠后来高中状元，其原因有很多，主要是他聪明好学，加上出自书香门第，祖上均是文化之人，这些对李蟠有着很重要的熏染。当然，李蟠被钦点为状元，也离不开家乡徐州的因素。康熙三十六年（1697年）的那次殿试中，试题涉及靖边、河防和吏治。尤其是河防问题，这是康熙皇帝心中久久不能释然的牵挂。据记载，康熙即位之后，曾想在养心殿的大梁上写上六个字：削藩、漕运、河务，作为当前要务，天天警示自己。当康熙读到李蟠的《廷对制策》，尤其是河防对策时，被他条对的贴切、论述的鞭辟入里所折服，遂将其擢为状元。

李蟠在对答治河良策中认为，古今都没有最好的治理黄河之法，只有引导黄河之法。筑闸修堤和开引河挖支河，只能是治标不治本。唯有疏浚黄河下游，使河水快速流去，才是根本之道。引黄入淮，亦不失为上策。李蟠的精彩对答，源自生养他的徐州。因为徐州可谓是水路枢纽，黄河、京杭运河、沂水、泗水、沭水均流经此地，附近还有淮河。在徐州历史上，水患尤其严重，古城徐州就遭灭顶之灾七次。历代徐州太守、知州无不以治水为重。当年苏轼任徐州知州时，上任不到四个月就赶上黄河水患，大水淹到城墙脚下。苏轼身先士卒，带领军民抗水，历经七十多天，大水退去。黄河南路上的黄楼，就是苏轼治水的历史见证。我们也可以从苏轼给云龙山放鹤亭所写的文章中，读到关于水患的记载，"熙宁十年秋，彭城大水"。

康熙皇帝在细心阅卷后，击节赞赏李蟠三千余言，工笔正楷，不错落一字。李蟠后来被皇帝招至翰林院任编修，入国史馆纂修《大清一统志》。

李蟠状元及第，这也是徐州历史上第一个文状元，填补了徐州科举史上的空白。本以为李蟠以后飞黄腾达，却不知道后因考试舞弊案被贬。后康熙南巡途经徐州，欲重新起用之，但深受打击的李蟠已无意再仕，淡然婉拒而返，余生隐居户部山，建居曰静庐，以诗文自娱，著有《偶然集》传世。

摆脱功名利禄、旷达而淡然的李蟠，所带给徐州的，是一笔笔宝贵的文化与精神财富。所书《东坡放鹤亭记》《金刚经》，世人视为珍宝，惜已散失。今徐州户部山有状元府旧址，云龙山上有其撰写的碑文三种。徐州许多胜景都留下李蟠的诗文，如放鹤亭、燕子楼、戏马台等，当然，作为隐居户部山的李蟠，还专门写下了一首《户部山探梅》："空山多伴已多年，独有寒梅伴我妍……"这数九天气里的梅，不正是退隐户部山的李蟠自己的写照？

尘　埃

我是在一个秋天的黄昏里驱车抵达刘河崖村的，刘河崖村是明末士子阎尔梅墓的所在地，浮世的秋风吹来，尘埃弥漫。

阎尔梅是谁？熟悉明清历史清流的人，一定知道明朝移民阎尔梅。阎尔梅（1603—1679），字用卿，号古古，又号白耷山人、蹈东和尚，沛县人，明末清初著名文士，与铜山万寿祺并称为明末"徐州二遗民"。作为一个反清复明的知识分子，他的后半生一直漂泊于大江南北和中原腹地，为抗清斗争事业付出了一切。

读到此处，我被"徐州二遗民"五个字所触动了。好一个"遗民"二字，这是历史留给当地仅有的两枚硕果。不是什么人都可以称之为士子的，恐怕在丰盈的物质和诱人的名气里，更多的人，遗弃的是骨气，残留的是俗世的肉身、无尽的贪婪与欲望。

当我们七拐八拐，辗转一番后终于抵达刘河崖村。黄叶铺满的村路，掩盖住了路的本来面目，村子稀疏荒凉，一户户砖瓦结构的人家，只见到静默的房屋。在路边的一块灰白石头上，发现了几个不太清晰的水泥字，"阎古古（阎尔梅）墓"，无尽的想象瞬间被击得粉碎。墓地不在路旁，准确地说是在水泥石碑后两百米处的白桦林里，树林里枯叶堆积，灌木丛生。

悲哀沿着脚下的荒野枯草，汹涌过来，还夹着一股阴冷。在阎尔梅墓的正前方，不知道什么样的人，竟然决策在这儿修建了一座公厕，距离墓碑不足几米。高大苍白的公厕，挡住了后面几百年光阴的墓碑，碑林被遮蔽在暗影里，终年没有阳光。

刘河崖村！我再次念叨了一声。崖和河，刻在心上。没有阎尔梅的村子，何尝不是一座可怕的悬崖？如果说是村子之外的黄河水，把村子冲垮成悬崖一样的村子，倒不如说是没有文化的村子，本身就是一座拔高的悬崖了。村子里人烟稀少，少到已经成为孤村。

阎尔梅自幼聪颖好学，博闻强识，工诗善画。其文时称"旷逸跌宕，有吞吐山河之慨"，其人不愧为任重翘楚。崇祯三年（1630年）阎尔梅中举人，凭他的才气和能力，只要审时度势，顺其风而扬起帆，完全可以加官晋爵，青云直上。可他天生缺少媚骨，是个敢爱敢恨的骨鲠之士。他本不是东林党人，因痛恨阉党魏忠贤一伙弄权乱政，同情东林党人的不幸遭遇，竟被人以"东林党人"罪名诬告，被关进大牢。后因对阉党一伙的仇恨，他中举之后，义无反顾地参加了文学家张溥组织的进步文学社团——复社，毅然摒弃坦荡远大的仕途，同复社士子一道，执着地寻求东林党人那柄"致君""泽民"的政治利器。

公元1644年，中国大地风云突变。清兵入关，建立起满清王朝，大明国人转眼间变成了亡朝遗民。阎尔梅哀痛万端，在各地抗清志士纷纷揭竿而起的情况下，他愤然投袂荷戈，在家乡组织了七千人的抗清队伍。在史可法困守扬州时，他面呈《上史阁部书》，劝谏其联合张七领导的豫、鲁榆园农民军，收编瓜州总兵高杰余部，挥师北上，合力抗清。由于史可法诸将发生内讧，处处掣肘无力北上，孤掌难鸣的阎尔梅只好怏怏作罢。不久扬州失守，他又几经辗转，回到北方参加榆园农民军。后来顺治八年榆园军失败，阎尔梅于沛县被捕。

历史时常扮演不公正的角色，总是让一些苟且偷生、见风使舵的小人春风得意。山东降清漕运总督沈文奎提审阎尔梅时，"瞪目直上视，不拜。沈知不可屈，诘之曰：'而何为者？欲作文丞相（文天祥）乎？'山人顾之曰：'然则文丞相非乎？'旋步于堂阶左右，慷慨吟诵'忠孝平常事，捐躯亦等闲'"。始终作为精神贵族的他，大义凛然。在他眼中，所有降清者均为精神的阶下囚。八月十二日，阎尔梅被投入河北省大名府狱中，十二月转移至济南府按察司监狱，其间清军多次诱降都遭到了严词拒绝。

他以诗为武器，与清官员展开斗争。他在《大明总督马光辉移会总河杨芳兴、总漕沈文奎特疏参余下山东按察司狱》一诗中写道："一塞何劳八县兵，凌霜踏碎济南城。方昏适值髦头舞，近晓犹看贯锁横。埋骨应怜无净土，招魂可惜是虚名。愁中静想明夷数，箕子文王结伴行。"这诗句，无情地讽刺了当朝官员的虚张声势和色厉内荏。

阎尔梅像怪杰朱耷一样作贱自己，称自己是驴。"一驴亡命八千里，四海无家十二年"。在十多年的颠沛流离中，他的确像一头身体羸弱而精神丰盈、骨头坚硬的犟驴，负载着名节，还有一颗孤贞硕大的头颅，在人间游走，处处风险，处处艰辛，又能如何？正如他名字的隐喻，尔梅，梅尔；一支在人间游走的寒梅。

康熙元年，阎尔梅携子，从大风大浪的风云江湖，回到偏安一隅的乡村田园。他同百姓一样耕田、种菜、植藕、捕鱼，著书课子，不入城府，淡泊自甘。阎尔梅以一种无限的淡泊，静立在历史河流的深处。此时他的内心，澄澈一片，印在他内心镜面上的，已经没有往日的金戈铁马，剩下的只是隐于生活的日常牧歌。

"落叶青桐缀绿瓢，莲房十田水平桥。西邻送得黄花蟹，煮向花前用酒浇。"这首七绝是他居异地时的感怀。十多年的田园生活难免清苦，但他感到很惬意、欣慰。当年的"捶胸泣血""呕心沥血""天涯孤魂"渐渐化为平静、日常，不悔恨，也不自责。

康熙十八年冬，享年77岁的阎尔梅与世长辞。据《沛县志》载："先生弥留之际，嘱家人逝后按明俗筑方坟葬之，以示死不降清。"在他的心底，仍旧活跃着一颗属于大明的热血之心。

"尔曹身与名俱灭，不废江河万古流。"站在墓前，秋风徐徐，大地苍凉。我和朋友久久没有离去，对着墓碑虔诚地鞠上一躬，算是对士子和文人的凭吊吧。

虞美人

虞姬在徐州居住的地方，徐州人美其名曰美人巷。

一个有着江南风雅、古色古香的幽深巷子，固然不是粉墙黛瓦，也是青砖灰瓦，一副庭院深深深几许的居所，这确实有点卓尔不群。因为徐州内在的骨子里，是汉家风骨，磅礴气势，铿锵音符；不会有吴侬软语、小桥流水的诗意与温婉。

可是，徐州人就是把那个青石板铺就的幽静小巷命名为美人巷，带着江南脂粉的气息。这也许与虞姬曾经在苏州生活一段时间有关。自古女子多爱美，骨子里都有一个诗意的江南与爱情。

虞姬随着项羽到徐州时，选择在城中距离楚宫不远的一处院落居住。项羽自立为西楚霸王后，所建的霸王府相距巷子不足三里地。

美人巷直到清末都在。老徐州人至今还有印记，那巷子是个青砖灰瓦的四合院，窄窄的，房屋低矮，与相邻的淮海路相比，幽静得出奇。可惜后来，由于一些人认为"美人"二字，有点旧社会藏污纳垢的嫌疑，引起纷争。为了息事宁人，就借用孔子"里仁为美"的句子，把美人巷改为美仁巷。至今能证明巷子名字的，只有一块"美仁西巷13"的门牌。

一个"仁"字，读出徐州人对虞姬的怀念。

徐州人认同虞姬，不只因为她是项羽的女人，还因为虞姬从骨子里就有着徐州人的基因。徐州女人是怎样的？这与徐州"北国锁钥、南国门户"的地理有关。作为兼具南北文化的古城女子，自然有着北方人的浓眉大眼和南方人的精致温婉，棱角分明，"增之一分则太肥、减之一分则太瘦；施之粉则太白、施之朱则太赤"。

徐州女子，从身材上看是高挑健美、玉树临风，英姿飒爽里还有一种豪迈的气质；性格自然是刚烈，刚烈的还有张愔之妻关盼盼，遭人非议，绝食而死。

"一方水土养一方人"，徐州滋润出了虞姬这样为爱情而活的女子。

我们不能忘却那场震古烁今的战役。军帐之外。夜风萧萧。四处都是汉兵的影子。寒光闪闪的冰刃在这个夜晚显得彻骨的冷。记不清这已经是多少次的厮杀了，刀卷了，枪折了，尸体堆积如山，血流成河。项羽，依旧手执兵器，傲立沙场的中央。一拨又一拨潮水般的汉兵退去，再来，再杀退去。从江东带过来的八千子弟，几番厮杀，已经不到十分之一。

众生喧哗。帐外，喊杀声一次次传来。"金千斤，封万户侯"。悬赏大王的口号一遍遍响起。悲凉的楚歌铺天盖地。

往昔一幕幕上演。虞姬依然记得当初从人群中看到的那个举鼎的英雄男子，那个剑眉朗目、玉树临风、一身豪气的男子。从此，她只身一人，背着家人，跑到百里外项羽大营的帐篷中，不顾千山万水，不管战火硝烟，不问兵荒马乱，用万般柔情去追随爱情，追随那个战场上铮铮铁骨、侠肝义胆的铁汉；从此，原本江南温润安稳的日子，换成了南征北战、鞍马劳顿。无论凯旋，还是奔走逃亡，她始终与项羽相依，与爱情相随。

夜凉如水，风声呜咽。帐内，一女子正在梳妆打扮，丝毫没有被外界所干扰。

"力拔山兮气盖世，时不利兮骓不逝。骓不逝兮可奈何？虞兮虞兮奈若何！"楚霸王项羽不禁潸然泪下。

这时候，盛装出来的虞姬娉娉袅袅来到项羽身边，端起一碗酒，盈盈秋水，凝视着气壮山河的汉子。帐外的厮杀声、惨叫声、呐喊声、擂鼓声，还有四面八方传来的箫声，在这里都静谧了，只有项羽的喘息声和虞姬的温婉之语。

大王，让我为你跳一支舞吧。言罢，虞姬衣袂飘飘，在一把锋刃的引领下，在寒光中翩翩起舞。

虞姬且歌且舞。随着最后的一个舞姿，在眼波流转盈盈转身之中，以一个千古深情的凝视，转而化作长剑横挑，锋利的剑，鲜红的血飞溅而出。那个舞剑的女子缓缓地倒在项羽的面前。

"汉兵已略地，四方楚歌声。大王意气尽，贱妾何聊生！"

啊，虞——姬——

虞姬，这个冰雪聪明的女子，这个一生誓死追寻爱情的女子，这个用生命追随项羽的女子，在多少次的战争和项羽经年的厮守中，带着满足和骄傲，用生命的绝唱，完成最美好最悲怆的爱情仪式，也许只有这样的离去，才能抵达完美的高处。

"大王意气尽，贱妾何聊生！"声声溅泪，字字滴血。何等地豪情壮志！何等地重情重义！于世，无愧于英雄；于虞姬，无愧于丈夫。"生当作人杰，死亦为鬼雄。"后来的词人李清照一行诗句，写尽了项羽与虞姬的旷世爱情。

徐州人为这段历史所沉醉。项羽，一生只有虞姬唯一女子的男人，其重情讲义为徐州人所铭记，为世人所感怀。

项羽死后，刘邦闻之而拜祭，"为发哀，泣之而去"。什么叫英雄？死后还震撼敌人的。项羽算得上一个。作为一个政治家，也许项羽是不合格的，比不上刘邦；但作为虞姬的丈夫，作为世间英雄，则充分展露了一个男人的阳刚与凄婉之美——侠肝、义胆、英勇、柔情。虞姬是幸福的。英雄千千万，而如霸王项羽者、一生挚爱虞姬的末路英雄，世上有几人？

据说当年虞姬溅血的地方，翌年葳蕤着一朵凄美艳丽之花，血红血红的，世人都叫它虞美人。

愿为黄鹄

如果说张骞是陆上丝绸之路的第一位开拓者，那么刘细君，算得上是这条丝绸之路上有历史记载的第一位汉家公主。

刘细君，江苏沛县人，汉家宗室的江都公主。这个原本属于王子公主生活的汉家时代，却因为一个不靠谱的爹江都王刘建头脑发热，与其淮南王、衡山王做起造反的春秋大梦来，以致全家遭殃。当时刘细君寄养在叔父家，侥幸逃脱性命之虞，但是罪臣之女的枷锁，是始终挣脱不掉的。

好在年幼的刘细君侥幸存活下来，那年，她十一岁。

作为汉武帝的侄孙女，她就这样生活在阴影之下。当然，作为有宗室血统的刘细君，虽是罪臣之女，但是汉家福利诸如读书、礼仪以及各种待遇是照旧享有的，举手投足，她依旧有着汉家公主的风度与气质。

十一岁的刘细君是完全明白自己处境的。当皇帝选派她到西域和亲，她理所当然地答应了。她哪里有左右自己的资格和权利？或许这是戴罪立功，或者是自我救赎，刘细君是分辨不清的，无力判断。西域乌孙，那是个远在天边的地方，这一去，她知道，就是天涯，再也不会有归来的时候。

"风萧萧兮易水寒，壮士一去兮不复还。"她感觉自己这个时候就像那个荆轲。

和亲，这不是汉武帝的首创，这要追溯到汉高祖了。当年汉朝建立后，刘邦被匈奴包围，后侥幸通过财物和美女，打通一些关节，才得以活命回来。后来又陆续与匈奴在边境多次交战，由于汉朝刚建立不久，根基不稳，自然是吃了败仗。后来一个叫娄敬的人给汉高祖出了个主意，说匈奴人爱占小便宜，尤其是喜欢钱物和女人。因此汉高帝答应给匈奴人送去绫罗绸缎、金银珠宝和美女，这才止息战争。这应该是汉朝历史上偌大的耻辱。一个国家的安宁，居然落在一个女人柔弱的身上。

刘细君知道，曾经七次和亲都是失败的。因为真正的汉家公主，比如吕后与汉高祖所生的鲁元公主，即使皇帝舍得，吕后还舍不得呢。当时和亲的公主都是宫女或者秀女乔装打扮的，事情败露后，匈奴为汉朝的欺骗行为颇为恼怒，七位宫女最终都成为刀下之鬼。

她不知道的是，自己这次要去的乌孙，前途未卜，凶多吉少。随着几声炮响，刘细君在浩浩荡荡的数百人队伍中，载着汉朝丰厚的彩礼以及送行的将士、丫鬟等，走向远方。据《汉书·西域传》记载，刘细君出嫁时，汉武帝"赐乘舆服御物，为备官属侍御数百人，赠送其盛"。刘细君抱着那把叫阮（又名秦琵琶）的乐器，这是汉武帝特地派人给自己定制的乐器。西域之行，陪伴刘细君的，就是这把乐器。这是汉家的声音，还是西域的哀鸣？刘细君明白汉武帝的心思，这既是寂寞孤独的慰藉，更是汉朝的和亲使命之音；纵然自己是戴罪之人，身上流的依旧是汉家血脉；作为汉家子民，就必须流尽最后一滴血。

刘细君的和亲之路，与后来接替的解忧公主以及七十年后出塞的昭君，是不可相提并论的。刘解忧的和亲，有了刘细君前期的铺垫，道路畅通了许多；而王昭君的出塞则是在汉朝实力强大的背景之下。唯有刘细君，不仅是先锋，而且是在汉朝的国力远远逊于匈奴、乌孙等国情况下和亲的，也就是说，娘家不如人，对作为政治博弈的棋子刘细君来说，自然底气不足，很多事都要忍气吞声。

刘细君和亲的国王猎骄靡，是个年近七十的老人，一年也见不到几次面。在汉朝送来和亲的刘细君之时，狡诈的匈奴人也送来了一个和亲的公主，其中的阴谋不言而喻。是平衡还是策略？这么重要的国家使命，变成了两个女人的争斗。作为语言不通、生活不习惯的刘细君，其处境更加艰涩。

帐篷般的群居生活方式，作为生于钟鸣鼎食、繁华富庶之地的刘细君是无法习惯的，她就把汉朝建造房屋的技术，传到了乌孙国。这一举动得到了乌孙国众人的赞赏，为汉家女子的才能所折服。除此之外，刘细君还为乌孙国带去了汉朝的典章、礼仪、葬制等。

历史上有刘细君公主造琵琶之说，唐人段安节在《乐府杂录》记之："琵琶，始自乌孙公主造。"这个乌孙公主指的就是刘细君。据记载，刘细君精通音律，所谓"裁琴、筝、筑、箜模之属，作马上之乐"，即兼采众长而别创新声。这也是汉武帝为什么在细君出发前赠送秦琵琶给她。刘细君本身就是善器乐之人哪！后来，乌孙国也就开始有了琵琶等乐器。

刘细君是丝绸之路上第一个远嫁西域的公主，是中国历史上早期的一位出塞者，她在汉朝与乌孙国之间搭建的桥梁，为后来的大汉王朝奠定了政治、经济基础；除了完成打击匈奴的政治目的外，还彻底打通了西域地区的商贸之路。

刘细君，作为汉家血脉的皇家贵胄，在汉朝国力虚弱、难以抗衡匈奴之际，远嫁乌孙，走活了汉朝与匈奴对抗的这步棋。

遗憾的是，她最终没能像后来的刘解忧，再回到她热爱的汉家天下，只留下一首边塞诗，在长城内外、大漠边关吟唱："吾家嫁我兮天一方。远托异国兮乌孙王。穹庐为室兮旃为墙，以肉为食兮酪为浆。居常土思兮心内伤，愿为黄鹄兮归故乡。"据说，这首诗传到长安后，汉武帝"闻而怜之"，心中不忍，于是下令每隔一年派使臣带着帷帐、衣物到乌孙慰问她。

一曲遥远的《悲愁歌》，一位绝世独立于北国寒风中的惶恐女子，在反复吟唱的寂寥、凄凉与绝望里，让我们一次次在回望中含泪狂奔。

红 豆

作为秦岭至淮河南北分界线上的徐州，北接中原文化，南邻吴越文化，自身丰富的楚汉文化，造就了徐州这块地域的文化养分。这难道是出九个徐州籍帝王的奥秘？漫步徐州，你会被浓郁的汉文化所震撼。古色古香、大气磅礴的建筑与历史遗址，在徐州七十二座山峰的雄浑背景下，蕴藏着浑厚的王者气象。在这些磅礴的表象之下，徐州，也不乏温润、细腻和柔软，同样出宰相、状元、学者和诗人。

徐州人刘令娴，南北朝时期梁国的才女，完全可以跻身于中国古代著名才女之列。

刘令娴，在家排行老三，又称刘三娘，可以说出身豪门，也可说出身书香门第之家。父亲刘绘为齐国大司马从事中郎，哥哥刘孝绰是南朝梁代文学家。这个刘孝绰不得了，文学造诣相当高，乃当时著名的作家，"辞藻为后进所宗，时重其文，每作一篇，朝成暮遍，好事者咸诵传写……亭苑柱壁莫不题之"。昭明太子萧统文集出版时，其序就是刘孝绰作的，由此可见一斑。如果我再唠叨几句，刘家"兄弟及群从子侄当时有七十人，并能属文，近古未之有也"。不可小觑。造成这种格局的，从小的方面说，是刘家的书香传统；从大的方面说，与当时的南北朝整体文化气候相一致。

刘令娴后来遇到了自己的如意郎君、门当户对的"官二代"徐悱。南朝女子，长到十七岁，就到谈婚论嫁的时机。刘令娴到出阁年龄时，选中徐悱。这徐悱也不是一般的男子，出身豪门，重要的是徐悱的父亲徐勉，官至尚书左仆射，也就是说相当于宰相之职。徐悱乃徐勉二儿子，"幼聪敏，善属文"。这真是珠联璧合，天造地设。

这个徐悱要才气有才气，要背景有背景，自然得到了上司的赏识，总是被派到外地做官。这对新婚不久的刘令娴来说，是个不大不小的考验，聚少离多，如何排遣彼此的思念之苦呢？在古代，唯一的办法就是书信诗文，这对彼此都不是难事。写诗，慰藉对方，保平安，守忠贞，一解双方别离之哀愁。如徐悱在外做官，思妻心切，就写了首《赠内》给刘令娴，"不见可怜影，空余铺帐香。""岂忘离忧者？向隅心独伤。聊因一书札，以代九回肠。"哎哟，徐悱的这一撩拨，把刘令娴独守的相思搅动了，她回赠丈夫的诗，写下最著名的《答外诗（二首）》。诗中，"调瑟本要欢，心愁不成趣。良会诚非远，佳期今不遇"。一个春闺之怨的形象，捎给了远方的徐悱。

红颜多薄命。在刘家一点不假。刘令娴的两个亲姐姐，婚嫁后其夫君均不幸早逝。原本这一切不会发生在刘令娴的身上，可是，宿命中的东西无法改变。徐悱三十而立之时，不久染病，诀别而去。这无常幽暗的人生，却再现刘令娴的内心光芒。她在失去至爱的丈夫徐悱之后，伤不能治，为夫君写下一首凄怆哀婉的悼文《祭夫徐敬业文》，对生死的拷问与追寻，令人黯然心疼。

作为徐悱的父亲，也曾想为病逝的儿子写篇祭文，当他"及见此文"时，不觉动容，完全打消这样的念头，"乃搁笔"。他知道自己的文章写不过刘令娴了。如此诗文，其悲切、哀恸之情，没有打动痴迷文字、绮丽文坛的南朝；倒是后来的一首所谓的"粉诗"，成就了刘令娴的千古风月。

婚后的刘令娴，写过一首很艺术的艳诗《光宅寺》："长廊欣目送，广殿悦逢迎。何当曲房里，幽隐无人声。"这首诗让很多人浮想联翩，认为诗文暧昧下流。你想，在一个黄昏时分，一个容貌秀丽的女子，来到光宅寺烧香，在长廊之地，俊秀的青年和尚对着春心荡漾的香客挤眉弄眼，然后女子就跟随着撩拨她的男子去了禅房，悄无声音……一石激起千层浪。依作者看来，那只是艺术写法，与艳诗、暧昧似乎不搭界。在伪善或者充满浮夸的诗词之风中的南朝，乍见到如此扣人心魂，却又大胆泼辣，与当时奢靡之音格格不入的诗歌，就像一发重金属的炮弹，准确无误地击中南朝文学的虚浮之弊。按说，世人应该盯住的是诗歌艺术创作的问题，而非那个女香客去了禅房干什么。这首《光宅寺》的出现，有人集中到刘令娴身上的情色问题，是不是对自己的丈夫不爱或乱七八糟之事。刘令娴对徐悱的感情，已经从祭文中清晰地呈现出，她怎么会做出如此不道德之事？祸水根源，应该还是当时的南朝，其思想自由开放，士林之人多不为礼教所束缚，旷达大胆。其诗歌创作也是多写闺阁之情，诗风柔靡绮丽。这也就是说，刘令娴写这样的诗，不足为怪了。再说，真诚地写出，胜过虚伪。

当然，人们也一度相信这诗的内容是真实的，原因是刘令娴所生活的建康城，确实有座寺庙叫光宅寺。

"南朝四百八十寺，多少楼台烟雨中。"南朝的光宅寺香火，与皇帝萧衍有关，他是中国第一个信佛的皇帝。光宅寺，乃是梁开国皇帝萧衍的故宅。他推翻齐国当皇帝之后，就把其故宅舍为寺庙，取名光宅寺。原来这是一座皇家寺庙。清人王士祯在《池北偶谈》中曾谈到这首诗，他引用唐人高仲武的评价说"形质既雌,词意亦荡",说穿了,就是刘令娴很风骚。王士祯自己则说得委婉:"勉名臣,悱名士,得此才女,抑不幸耶?"徐勉是名臣,徐悱是名士,家里娶了这样一个才女,算不算是不幸呢?王士祯欣赏刘令娴的才华,窥透了她的心迹,但想到现实中的存在,他也恐惧了。一首假装身临其境、语言清新的禅院诗词,还有末尾那一句犹如中国画留白的意境之美,可惜的是内心污浊的人,看到的便是污浊。睹文揣人的真是合了那句"人人眼角里是淫荡,人人心中怀着鬼胎"。

兼具江南妩媚和优雅的刘令娴,其生活的南朝齐梁年间,是个开放而又诡异的时代。吟诗弄赋是官宦人家的标配,也是踏入仕途的资本。整个社会恰如江南三月,草长莺飞、绿树红花,奢靡之风蔓延着。其所学诗词,不是沉沦堕落,就是附庸风雅。

如果你要是读到徐悱的那首诗,即写他去偷看大街上的女子,以慰藉思妻之苦,就会顿悟这完全是徐悱与刘令娴小夫妻之间的调情而已,又何必当真?一个大户人家的妇人,怎会和一个小和尚在皇家寺庙的禅房幽会?只是没想到刘令娴一首发自内心深处的诗行,搅动的不只是王公贵族心底的虚伪和时代的风气,还刺破了南朝齐、梁的社会水泡,流出其中的浊水来。

燕子楼

有朋友到徐州来,燕子楼是必去的景点。

不管来访的是男性还是女性朋友,这里,都是他们喜欢停留的地方。男人们不相信,一个女人,会在兵荒马乱的日子里,与一老妪,独守一座空楼长达十多年,直到绝食西去。女人们呢,更是不可理喻旧时的古典女子,为了一份日常的爱情,就要孤独终身,以至随爱人而去。古人的从一而终,今人是匪夷所思的。爱一个人,难道就得和他生死相随?

从云龙山放鹤亭下山后,稍微走上一阵,就抵达云龙公园,燕子楼就在园中知春亭里。二三层檐角上翘、古色古香的楼宇,在圆湖、绿树以及山石的背景里,独守一方的静寂。相对于闹市来说,燕子楼在红尘之外,更多的红尘男女，穿梭于酒肆茶楼舞厅商场之中，享受盛世的繁华、浮世的悲欢，哪里还有人愿意从红尘里移步裙裾，与燕子楼对视？

燕子楼的故事，起初是发生在徐州太守张愔和彭城大户人家关盼盼之间。其时，张愔看上并纳关盼盼为妾时，确实被她的美貌才学所吸引，这是理所当然的。张愔是武将出身，从他的内心诉求来看，对文艺是有好感的，尤其是在当时才气逼人的白居易濡染下，张愔要找一个文艺女青年。而关盼盼出身于大户人家，自幼受到良好的家庭和私塾教育，琴棋书画歌舞，样样出彩。

史书上有记载，张愔的正房后来因病去世，关盼盼就成为张愔唯一的至爱，为了证明他对关盼盼的真爱，他特地为她建造了一座楼宇，名字就叫作燕子楼。

张愔的这一做法，彻底地俘获了关盼盼的芳心。张愔像宝贝一般，宠着关盼盼，把自己所有的恩爱都给予她，一般情况下，是不愿示与人的。唯独白居易除外。

白居易和张愔算得上徐州老乡了。他随父亲在徐州生活了二十三年之久，与张愔也算是老朋友了。白居易粉丝遍天下，名头很响。这张愔是自愧不如的，但是他不愿意别人说他头脑简单四肢发达，更不想被好友白居易瞧不起，恰好关盼盼的诗文，也是小有名气的，这令张愔喜不自胜。好你个白居易，我写诗不如你，是吧，但我爱妾写诗还是可以的。

张愔想想就有点激动，他想这个事必须得让白居易知道，就掂量着趁白居易回到徐州，设宴款待一番。事情就坏在这里。要不是那一场盛宴，关盼盼也不会那么早就走了。

为了把白居易请到家里来，张愔特地抛给他一个噱头，说家里有个宝贝。这个信息给了白居易极大的兴趣。你想，一个武夫家里能有什么宝贝？常理应该会是奇门兵器之类。白居易不顾家乡众多粉丝的盛情邀请，便一口答应了张愔。

宴席上，在神秘的气氛中，张愔请出了久居闺房的关盼盼。白居易开始没当回事，继续喝酒吃菜，和身边的文学粉丝张仲素，有一搭没一搭地聊天，不咸不淡。可是，当关盼盼"犹抱琵琶半遮面"地出场时，这一幕在史书上有明晰的记载，白居易当时惊艳地，胳膊一阵颤抖，长袖把一根筷子拂到了地上。

只见关盼盼面露微笑，似笑非笑。此时白居易已经从失态中清醒过来。谁知道，关盼盼以一曲《霓裳羽衣曲》，再次沉醉了白居易，以致他第二次激动地把筷子拂落地上。其实后来关盼盼还为偶像白居易吟唱了《长恨歌》。这是他自己的作品，可惜白居易已经心不在焉了，完全沉浸在那支令他神魂颠倒的舞曲之中。

当晚。白居易回到客栈后，夜不能寐，起身在案前写下："醉娇胜不得，风袅牡丹花。"这是他对绝色美人、才女关盼盼的最高赞美。

后来，不幸的是，张愔因病早逝。这令关盼盼痛彻心扉。张愔走后，关盼盼就搬进了张愔为她建造的燕子楼。关盼盼身边，还有一个陪伴的老姬。

燕子楼里，十多年来，关盼盼始终蓬头垢面，伏于案上，书写对张愔的思念。关盼盼说，所爱之人已经归于黄土，自己梳洗打扮有何用？有人统计称，关盼盼在燕子楼里写下了三百多首诗歌。

一日，张愔手下的那个谋士、同样爱好文学的张仲素，要出差到京城拜见白居易，顺手带走了关盼盼的三首诗（有人考证是张仲素自己写的）。

白居易一读之下，加上张仲素对白居易的口述，他被张愔与关盼盼两人之间的深情所震撼。尤其是听到了关盼盼搬进燕子楼，与世隔绝，只为张愔，情动于衷，不能自已，随即写起和诗来。写完之后，白居易鬼使神差地在末尾还写上了几句，大意是如此深情，何不随他同去黄泉？

张仲素喜颠颠地拿着和诗，回到徐州后，想都没想，就把白居易的和诗拿给了关盼盼看。关盼盼看到最后几句时，不胜羞愧与尴尬。她万万没想到，白居易，作为文坛泰斗，自己一直以来敬仰的偶像，居然如此看待生死爱恋？关盼盼内心的城墙一下子就坍塌了。

她的忠贞之情岂能让白居易玷污？关盼盼对张仲素说，妾身之所以苟延残喘，不是贪生怕死，本想追随张愔而去，可怕世人说他重色，玷污他的高洁。自此，关盼盼开始绝食，抑郁，直到魂魄归去。

白居易听到关盼盼为了证明对张愔的爱，不惜赴死，十分内疚。到了晚年，当他以七十岁的身躯面对二十来岁的樊素和小蛮时，他是彻底明白了关盼盼活下去的忠贞与爱恋。于是，白居易当即遣散了樊素和小蛮，让其自由寻找她们的幸福去了。

燕子楼的故事并没有因为关盼盼的死而尘埃落定。多年后，徐州新任的知州苏轼，在一个秋意阑珊的夜晚走进了燕子楼。不知道是苏轼与关盼盼的心意相通，还是苏轼那颗不为红尘所羁绊的超然之心，引导着他来到燕子楼。

关盼盼抑郁的死和苏轼旷达的活，何尝不是世间的一泓清流？栏杆拍断，只怕无人意会。苏轼那晚上应该是久久地徘徊在燕子楼中，沉思良久。天涯孤旅，怎样才能传递内心的情愫？是这孤寂的燕子楼吗？还是前不久才建好的黄楼？"燕子楼空，佳人何在？"对着圆月、曲港、跳鱼与湖风，以及远方的眉山，只有故作旷达和洒脱。苏轼除了糟糠之妻王弗、王弗的妹妹王闰之以及侍奉他的朝云外，再无女子走进苏轼的心中。

我不知道来过燕子楼的朋友，对此有何感喟。是不虚此行还是浪费光阴？因为如今的燕子楼，只剩下那楼、那湖，还有那令人哀婉唏嘘的故事，在风中，在时间的湖底深处。

潘安湖

贾汪潘安湖，说到底是煤湖。但是因为潘安是一个美男子的符号，历史中亦真亦幻地与煤湖有点勾连，当地人自然给了它这个名字。历史里的帅哥潘安，是一个光鲜闪亮的男人。

潘安湖，这个湖不是中国的四大名湖之一，陌生的名字，陌生到不知如何想象。

让我想起哲学家萨特。当然，我不是说潘安湖的荒诞性，按照萨特存在就是合理的理论，对潘安湖也就释然了。是的，潘安湖，某一天就降临到这个曾经矿区林立的地方，你无法说清它是远方舶来的，还是从历史根系上生长出来的，不能否定，也无从肯定。我以为它的复杂与错综，也正是它的无限可能。

公元291年，已经不惑之年的潘安游至山东，正巧好友石崇监管徐州军事，就驻扎在下邳。潘安是第一次到徐州，作为文人，自然要对当地的人文风光做一番游历。当时城北有两处景点，一处是屯军寺，另一处是皇姑墓，久负盛名，自然让潘安诗兴大发，留恋不已，以至于他在城北盖了一个房子，靠近屯头湖而居住。潘安并不是传说中浪得虚名的花瓶，而是真性情的文人。那个房子世人称之为潘家庵。潘安既然是真文人，其自然有着内在的悲悯和体恤。当他看到乡亲们在屯头湖边满脸愁容地磕头祈雨，以抗干旱天气时，动了恻隐之心，出资为当地人打了三口名为"凝沔""渎湖""濯鸿"的义井，村民们感念他的好，遂把屯头湖更名为潘安湖。

而实际上，现在的潘安湖，已经不是当初的屯头湖了。或者说当年的屯头湖早就没有踪迹。取而代之的是大片大片的矿区。谁也不曾想到，在屯头湖附近的地下深处，苏轼称之为石炭的物质，像一片片沉寂的波涛，峰峦如聚，埋在湖底下，黑色的坚硬的石块，汇聚着千年的光与火。这给屯头湖边的人带来历史性、革命性的变化。毁湖，大片塌陷的矿区，支离破碎、残缺不堪、天翻地覆，大地上，早已覆盖上了一层又一层黑色的物质，不只是现在所说的煤，想必还有短视的目光、欲望和生活。

鸟尽弓藏。当大地给予尘世湖水和石炭之后，换来的，不是抚慰，而是掏空了心室的狼藉，深陷到苍黄天空里的眼睛。那塌陷下去的目光，令人心碎而动容。

我们无法看到当初贾汪屯头湖畔支离破碎、坍塌颓废的惨状。因为，现在它的上面，是成千上万亩的矿区，坑坑洼洼的矿区，抚平它的是苍白与蕴含着生机的辽阔水域。水润万物，是多么朴实而又蕴藏着玄机的黄金之句，它包容一切，包裹一切，洗刷一切，又孕育一切。

徐州人在屯头湖消失经年后，在新的一片湖水之上，再次找到了那个名字，潘安湖。这个名字，恐怕不只是一种纪念的意味，还有属于潘安自身美的审视与追寻，重生的屯头湖，要做"湖中潘安"。

潘安的意义，也许正是湖水的本身意义。

潘安是谁？想必读过书的人，或者多情女子的心中，都有个答案，作为中国晋代与大文豪宋玉齐名的诗人，正是赞誉盈筐、诗文满卷、故事繁多的美男子。古代诸如李白、杜甫、王安石、白居易等诗人，无不挥毫泼墨，在纸上写上他们对美貌潘安的诗文。李白写道："白玉谁家郎，回车渡天津。看花东陌上，惊动洛阳人。"李贺写道："潘令在河阳，无人死芳色。"之所以连篇累牍，是因为潘安不是金玉其外、败絮其中，也是一大才子啊，有人把潘安与大名鼎鼎、才华横溢的陆机并比，曰"陆才如海，潘才如江"。潘安在文学上与陆机并称"潘江陆海"。

当下的潘安湖，已非昨日吴下阿蒙了。它不遗世独立，联袂而出的，还有潘安湖湿地、潘安水镇。

潘安掷果盈车的故事同样在这里上演。当年，潘安风流倜傥，走在大街小巷，不要说妙龄女子，就连老妇人也都为之着迷。人们用向潘安车里投掷水果的方式，表达对他的喜欢，以至于车上的水果多而为患。当时的文学家左思知道，也学潘安过街。左思相貌很难看的。结果是众人纷纷乱吐白沫，令他灰溜溜地逃走。现在的潘安湖就像是潘安的那驾马车，满怀植被与野果。整个潘安湖，是岛的世界，南北两区，主岛之外，另有大小岛屿十几座，鸟岛、蝴蝶岛、柳岛、琵琶岛、颐心岛、醉花岛、哈尼岛、古村岛、天堂岛、阳光岛、翡翠岛、世外桃源岛、冒险岛、无名岛等；是桥的世界，湖里有南悦桥、七贤桥、连璧桥、溪缘桥、思晋桥、回眸桥、二十四友桥等各种石拱桥、木桥，桥桥皆秀色；也是鸟的世界，其中吸引来孔雀、大雁、天鹅、鸳鸯等近百种鸟类在此安家落户，开枝散叶。潘安湖是生灵的天堂。这何尝不是潘安那个掷果盈车的美景？

此时的潘安湖与彼时的潘安是如此的默契，默契到匪夷所思的地步。历史上潘安在河阳做县令时，有个美誉叫花县令。因为潘安主持一方政务的时候，给河阳种满了桃花。凡是县内有人犯事，潘安就惩罚他们去给桃花浇水，以此减轻其罪行，这一规定深得当地百姓的喜好。所以，潘安又被"河阳一县花""花县"等所代称。庾信在《枯树赋》写道："若非金谷满园树，即是河阳一县花。"李白《赠崔秋浦三首（之三）》曰："河阳花作县，秋浦玉为人。地逐名贤好，风随惠化春。"潘安湖从花县令的故事中找到经脉。湖的主人从西方国家引进来一片赤杉林，种植成水上的森林。这些高耸的赤杉，密密林立于水上，郁郁葱葱，有绿野仙踪之感。尤其醉人的是到了秋天，这些赤杉在气候的眷顾下，一夜之间，叶子就像着了火似的。当秋天的阳光穿过晨曦，倾斜到这些密匝匝的赤杉上，分明就是大地上升腾起来的火焰。赤色的火焰，在森林里润润地流动着，似乎一股股蜜汁流浆。这不免让人想起当初潘安湖地下那些黝黑的石炭，点燃起来，不就是焰火？而现在，从花县令的神思里，自然的红，正在湖上浓妆艳抹着。潘安湖，就像一个酒鬼，醉倒在楚风汉韵里。

史书上记载的潘安，有褒有贬。贬的就是潘安在妻子逝世后，学会了趋炎附势，仰人鼻息地生活，最终正是因这种灰色的人生方式，招来了横祸，母亲以及妻子丢下的三个孩子都未能幸免于难。对于这段故事我们无法评判对错。这确实有点出乎人们的意料。因为潘安在妻子和母亲那里，令人敬佩。一个如此美貌过人的男子，在十二岁订婚之后，竟然执子之手，直到去世，终生不再娶。一首《悼亡诗》，打湿历史深情的册页。这也是潘安千百年为众多女子所仰慕的原因。潘安另一个感动史册的事就是辞官回家侍奉母亲。他抛却尘世的浮名、职务以及各种文人雅集，独居故乡，守着孝顺的日子。在亲情、爱情面前，潘安看淡一切。

我也曾多次去过潘安湖，在船舫的引领下，走近潘安湖的深处。一路上水波的起伏、鸟鸣的啾啾、树木的参天以及百草葳蕤的呼吸，都尽在眼前。人群在潘安湖面前，就是九牛一毛之感。湖中的生态早已把人间的烟火遁入无形。人走在湖中，如鸟在林中，草在阡陌。一切都回到最初的自然状态。没有谁可以凌驾谁，没有谁可以侵犯谁，无功名利禄，无尘世喧嚣，各自安好，各自生长，生命都这么素净寡淡。如果说还有要铭记的话，那就是人与花鸟虫鱼的对话，与二十四节气的对话。在潘安湖待久了，镇上的人也懂得自然之道。他们在镇上建起了两座雕塑：一座是关于神农氏的，另一座是二十四节气的。否极泰来的潘安湖，似乎已经触摸到了尘世的真相，一切繁华，终究要归于尘土，生命本身就是虚无的，就像这湖里的各种动植物，包括舶来的赤杉林，红如何，绿又如何？最后依旧要卸了妆，回到大地的怀抱。唯一恒久的，就像潘安的那份永恒之爱，不管妻子杨蓉姬在不在，爱永在。神农氏早在远古时候，就用最粗糙的生活，回答了生命，穿过节气的丛林，安居在大地上，仅一瓢一食而已。

忽而，我对当下林丰草茂、鱼儿成群、鸟儿成堆、清水灵灵的潘安湖，有了异样的感觉；相对于钢筋水泥的城市丛林来说，它的名字以及全部，似乎就是一个巨大的象征或隐喻。

再现自然之美的潘安湖，是失而复得的屯头湖，不正是另一个"瓦尔登湖"？

彭祖园

彭祖园位于徐州市南部的马棚山，靠近云龙山。

民间说彭祖活了八百岁。到了彭祖故国徐州，我自然要把此事放在心上。彭城是徐州的旧称，历史上彭城与彭祖有着不可分割的联系。闲暇时间，你到徐州地面上走一走，稍微一打听，就会发现不少地方，都留有彭祖的影踪，如彭祖园、大彭村、彭祖庙、彭祖井、彭祖祠、彭城路、彭祖广场、彭祖阁、彭祖祠等，彭祖的气息无处不在。

彭城，彭的城，一座城池的名字。传说中尧帝分给彭祖的封地，经过时间的演绎后，成为后来的大彭氏国。"彭"字，在我的主观理解里，彭，应该是大而响的意思。"彭"字右边三撇，也许就是隐含着三声鼓响；三是概数，也是虚指。说到鼓，眼前鼓角齐鸣、千军万马、击鼓鸣金、鼓声震天、人欢马叫、硝烟滚滚……以史为镜来看，一个"彭"字，道尽徐州外在磅礴、宏大的气势。

彭祖，原来姓籛（即"篯"，古读jian，第三声），彭氏，名翦，也称籛铿、钱铿、彭铿。一看这个名字，就知道与声音有关，有洪钟大吕的气场。据说彭祖是上古帝王颛顼的四世孙。父亲是吴回的长子陆终，母亲是鬼方首领之妹女嬺。这个号称中华养生鼻祖的人，我实在想象不出他的姓氏如何得来，而且巧合地姓"彭"，这是一个人的姓，也是一个国家的符号。

历史是有纹路肌理的。从彭祖、大彭氏国到后来九州之一的徐州，当年的传奇，是不是正在践行着一个"彭"字的意义，其扩散的波纹、涟漪、褶皱、风声，都隐藏着不为人知的秘语？

上古时期，中原洪水泛滥成灾，尧帝为百姓鞠躬尽瘁，积劳成疾。人卧在床上，多天滴水未进，消瘦得不行，说得难听点，已经是日薄西山了。民间传说，"当帝尧之时，洪水滔天，浩浩怀山襄陵，下民其忧。"就在这紧要关头，彭祖来了，端着一碗自制的养生之汤"雉羹"，看着彭祖信誓旦旦又信心满满的样子，尧帝决定喝下去，死马当活马医。"雉羹"，其实就是野鸡熬制的汤。石破天惊，彭祖亲手调制的这碗神奇的汤，还没有端到尧帝床前，他竟然从床上跃起，抢过"雉羹"，一饮而尽，次日容光焕发。后来尧帝竟然身康体泰，百病不生。万民山呼海啸。尧帝大喜。为感念彭祖的救命之恩，特封地一块，并允许彭祖在那块土地上建城池，创国家，这就是后来史册上记载的"大彭氏国"。

一个人，一碗汤，一座城池，一个国家。彭祖生性特立独行，不爱香车宝马，也不喜欢功名利禄，唯独对什么有利于养生之类的事情兴趣浓厚。《神仙记》有记载，说彭祖"少好恬静，不恤世务，不营名誉，不饰车服，惟从养生沾身为事"。坊间说彭祖活了八百岁，也许正道出彭祖的高寿以及养生有道的秘诀。

养生这个词语，在时下是个突出的字眼，或者说是个时髦的话题。曾经，这个词语就像落满尘埃的旧器，未曾擦拭，未曾发亮。经济物质到了一定程度，人们开始趋之若鹜地研究其养生来。

有人想象了曾经彭祖养生的景象：山川河流、木棚草庐，林丰草茂，牛羊成群。彭祖漫步山林之中，采百花，撷千果，捕捉飞禽走兽，从天地之间汲取灵气与精华，烹制人间美食，颐养生命。此养生，不单单是今天养生的狭义的内涵，应该还包含着这位圣贤对万物的大彻，对尘世的大悟。

我们从历史留下的文字上得知，彭祖，不只是善于烹制"雉羹"，还有

"羊方藏鱼"等，这为中华菜肴留下经典的菜品，从某种意义上说，彭祖无愧于中华烹饪的鼻祖。

世界是圆的，养生也是圆的。一时间，多少人循着鼓声，蜂拥而至，寻求生存之道。这其中就包括流传青史的、以仁义著称于世的徐偃王。

相传，古徐国徐偃王驾着辇车，带领熙熙攘攘的队伍向着大彭氏国避祸而来。作为东夷盟主、仁君徐偃王，怎么会弃荣华富贵、弃他的子民、弃都城而奔彭城？在他的身后，周穆王正带领着大军，一路横扫过来，要把仁义之师与仁义之王，统统地扼杀掉。

仁义之人，必然要倒于仁义之下。徐偃王宁愿不要自己的王冠，也不愿意在自己的国土上看到兵燹之灾，生灵涂炭，尸横遍野。他要用万千城池，换来一方安宁。从帝王之位上下来的徐偃王，念念不忘的，就一个"彭"字，彭城的彭，彭祖的彭。因为在徐偃王的内心里，始终隐秘地敲打着一面鼓，那面鼓的名字，叫百姓。

彭城，后来成了大汉帝国的击鼓之地。一个小小的泗水亭长从民间走出来，布衣布帽，带着一身泥土登上了历史舞台。他不擅长击鼓，但是擅长击筑。鼓与筑，都是中国传统的击打乐器。汉高祖刘邦，内心咬住一个"彭"字的雄浑，向着茫茫寰宇高吟一曲"大风歌"："大风起兮云飞扬，威加海内兮归故乡，安得猛士兮守四方！"

刘邦的这一"鼓"，奏出了一个大汉王朝；这一"鼓"，劈开了华夏大地文明的碎片。

走近徐州，你会在梦中依稀听到当年金戈铁马的声音，十面埋伏的声音，枪林弹雨的声音……有人还做到这样的统计，徐州这块土地上，到淮海战役为止，经历了大大小小的战争六百余次。我们要是不甚匆忙，或许你可以登上户部山附近的戏马台，趁着秋风，再次谛听沙场战鼓的吼声，或者去九里山古战场，于石头的皱纹里，细读昔日的战争史诗，还可以从山上下来，到淮塔，站在纪念碑前，回忆当年黎明前炮火连天的霹雳惊弦。

漫步在彭祖园里，园静人少，偶有几个老者在园子里徘徊，或围在彭祖像前，抚往追昔；或登上彭祖楼，极目远眺。园外，是喧嚣繁华的城市，摩天的高楼，川流不息的车辆以及从大地上春笋般长出的大厦，早已遮去了昔日的风云与历史。只有这座院子，带着彭祖的印记，在风中发出细小的声音。

茱 萸

野草落生在平原、山川，本是司空见惯的事情。然而，要是一种植物，在密布着无数战争硝烟的山中，以漫山遍野的态势，葳蕤于天地间，这也许就不再那么寻常。我说的是江苏徐州境内的大洞山上植物茱萸。与大洞山野生植物茱萸的相遇，激起我对植物的膜拜以及对其中所隐藏神谕的窥知。

古九州之一徐州，地理位置独特的汉文化之城，其在中国地理的位置上，处于秦岭至淮河南北的分界线附近，以连绵山峦的方式盘踞于苏北，从交通和战略上看，是南北咽喉、兵家必争之地。这块战略要地，可以从徐州历史上的大大小小六百多次的战争得知，如楚汉之争、淮海战役等。另一方面，徐州，也是大汉王朝开国皇帝刘邦的故里，就是这片热土，出了九个徐州籍的帝王，将相之多自然就更不必说了。如果展开徐州历史的册页，一页页上都是令人惊叹的文字。所以，有人把古城徐州称之为雄性的城市，雄浑之气、阳刚之气弥漫古彭城。我以为这样大气雄浑的徐州，辽阔的视野里，哪里还能看得见一棵野草的渺小？再说，徐州山脉起伏，峰峦如聚，那沟壑山丘里，蔓生着多少有名或无名的野草，自生自灭，寂寞经年。怎么就偏偏这茱萸，在刀光剑影和血流成河的山峦中，彰显一种叫生命的高光，拔高了大洞山的巍峨？

徐州大小山峰九九八十一座，大洞山是其最高的山峰，海拔三四百米。茱萸落生此地，漫山遍野，疯狂肆意地生长。这也确实充满着玄秘和神奇。这是山石水土对茱萸的选择，还是茱萸对此地经年战争的抚慰与疗伤？大洞山，远离城市繁华与喧嚣，在密林和山石叠嶂中，完成一方孤寂的坚守。因为茱萸，此山原本正是叫作茱萸山。山生茱萸，铺天盖地，得此名也是顺其自然，实至名归。至于大洞山，则是后来改的名，源于在此山中发现一些溶洞等因素。我还是以为茱萸山的名字好，一座山，有着植物的生命音符，山石与水土的契合，其万物生长的命理，在无形中氤氲着、葳蕤着；这样的山，就远离了战争、杀戮和死亡。与植物为邻，山就有了生命，多了一份灼灼其华，少了一份人间戾气，而且妖娆、神秘。

茱萸，在中国民间，是一种颇具文化内涵的植物，闪烁着神秘莫测的人间光芒。它与重阳节紧密相连。这一天，挂戴茱萸，成为人们逢凶化吉、辟邪去难的一种方法。原本所拥有的自然属性，以及华佗、李时珍手下的药性，那一刻有了一个华丽的转身，一个飞跃，上升到神灵的烛台。与茱萸亲近，你将会获得一种神秘的护体力量，小虫子、疾病、瘴气以及各种灾难被迫远离，吉祥、健康、长寿与你相依。这股神奇的力量，在茱萸这种植物漫野丛生的大洞山上，更显得玄奥。尤其是加上后来诗佛王维的神来之笔，一句"遥知兄弟登高处，遍插茱萸少一人"，把茱萸举过了头顶，抵达植物的人间价值。

茱萸、植物、重阳、登高。这是诗人王维赋予的植物之光。此后，我们再审视大洞山的茱萸，眼前就有些恍惚，如梦如幻，面对茱萸，有了庄生梦蝶的化境。在茱萸的内部，坐着一尊尊佛影。登高之处，迎风怀想亲人的时刻，万般愁思，寄托在一枝枝茱萸身上。这些小小的茱萸之花，想必承载着世人的长寿与思念？也许被推向高处的茱萸，依旧听不懂人世间之语，只有用疯狂的生长，代替九月风中的回答。它那自身孕育的香气，成为世人登高的痴迷与寄托。有了那香气，就有了一种平安祥和的守望。

王维与茱萸之间产生的某种联系，这是不是宿命？因为诗人的字号里，不正是存在着一种佛家的密语？诗佛，是王维对万物的诠释与理解，是对自然生命的大彻大悟？"明月松间照，清泉石上流"，这一照一流，在寂寥无人的深山，究竟是在为谁守望？也许无就是有，空即满，这空旷的深山里，阳光之中，清泉之上，都是满满的禅意。

植物亦佛。自从王维来大洞山居住后，原本建于北魏年间的一座名叫圣水寺的古寺，有了新鲜的名字——茱萸寺。也就是说，王维手中那枝登高思亲的茱萸，承载着民间咒语、抚慰战争的茱萸，就是一座自然之庙宇。

王维是佛抑或茱萸是佛？我不得而解，倒是在一些史书上读到这样一些文字：曾经某个时期，山下的村落里暴发瘟疫，茱萸寺的僧人们，受到药师佛的点化，用茱萸与泉水泡制药材，治病，救人，造福乡邻。这一记录，把茱萸寺、药师佛以及民间登高，一下子串联起来，形成了缜密的链接。不管是茱萸这种药草，是盘踞其中的佛意，还是人与自然、人与植物之间的生存之道，都在一场瘟疫中，得到一种答案，茱萸可以保佑平安，可以医治肉身，可以迎风怀念，可以拯救苍生。这样的植物，怎能仅仅被当作寻常的那些植物？落生在山洼里的茱萸，不正像生活在底层的世人，以一面植物的反光，观照众生？

我喜欢茱萸寺这个名字，由衷地喜欢这个植物命名的庙宇。当然，爱屋及乌，包括其中所隐藏的佛意，也许还有道家意义上的"天人合一"。人与植物和谐，才能保佑我们的生存，否则哪里有所谓的茱萸这一药材，更谈不上药师佛的道场。每一株植物，其内部相当于藏着一座古寺，它需要我们俯下身子，低下头来，站在低处看。只有躬身低处，我们才有可能看到茱萸及其高处。

以一棵植物的方式修行，也许正是茱萸寺教义的一种。这让我立刻想到了茱萸寺附近的另一处佛教寺庙，位于狮子山的竹林寺。纵观徐州历史，只要改朝换代总少不了要在徐州打上一仗。也就是说，徐州，长期处于战争的漩涡之中，一个兵燹之灾不断的古城，也是重视把佛教引入中国的城池。一边是战争，一边是修行，这是荒诞，还是合理呢？据考证，徐州境内最早的佛教寺庙叫浮屠祠。浮屠祠，又名浮屠仁祠，指祭祀佛陀之祠，为东汉楚王刘英修造，是中国最早的佛寺，楚王刘英是中国最早的一批佛教信徒，比汉明帝建造洛阳白马寺还要早建上两年。这与竹林寺有关系吗？答案是当然有关系。因为佛教的兴起，与一个叫法显的徐州人有关。她在洛阳建起了第一座供女子出家修行的寺院，后返乡徐州，建徐州竹林寺，成为中国第一个比丘尼道场。寺名字的来由，取其植物竹之内涵，愿世人像挺拔的竹子一样，保持气节，保持一种蓬勃生长的力量。

　　我偏爱植物，比如茱萸，不只与我童年乡野生活经历有关，还与我的发现有关。我在大量的植物解读中发现，所有的植物都是自带光芒的，倒映着我们的肉身，是我们的生命灯盏，在隐秘中庇佑着我们这个世界。像一株茱萸一样生活，这是植物对大地的隐语。每一种植物都是一面镜子，照彻大地，也烛照我们。

平行世界

1

　　"北漂"这个词在外人看来，是与蛇皮口袋、地下室、车库、灰头土脸、露宿街头、狼狈不堪、疲于奔命、卑微、毫无尊严等有关。我对它的体悟，是那些看起来杂乱无章，却又有着无限条理和科学的高架立交，水泥与钢筋混凝土组合的立体几何，包括午夜经常在高架上偷偷奔跑的他们或她们，比如五条、水芹。当然，这些带着人间烟火和尘世皱纹的乳名，像一个人的胎记或护身符，隐藏着某种庇佑、祝福和期望。当然，一个人在世界上行走，身份证上的字符是通行证，也就是大名。当时他们告诉过我，可惜我没能记住。对一个人的记忆，依赖的不全是好看的皮囊，更多的是有趣的灵魂。乳名比大名亲切，柔软，上口，带着暖暖的情感。这些带着泥土胎记的名字，烙印着一些根状的东西和泥泞生活的镜像。不用说，他们各自家里肯定还有好多兄弟姐妹。一个兄弟一条棍，一个女娃就是一棵植物，带着鲜明的年代疤痕，或时间里不易消化的疙瘩，存在着，有着记忆的灰和生命的不堪。

　　从我供职的那家医院正门即东门出来，越过黑黄相间的安全防护铁栅栏后，朝着前方迈开脚，一步。就一步的距离，迎面就是立交，缠绕的、蜿蜒的、镂空的立交；巨大的钢筋水泥浇筑的灰色触角，笔直而恢弘地站立在大地这个基座上，背负着庞大而臃肿的身子，悬置在虚空之中，像一只蛰伏的水泥巨兽，虚实、明暗，留白，还有迷幻，类似东北虎身上的斑纹，隐射着恒定的沉默、坚忍。而能证明怪兽活着的，是上面川流而过的汽车发出的汽笛声，洪钟大吕或低沉呻吟，还有偶然的嘶哑，每一天都在上演着。车轮碾过立交发出的震颤，像韧带在奔跑中的撕裂，伴随着冰块般的断裂，坠落，直到化为齑粉。

很多时候我处于一种发呆的状态，这种日常性的发呆，源于我的无所事事，以及时间里的虚空。医院弥漫性的白色和外界的陌生，挤压着我，那个时刻你会感到整个城市的万物都杵在你面前，压抑、封闭和恍惚。我趴在办公桌上，双手托着腮，向窗外望去。物理空间，在粗壮缠绕的立交曲线切割、分离下，拆解、组合、变形和层叠。比如，最上层是浩渺蓝色的苍茫，其次是朵朵白云，而白云的背后是赤裸的太阳，还有晴空万里；倒数第二层，是涌动的车流，大大小小的车辆，虫子般爬行。这种脱离地面的逃离，到底要走向何方？看似目的明确，放大卫星地图一看，实则还是停在原地，没有走出或冒犯生活的半点疆域。

而处于底层的，始终是我们自己。卑微而又渺小的群体。是的，形形色色的我或我们，居于城市立交下，这是紧贴着尘埃、烟火、吆喝、树木与野草的地面。

五条喜欢把这样的我们称之为蚂蚁，黑色的蚂蚁。这样形象的说法，来源于一次高楼上的凝视。我们站在城市的摩天大厦顶楼向下俯视，密密麻麻、浓淡不一的黑色蚂蚁，在马路、公园、商场、医院、地铁和火车站移动着、穿梭着、奔走着。看上去各有各的目的地，擦肩而过或一别天涯，实际上，和地面上无数的蚂蚁一样，直行方弯曲，再弯曲，再直行，反反复复，错综凌乱；到最后发现，这样的往返奔波，最后还是折回到原点。不知为什么，那时，我们大家一句话都没有说。楼顶上只有空荡荡的风，向着未知的地方吹去。

我已经记不得自己是从哪一条立交走进北京的。纷繁的立交，就像满眼迷离光怪的梦想，一个呼啸或眩晕般的弯道超越，就把自己扔进了这个远方的城市，完成千千万万北漂一族里的一个，卑微的一个。

2

我对北京的直观感受来自高架。出了北京南站，我上了一辆出租车。在速度的裹挟下，我们沿着高架的蜿蜒直奔目的地。走高架，这是一条从这里到五棵松最便捷的路。这样的路又叫快速路或者绕城高速，非常受到司机师傅们的青睐。北京堵车是出了名的，即使建再多的高架立交，依然无法缓解。四面八方的人群，像漫上来的海水，一次次一遍遍地卷过来。对于出租车而言，时间完全就是效益，高架上开车，路程的加长，速度的提升，这不仅有利于车费的叠加，还能呈现长路对于车子的本质意义。可是，这样快速度的奔驰，于我是偌大的紧张与不安。旋转的车轮，飞快的速度，还有跳动的计价器，数字在不断地攀升、攀升，尤其是在高架上，随着车子的弯道穿越，一阵阵眩晕，加重我的焦虑、恐慌和虚幻。刚开始，在车上坐着，眼睛盯着前方，看着一辆辆车子、身边的高楼以及商铺，被甩在身后。这样的动感，彰显着人的主体性功能，就像一个动词，在句子里主宰着全部的意义，随着动词的消失，句子内部结构相应发生裂变、颠覆、破碎，直到面目全非，从而失去原来的面孔与意义。也就是说，刚开始的时候，我是在车上读着窗外的车辆、高楼、商铺和远处的风景。车窗就像万花筒，纷繁的场景涌入我的眼中。

可是，随着车辆的奔驰，时间在车轮上的流逝，人与车子在高架的迷醉里，有了颠覆性的转换。长途打车，往往会出现这样一种场景，到了中途阶段，乘客在车子的匀速运动中，因为疲惫、劳累、颠簸等因素，进入假寐、迷糊，甚至婴儿般的睡眠，酣畅的呼噜声从车后座响起。司机们说，这种现象屡见不鲜，很多乘客都把这儿当作宾馆、温床，一上车，就是一两百斤的肉身交给了车子，然后闭上眼睛。

我也逃脱不了这个魔咒。斜躺在车子的后座位上，困倦从身体内部冒出来，眼皮开始发紧，上下有了重合的指令。我努力地睁了下，看着驾驶位上司机也松弛着身子，眼睛盯着前方的路。我不再拘谨，防备的藩篱一下子撤得精光，眼睛里有了更多的疏离和散漫。眼前的景象开始模糊。在穿过多个立交之后，我整个人完全放松下来，那种放松，就像是一种虚脱无力，一种无望挣扎。我甚至认为，不只是我处于这种不堪的状态，喝油的铁块头车辆也和我一起，跌入高架的"深渊"里；我们被高架挟持、绑架，就像它的俘虏，乖乖的，悄无声息，人完全失去了言语、声响、自主意识，什么思想、肉身、梦想还有看见和看不见的一切，都统统地交给了水泥混凝土筑起的虚空，交给高架，像迷航的飞机，随着颠簸起伏的气流，下坠、上升、滑翔，随意漂流。

我对这种感觉熟悉而又陌生。常年在火车上来回奔波，尤其是长途奔走，火车早已融为生命的一部分。黑沉沉的夜里，一个人拖着行李箱，坐在一辆飞奔向远方的绿皮火车。那种无力感、虚脱感和迷茫瞬间袭来。那个时候，内心只有一个渴望，希望火车是个永动机，可以无止境地跑下去，跑到天边，跑到世界的尽头，跑得无休无止，无际无涯。大地、旷野、静夜、村庄、鱼肚白的黎明、璀璨的灯火、蚂蚁般的人群、衣着光鲜的饮食男女，纸醉金迷的夜生活，或者花前月下、卿卿我我等，统统隐匿、消失。我就这样无穷尽地飞奔，飞奔，随着火车奔跑。不用看别人的白眼，也不用担心工作没做完，更不用考虑明天早晨买什么菜，孩子的上学、爱人的早餐……没有尽头的奔跑。所有那些庞大的、辉煌的、光芒的、名利的、福禄的，还有炫丽的，都在高架的轨道上，迅速地撤退、逃逸、渺小，变成一个个黑点、亮点，直到模糊与消失。一切都变得未知、虚无、梦幻。那一刻，真实的只有火车、我和无尽的长路。

司机始终是清醒的，快速而稳妥，坐在后座的我，没有感到惯常的震颤和抖动。这是我没想到的事。看着他眯缝着眼睛，默不作声，方向盘在手中机械地运动，保持着车辆的平衡和完全的避让，这让我准确无误地抵达陌生的城市。

那年我三十六岁，尴尬的时间段。这个阶段的人，已经爬到人生的半山腰，更多的是无尽的迷惘和侥幸的幻想。从乡村到城市，这是从平面泥土到立体泥土的叩问，从一种钢筋混凝土向另一种钢筋混凝土的求索。一切都是那么生硬、冷酷。车子快到五棵松高架出口时，司机发出一声，到了！我从长途的疲倦和睡梦里惊醒，惊恐而又疑惑地看着司机，你怎么不迷糊呢？司机大笑，二十多年的老司机了，北京的大大小小高架、主干道、辅路，或者是哪条道路容易出事，哪条路容易堵塞，就这高架路来说，哪里有弯道、哪里需要上坡、哪里限速、哪里有电子眼抓拍，了然于心啊，熟悉得就像自己的五脏六腑。在城市厮混久了，人就和城市合二为一了。城市是人的一部分，人也是城市的一部分。他们养活着城市，城市反过来也养活着他们。

一时间被震惊到。这是从北京司机口中说出的话。没来北京就听过一则故事，说北京看大门的保安，印象中就是站岗、盘查、敬礼，似乎这就是全部的工作。据统计，北京保安每年都有很多人考取研究生呢！现在从司机口中说出这样令人瞠目结舌的话，也就理所当然了。

下了高架，我站在五棵松的地铁附近，给五条他们发信息，我到地点了。可巧，他们也到了五棵松，就在附近。我向道路的两头望望，除了高耸入云的建筑、川流不息的人群以及气势雄伟的立交桥，没有看到五条他们。哪里能看得到？茫茫人海。我们发起了位置共享，意外发现，我们都在同一个地方，挡住我们视线的，是立交桥。我在桥的这一边，他们在桥的那一边。

3

我最先和五条烂熟。他在西三环翠微路附近盘了个烧烤店。看到五条，我不由自主地想到作家徐则臣的小说《跑步穿过中关村》，那些在街头贴小广告、销售盗版光碟的北漂，动荡困窘的生活无法阻止他们奔跑的脚步。为了换取一点生活资本，在风花雪夜里，用不太合身的单衣夹紧瘦弱的身子，穿过一条又一条大街，拐过多少奢华的商场，然后在陈旧的小区路口守候客户。黑色的帽檐下，是压低的声音，要光碟吗？要光碟吗？有人张望了一眼，有人慢下脚步，更多的人，是竖起风衣的领子，匆匆从这里走过。

和五条相遇时，已经是他第二次来京北漂。十五年前他就单枪匹马到北京。年轻意味着无畏，或者是生活使然。当时孔雀东南飞的比较多，很少有人向北发展。北京在我们老家的小城里，是神圣遥不可及的，是梦里的向往。上一辈人和"70后"的我们，对北京的直观印象，则是电视机新闻里的天安门和飘扬的五星红旗，这基本上构成了我们对北京的全部认知。后来还有从教科书上学习到的歌词"我爱北京天安门，天安门上太阳升"，北京、太阳，两个词组成我们心中的意象。

五条说，刚来北京时，他在望京附近盘了个四十来平方米的小酒馆。与酒近，这是由于老家是酒乡，对酒度数的高低、真假颇有经验。再说，五条自己也喜欢酒，时常一个人坐在餐桌前，弄几个花生米、黄瓜、西红柿下酒，自斟自饮。在他的印象里，北京就是立交桥、高楼大厦、密密麻麻的楼房，还有昼夜不息的车辆。

常言道，人挪活，树挪死。这一个"活"字，不是一个轻巧的平移，也许是上升，也许是坠落。几百万住在地下室的北漂，有的人成功地从地下走到地面，走进写字楼，也有的人卷起铺盖狼狈离去，还有一部分下落不明。五条说刚来的时候，浑身上下透着茫然、呆滞、颓废、绝望。走哪儿哪儿欺负他。走在高楼下，他担心随时会挤压过来，把他碾成肉饼；走在马路上，马路似乎挺直了身子，一种坚硬的对抗沿着脚底板传来；在站台等待地铁时，他似乎随时都会跌入黑漆漆的轨道里，然后风一样地消失。

时间、酒馆和他，是那时候日子的全部内容。

我和五条、水芹坐在餐桌上，彼时翠微路上，行人还是很少。北京的烧烤店，一般都在半夜才上人。出来吃夜宵的人，不是白天的奔波者，就是生活里的失意者。这样的人群，在北京占着绝大多数，移民近千万。水芹是五条的老婆，他们是在北京偶遇的，后来两人走到了一起。

我们就着啤酒、烧烤和小龙虾，一杯杯对饮。收银台闲时，水芹也会过来举杯陪上几杯。五条瞅了一眼她窈窕的身材，说多亏了水芹。当年在望京挣了点钱，听信家乡朋友的话，回去投资一家房地产，谁想到房地产商竟然玩起了失踪，音信全无。几百万元的血汗钱，是他十几年北京生活的所有，眨眼没有了。

水芹就是那时跟着他，再次返回北京，才有了现在的烧烤店。

我给五条递上一支烟，烟雾缭绕。他盯着水芹的身影，眼神一刻没有离开过。

4

我经常要在午夜里，约上租住在五棵松附近的鸡西姑娘，沿着复兴路的高架，向南前行一公里左右，穿过红绿灯和斑马线，抵达对面的人行道，然后再折回来，沿着宽阔的东西路向前步行一公里，就是翠微路。五条的烧烤店就在这儿。说是吃烧烤，喝啤酒，不如说是为了呼吸下人间的活气。

我问过五条，怎么想起来把店铺开在这里？以前不是在望京那边开得很红火吗？这东北转移到西南，十几年盘下来的那些老主顾、熟客等都顾不上，又要开辟新的战场新的客源？五条不以为然。望京那边外国人多，打工的人多是白领，这个小酒馆与他们的身份似乎不相称。他的小酒馆，只适合那些在午夜奔走的人，坐下来，一杯老酒，数碟下酒菜，慢慢斟酌，打发长夜。五条说，其实也算是一种自我疗伤吧。这也是小酒馆存在的意义。在北京的漂泊者，哪个人不是独当一面？欢笑、泪水、悲伤、委屈都是一个人扛，宿醉过后，第二天继续以独狼的形象精神抖擞，迎接每一天的日出。

这边有这边的好处！五条又狡黠地笑了下，你看看周围。顺着他手指的墙上北京城区地图，我看出了其中的窍门。翠微路周边，医院林立，武警的、海军的、总后的等都在这复兴路上，彼此相隔不太远。医院总是一个城市人流相对集中的地方。很多地方也许可以克服下不去，但医院却是每个人必须要来的地方。人吃五谷，没人敢说不生病的。这条路上的几家医院，各有专攻，天南海北的患者，不远千里万里，怀着一线希望，飞到北京。国人看病，总是信赖"军队"或"人民"二字的医院，不管遇上多大的疑难杂症，到了这里，心里亮堂了。这是他们生命里的靠山、抵挡风险的屏障。的确，就拿我们老家小城来说，大人小孩，有个头疼脑热的，嘴边话，去人民医院找个专家看看。干脆、坚定、果敢，有种天经地义的意蕴。边远地方来的人，哪里舍得在附近住宾馆，他们多是选择在一些夜宵店里，点上几串，上几瓶啤酒，就着身上带着的方便面、火腿肠，还有揣了两三天的面包，吃着喝着，从黑夜喝到天亮。有的人就在卡座上打起呼噜来。只等天边放白透亮，然后蓬头垢面地赶去医院排队取号。当然，还有一部分顾客，如在天桥底下摆摊的，走街串户搞装修的，或者在厂矿企业跑销售的，还有和我们一样在单位打杂的，不管从哪里来的，操着什么样的方言，身着什么样的工作服，即使西装革履，烧烤店依旧成为他们黑夜狂欢的集结地。

从医院负二层上来后，我从白色工作服的口袋里摸出二手手机，给鸡西姑娘发了个信息，晚上啤酒撸串，老地方见。

往事如梦。我曾多次转述自己的北漂往事。很多朋友都当作我的梦呓与胡侃神吹，意思是他们不敢相信，在我瘦小的身躯内，隐藏着如此平常而又不可思议的经历。确实，作为习惯安分守己的人来说，在巨大的社会洪流和经济压力下，拥有一份旱涝保收的工作，算是上苍的恩赐了。那样的一只饭碗，虽比不上金饭碗银饭碗，至少还是可以算得上是铁饭碗和木饭碗的，扔在土上或者水泥地面上，即使扁瘪，撕裂一道口子，至少不会粉身碎骨，吃不上饭。我曩昔在一家教育部门供职，从乡村转移到小城，从校园到家，两点一线的生活我已经走过了十八个春秋。这十八年的时间旅途上，我也曾到过北京，随着旅游团攀爬过居庸关的长城，对北京有一点残存而模糊的记忆。半山腰烽火台旁，写着一句人尽皆知的话：不到长城非好汉。谁也不曾想到，下山以后，另一句话在我心里生了根：一个男人，必须要到北京漂一漂。

这确实是个荒诞而又冒险的想法，或者说有神经质的成分，但是这棵小苗苗长出来后，再也难以扼杀，相反随着时间的滴答逐渐葱茏、葳蕤，谈不上参天耸立，至少也是占据我整个肉身和大脑的虚无部分。我承认，在我的骨子里肯定有某种神经的物质，它在暗中主宰着我的大小脑。我揣测这应该跟平时的不务正业有关。我经常在办公室里或者开会时，在教科书、笔记本下藏着一本本小说，诸如卡夫卡、博尔赫斯、福克纳之类的大师作品，都曾被我很龌龊地掖着藏着，像是干见不得人的鬼事。这在当时的语境下，是与周围格格不入的。说你是诗人或文青，这些词语早已等同于二货、二百五或者傻子，他们冷嘲、热讽，然后像看大熊猫般地看着你。

这些打击不能扑灭我内心的焰火，长城上的那句话深植于心。我幻想着北京的风雨、漫长的长安街、说唱的大碗茶，还有前门楼子的故事，像老鼠搬家一样的花边新闻，尤其是阴暗潮湿的地下室，深深吸引着我。苏格兰哲学家、评论家托马斯·卡莱尔也说过类似的话：没有在深夜恸哭过的人，不足以语人生。一个人不历经风暴、沧桑，也许就无法看到海洋的辽阔。谁也没想到，后来的事情不只是神经质，而是完全让人大跌眼镜，包括家中的父母；即使睁圆那老鼠般的眯缝眼，露出喉咙里那伸长的舌头，他们依旧不敢相信我在一家部队医院上班。医院，这纯然是医护人员的战场。那天黄昏，下着雪，我坐在下班后的办公室里，与亲人视频，以此证明我没有被人骗去做非法的传销勾当，而是在正正经经地上班、工作，而且还做着一份体面的、我喜欢的文字工作。

认识五条、水芹和鸡西姑娘后，他们常常看着我从士兵保卫的大门进进出出时，眼神里有着某种颤动。我知道这来自我供职单位的神圣与背景。他们看到这一幕后，我们之间似乎变得生疏、陌生，又像冬天晨雾那样疏离。深夜加班的空隙，我常常溜到五条那里吃烧烤喝啤酒，以各种动物的肉体和劣质的麦芽啤酒，加上重口味的作料，调和生活的昏天暗地。我跟五条、水芹他们聊过，闲的时候闲得骨头疼，日常的琐碎，无非是写写字拍拍照，赶上个好天气，带领一帮年轻的护士和结伴的青年男生，到附近的圆明园里划船，创造各种相亲的机遇。船桨滑动波纹，小船在倾斜着航行，船舱内传出青年兴奋的尖叫。有人吓坏了，有人则顺势倒在英俊男生的怀里，一缕刘海遮住了泛起的红晕。每当此景，我把相机的镜头对准湖里的鸳鸯，快速地按下快门。这是日常中的偶然，更多的还是加班。接到任务从早上八点，然后到第二天早上八点，我们三两人，在某处静寂的空间里，对着屏幕写着改着，思考着，一字一句地打磨、提炼，就像深夜铁匠围着炉火锻打生命之链。

我畏惧和五条回老家。他喜欢在众人面前介绍我，那种众星拱月似的，把我置于高高的神坛，那一刻我感到羞愧至极，就像小龙虾或者肉铺上的猪肝，想躲闪，想逃离，想要钻入地缝。尤其是昔日高高在上的那些人，需要我仰视的他们，那一刻他们变换着表情，频频举杯，以虔诚的方式，一饮而尽。我无助地看着五条，欲言又止。五条无暇顾及我，他已经被家乡高朋的笑语喧哗包裹其中。在鱼、肉各种美味佳肴和酒精的作用下，我的胃部开始了抵触、反抗，从嘴巴沿着食道被细嚼慢咽下的它们，顺着原路一起潮涌上来。

5

老地方指高架对面五条的烧烤店。鸡西不是姑娘的芳名。很显眼，这是一个来自东北的姑娘。一个人的名字，在北京这茫茫人海里，也许还不如一粒尘埃那么重。走在大街上，迎面走来的，无数形形色色的陌生人，记忆、遗忘，然后再相识，再遗忘，这已经成为某种定律，海量的信息充溢着大脑，不断地把旧信息挤出，腾出地方给新信息客居。其实我们都是没有名字的人，身份只有一个，北漂者。遗忘，是种必然，就像鸡西姑娘，相逢何必曾相识，至于她真正的名字，我没问过，那就无法谈及记忆与遗忘，有一个大概的称呼如鸡西，在北京就足够了。

我很喜欢这个鸡西姑娘，你看她那纯白中央黑黑发亮的眼睛，那种发自内心的澄澈，像高山里的一面湖水，从这里望去，透彻得让人心疼。当她着一件的确良短袖白衬衫，下身是褪了色的卡其蓝牛仔裙，像春天里正待发育的小树站在你面前，你都不忍心多瞧上一眼，唯恐眼里的风尘遮蔽了这份清纯。她经常傻乎乎地喊我哥，哥长哥短的，一副没心没肺的样子。

她在高架与地面接壤处一家微小的广告公司上班，负责版面设计和排版。这可能是最小的公司了，不到十平方米的房间里，堆满机器和纸张，业务范围包括喷涂、制作标书、广告牌，还有印制名片等，两张桌子中，就有鸡西姑娘的一张。她每天很早上班，虽说八小时工作制，可经常要加班到晚上十点或十一点钟，有时甚至到午夜。不然又能如何呢？一个人跑到北京，找到一个容身之处，还有一份工资，鸡西姑娘已深感上苍的恩赐。她说，对比在老家的姐妹们，她算是开了眼。很多人还没到过北京呢。况且拿着一份多到令家乡姐妹眼红的高工资，哪里还有什么怨言？她的老板还算好的，让她住在店里。店铺上空用钢筋焊接了个悬空床，类似绿皮火车的上铺，吃的是十五元的盒饭。因为做宣传展板，我和她认识后，经常带她到我单位来，提供免费洗澡的浴室，医院里不缺洗澡间。

同病相怜。这是五条他们不知道的事。他们只看到表面上光鲜的一幕。鸡西姑娘来我这儿次数多了，渐渐地了解了我的工作内容。她不仅知道了我们的地下幽长的通道，还有那神秘的负二层。医院很大，由很多大楼组成，一幢摩天大楼相当于老家一所设施齐备、科室完全的医院。日常里我要穿过钢筋混凝土浇筑的通道，穿过头顶上方的立交，然后在探头和墙壁灯光的照彻下，抵达对面的病房。钻出地面后，在卫兵放行的指令下，把新闻稿件递到总编部，然后等待它变成铅字。鸡西姑娘眼睛里注满了羡慕，惊叫着，还有稿费啊！

我没有告诉鸡西姑娘。如果一个人深夜穿过明亮而寂寥的通道时，在立交下的某个岔路口，一个恍惚，可能你所抵达的，就是阴森恐怖的太平间、赤裸的人体标本，她会不会魂飞魄散？但我还是把负二层的故事说给了鸡西姑娘听。这也是我经常约她喝酒撸串，而她从不拒绝的原因，有时候她还故意晚睡，似乎为了等我深夜喊她一起吃烧烤。

多年以后我再次叙述往事的时候，沉静而又淡然。人在弥留之际的若干光景渐渐沉于心底，融入日常，死亡的到来，就像我们的生。固然朋友们第一次听到会发出惊恐的尖叫，对北漂有着隔世的阴冷。他们把我想象成一个人奔走在午夜的高架上，寒风呼啸，雪花飞舞。我，宛如现代版的"卖火柴的小女孩"，对着楼宇的森林以及厚重的花岗岩石墙，展开肉体的撞击和灵魂的叩问。我告诉鸡西姑娘，我经常要出入地下负二层。这不是我们经验中的小区人防工程或者停车场。医院的负二层，与太平间、人体标本研究室、追思堂等挨在一起。

一层走廊尽头，有一部电梯直通负二层，不锈钢，冰凉，空荡荡的内部。走进电梯并不可怕，可怕的是在电梯下行负二层瞬间的停顿、失重，就像穿越到另一个神秘的世界。当你从电梯里走出来，眼中所见的，是高大厚实的白墙、不灭的白色灯光，还有墙壁上盛开不败的黑色花朵。厅很大，虚空，时常会有走向生命尽头的人，静静地躺在纸扎的鲜花丛中，四围是低沉的哀乐。

这家以老年人为对象的保健医院，我记得当时住院病人中，最小年龄是八十二岁，最大一百零二岁。时间在这里走得很漫长，沿着肉身的周围，开始层层叠加、盘旋和深陷，我曾多次随着值班医生深入内部，我以为他们住院，应该是悲伤的，忧郁的，至少有着某种担心和不甘。他们似乎越来越远离生活的精彩中心，走向边缘。事实上我所看到的是，他们在豪华的病房内，餐桌、书桌、健身器材和报纸一应俱全。阳光透过绿叶、窗玻璃照进室内，他们沉静地翻阅着报纸，纸张翻动带起的风声，打破午后的静寂；看报纸累了，就摘下老花眼镜，躺在躺椅上，闭上眼睛，一任外面世界喧嚣呼啸。这种状态里，你很难从他们的身上读到对生死的态度，固然不是万物皆空，也不是忧心忡忡。面前，仿佛有一口时间的深井，没有人看到哪怕一丁点的波澜。

整个病房内沉寂，只有阳光滑动玻璃的声响。这种静寂后来转移到负二层。这是我在午夜时常需要抵达的地方。有人在群内发信息，到这里参加送行。第一次参加那样的活动，有点茫然。因为一切都是无声无息的。进入地下大厅后，熟悉的人和不熟悉的人，了解死亡仪式和不了解的人，都紧闭双唇。算起来有二三十个人。有人憋不住，问了身边的人，怎么啦？有人就咬着耳朵根，说老人走了，这么晚，就当作给他最后的安慰吧，免得黄泉路上孤单。大厅墙上有个喇叭，看不见操作的人在哪里。只有声音从墙里传出来，哀乐起。众人绕着鲜花掩映的棺木，悄悄地走上三圈，鞠躬。形式走完，然后迅速离去，看上去都训练有素。

我第一次参加时，胆战心惊。随着次数多了，就能轻车熟路地完成所有的程序。大家彼此心照不宣，比日常还要日常。没有悲伤，没有泪水，当然也没有人欢笑或大声说话。从负二层上来后，我还是觉得身后一股冷空气袭来，有过颤抖的恍惚。令我费解的是，病房里的老人不见少，不知道他们何时走了，也不知道什么时候又来了新人。

鸡西姑娘拿着啤酒瓶，嘴里呼啸着"呸呸呸"，别说这瘆人的事情，来来，我们喝酒，不醉不归！

6

那天晚上，是我们几个人在五条这里喝得最多的一次，也是最癫狂的一次。时间在我们这里已经失去了重力和方向，只觉得那夜是白的，时间是透明的，像那二锅头五十三度的颜色，澄澈而又明亮。桌子上热菜上了一圈又一圈，觥筹交错、杯盘狼藉之后，就是海阔天空。整个人整个夜晚都是二锅头的味道，二锅头的话题，二锅头的人生。我不胜酒力，已经在鸡西姑娘等人的围剿下，早就举手投降。东北姑娘的酒量，就像乌苏里江的水，只看到一点涌动的皱纹，深不可测。我的脸由红到白，由白到红，到曲终人散时剩下一片苍白。鸡西姑娘一改往日在广告公司的小心翼翼，或那种胆小如鼠的样子，不再是那个细声细气的妹子，从婉约抵达豪放，把东北人的豪爽风情发挥得淋漓尽致，酒从杯子换成了小碗，再由小碗到瓶吹。吹完白酒，接着是啤酒、红酒上场。

夜深。吃夜宵的人渐渐离去，五条和他媳妇他们从操作间解放出来，和我们一起，加入推杯换盏的光景中。五条斟满杯中的酒，就像个诗人：酒水里倒映的是北京霓虹灯的明暗，是我们的脸庞。来，干杯吧！五条叫唤道，喝吧，把我们的汗水与骨骼化作酒精，在夜晚里燃烧！五条确实是个诗人，日常里喜欢读读诗歌，偶尔写些分行。在烟火和诗歌之间，五条选择了烟火。这也与水芹有关。按五条的说辞，诗歌不能当饭吃，不能给水芹带来御寒的衣服。可是水芹不这样认为，她说自己当初在酒馆看上他，就是因为看上他爱读诗写诗的样子。

水芹说，写诗的男人就像这杯酒！鸡西姑娘在一旁叫唤，什么男人？都滚远点，我要喝酒。她已经喝多了，声音像尖叫的鞭炮在我耳边炸开。我从沉醉里惊醒过来，一起惊醒的还有五条，两个大男人完全被一个看起来柔软如玉的小姑娘的歇斯底里所震惊，小小的胸腔里竟然爆发如此的能量。

水芹手搭在鸡西姑娘的肩上，扶着她摇摇晃晃的身子，附耳，少喝点。

鸡西姑娘毫不在意，喝，怎么能不喝？我不仅要喝，还要到立交桥上举杯呢。说着，鸡西姑娘歪歪扭扭地向着高架走去。我看到了鸡西姑娘眼里充满了泪，腔调里完全不只是酒，还有盐的成分。

走就走，我也站起身来。

五条在后面叫，怎么你也发神经？我没有理会，跟在鸡西姑娘的身后。

新年将近，远处礼花陆续绽放，七色花在黎明前的夜空中上升，给北京的夜色又增添一道迷幻。走到半路，鸡西姑娘停下来，靠在一棵树上，有水流沿着树干倾斜下来。

哥。她喊我哥。她说来北京三年了，还从没有去看过天安门升旗呢！北京怎么离她就那么远？鸡西姑娘抱着行道树，身体弓着，颤抖。

我披了披衣襟，走上前去，拉着鸡西姑娘，两个人快步向复兴路走去。天色渐渐亮了。我们叫了辆出租车，上了立交，沿着高架向着长安街方向奔去。出租车孤独得像一个黑色的音符，高架则是大提琴上的弦，沉闷而喑哑。我和鸡西姑娘眼睛盯着前方，目光呆滞，不再说一句话。

车轮飞奔。轮子与大地的摩擦声里，两边高楼迅速退去。下高架时我们看到了一起车祸现场：孕妇、新生儿和闪烁的救护车报警灯。我望了一眼沉沉欲睡的鸡西姑娘，打开手机，大量的电子信息涌入。其中，有一条是五条发来的，在我们身后他和水芹正追赶过来！

我，或者我们

1

一九七八年的村庄，我的襁褓之地，血衣之地。

现在回想起来，我对它的认知就是泥土、庄稼、野草、溪流、农具、炊烟、鸡鸣、狗叫、树木、羊圈、礅磩、河流、山川和矮塌塌的茅草房。村庄和田野之间，隔着的是一条弯曲浅显的小溪，如果小溪愿意的话，则会在村庄做个停留，然后继续沿着深陷下去的沉默，奔向前方。这闪烁金光的水面，会载着白天的风、雨、阳光和花朵，也会在静寂的夜晚里，满载着一河的星光和淡蓝色的梦，无尽潜行。停留的地方，会是村子的池塘，或者毫无生气的大片水域。

这是成为村庄所必需的，和房屋前后需要栽种的树木一样。湖泊和树木，在村庄的宿命里，是血水、命脉和生死相依的邻居。任何一个乡村，没有现代化的电器、机械可以，但是要说在村庄的四周没有湖泊和树木，那这个村庄是不存在的，即使一个人的村庄，照样得有树木和水源。这是不是村庄与生俱来的？从字面上看，村庄二字本身就是土与木的结合，之间是对水的呐喊。有水的村庄，就是鲜活的村庄，就是树木掩映、湖水潋滟的桃花源。

我对村庄与水的经验，仅局限于苏北的某个村落。在江南与塞北，村庄与水的故事大相径庭。江南是水道纵横，而塞北，也许为了一桶水，需要翻山越岭，或者屯建水窖。南方的水域我是能实地体验到的，而对于水窖般的日子，是很难有切身经验的。大地就是这么不可思议，给你多少艰难，就会产生多少可能。比如我生活的村庄，远离塞北，按照地理，这里应该是属于平原地带，可是偏偏我所在的村子处于丘陵地带，是一片沉醉的地域。说是沉醉，是因经过科学家考证，古代类人猿诞生于此，距今有6万多年。高低起伏的大地，用婀娜多姿的身段，在天空下，完成了岁月的协奏曲。走在丘陵里的人，才会感知乐曲的跌宕、婉转和铿锵。人生也是如此。平坦的人生是暂时的，而曲折蜿蜒的人生是永恒的。我们没有理由怨恨、抱怨和诅咒。天下事莫不如此。丘陵里的人在天长日久里，也就习惯了起伏、坎坷、痛苦和忍耐。丘陵无言，谁知道它会想什么呢？谁能知道，在丘陵密不透风的葱茏里，野生的浆果在阳光的轻抚下，加上地表上升的水汽，完成一种叫作酒的物质，水与火的混合物？丘陵里的人发现后，从此在风雨与冷暖的每一个日子里，有了支撑行走的力量与沉醉。喝上一口酒，宠辱皆忘，只有火在体内燃烧，水在心头潮涌。

丘陵地带是存不住水的，这是常识；尤其对于落生在此的村庄。万物间总是那么神秘莫测或充满着无尽玄机。我遥远的记忆里，始终记得村子的东头，麦地中间，掩映着一口深井，深不见底的、终年不干旱的水井，以及村子中央那片水域，这在丘陵的怀抱里，可谓是硕果仅存。

这口井，应该说是村子的核心，岁月的磨盘上，即使那根横木再长，到最后日头、月亮和耕种、远行等，最后还要回到古井这里，用一根扁担，两只水桶，把村庄的日子挑起来，延续着。深井，深到哪里谁也说不出，也不知什么时候就有了这口井。这模糊的过往使得它多了几分神秘和幽深。

偶然路过这里，村里的人总会在井沿边发现香火、供品之类的东西，有的人还会在清早或者漆黑的夜里，跪在井边，默默地磕头、祷告。我们家对井的神秘在于，大年初一早上，父亲雷打不动地，第一个来到井旁，担起新年的第一桶水。父亲说，那不是水，是一年的财运。我们小孩子是从不去那井处的。因为父亲早就在那儿种下了咒语。小孩子只要朝井里一看，魂就会丢掉的。为了担心魂丢了，我们一直远远地窥视着那井。即使村里有个人半夜掉到井里，我们也不敢越雷池一步。村里的那个人是如何掉到井里的，不得而知，只知道他后来被救上来后，人就疯掉了，说话胡言乱语，神情怪怪的。有人问，你怎么去井里？他说是龙王爷邀请他去喝酒的，喝醉了上不来了。大家面面相觑。这人只怕真是神经错乱了，说的貌似不是人间话语。不久，他就被家人说了个亲事，倒插门，远走他乡再也没有回来。

说来也怪。自从出那事后，那口井也就废掉了。村里的人再也不去担水了，压力井相继在村里雨后春笋般地出现了。谁也说不清楚，那口经年的井，甜甜的井水，转眼间恍如隔世，说废就废了。惋惜，恍惚，还是莫名其妙？慢慢地，那口井也就从记忆里淡去了，我们就当从来没有过。

村里的故事就是那样神秘莫测，当然不只是井的故事，还比如那树。我说过，没有树的村庄不叫村庄，当然，没有哪一座村庄没有树木掩映。树与村庄始终血脉般相连，这其中到底有着怎样的玄机？

树也普通，带着浓郁的乡土气息，如桑树、榆树、椿树、槐树、枫杨、柳树、楝树、枣树等，实则这些树种中，除了椿树参天后，可以作为木材之用，其余的树种只能作引火之用，或者制作简单的农具之类，不登大雅之堂。

树对于村庄的意义，好比血与乳。无论是简陋到茅草房，还是豪华到别墅，树总是缠绕在周围，仿佛离开了树，村庄就不能成为村庄，人也就无法存活。我问过村里人，为什么要在村子前后栽上树木？一脸茫然。他们说祖辈都是这么做的。

树，是大地上生长出的手臂，是骨骼，还是农人在世间支撑行走的拐杖？也许还是一种庇佑与看守？

大树底下好乘凉。我们可以看看民间的日子，分明与树血乳交融。树叶、树枝、树根以及成型的木材，无不关系着日子的冷暖。树叶是上好的引火材料，可以作为中药，可以当作蔬菜；树枝可以作为木材，当然，有的树枝还可以在清明时分，抵达坟地，站立在坟墓的顶端，成为不朽的纪念。要说木材，这在村里，实际上是难得的。多数乡土树在成长的过程中，在风里雨里，弯弯曲曲盘旋生长。作为栋梁之材，对于逆境里的它们，也许是一种奢望。民间需要木材的，也只有盖房之用。那根属于栋梁之材的檩条，多数是从深山里运来的。对民间讲究的人家来说，上梁不正下梁歪。这他们是懂得的，即使再破费，也得保证这根木材的笔直，以及其中应有的分量。

树木，民间的固体血液，以木质的名义，四处流动。那些数不清的农具，木犁、木槌、木棒、木凳、木板、木勺、木桶、木碗、木桌、木门、木床、木窗、木栓、木轭、木叉、木耙、木掀、木筐、木柜……树木以不同面孔呈现着。它们都从不同角度指向一棵树。一棵树的前生今世，似乎就是村庄的前世今生。这些与木质有关的农具，我都曾感受过，有些农具还亲自使用过，带着火的内核生命的力量以及温度，传递到肉体、精神，有种鲜活滋润的感觉。这比拿在手中冰凉的铁器好些，至少与冷漠、阴森、残酷、暴露无缘。我恍惚地认为，这些木制品，实质上是生长在肉身之外的骨骼，与大地保持着亲密接触的力量。这些密集生长的树木，就是农人与土地搏斗的力量之源，从根部延伸出的生命力量，让他们看到了活着的勇气。

记忆犹新的是，父亲在新建的房子前栽种两棵椿树，他对我说，一棵是我的，一棵是他的。当时我没能理解他的意思。直到我考学时，父亲卖掉了那棵生长了十五年、两人环抱之粗的参天椿树，成为我学费的一部分。后来，剩下的一棵椿树，孤零零地，有着突兀之感，继续生长着。父亲的意思是这两棵树是用来作棺材之木的。一个人，在中年以后，居然就开始考虑身后的事了。

这在民间很普遍。他们总是把死亡看得很隆重，对待死的仪式总是讲究。活着的苦难、憋屈他们都能够忍受，他们认定，这一切都会在死后得到解脱和拯救。所以，他们对待死后的事，比生要庄重得多。

土命。我说的是村里的事或人，其实我所指的是村里的那些老人。当下的村庄应该说完全是老人们的村庄，空荡荡的村子，空荡荡的房子，他们是最后的孤独者与坚守者。他们的身上，散发着黄昏般的光亮。这种光亮一旦到了晚上，伴随着沧桑的咳嗽和孤独的灯光，村庄又深陷几许。是的，村庄四围的野草，跨过庄稼地，一路疯跑着、肆掠生长着，它们要以无限疯狂的暴风方式，从流水般的时光里夺回属于它们的空间，纵然高楼大厦林立的城市就在前方。

老人们就像一个个古旧生锈的铁钉，丝毫不为城市和野草所动，他们蹲在屋檐下看天，或者盯着地上的蚂蚁，一蹲就是一天。静寂的村子里，无狗无鸡、无鸭无鹅，有的只是他们的心跳。

他们不愿离开村子的原因，就是等待泥土的召唤，等待死亡。回到土里，是他们最好的安宁。所以，在很多老人的房间里，早就备好了离去的木质容器——棺材。他们始终认为自己生来就是泥做的，倚靠着树木，皈依荒原是没有阻隔的。

是的，村庄与人之间，是存在相通的镜像的；那口古井，就好比人的血与脉，树木是骨骼；尘世，则是枝叶摇曳的天光。

2

我对北京的向往，是从村庄开始的。村庄，与我们生死厮守，是不老的庄稼，永不褪色的农具；是我们贴着大地的神龛以及将来魂归故里的地址。那么京城呢？紫禁城、圆明园、颐和园；天安门、人民英雄纪念碑、长城；地铁北京站、地坛、和平门、前门；炸酱面、大碗茶等，这些带着北京元素、中国元素的音符，生根于内心，早已在时间的酵化下，萌发、膨胀成遥远的琼楼玉宇或海市蜃楼，成为我们在身体之外的器官。我多想亲手触摸一下自己身体之外的心脏。

因此，在大地之上，亲手摸上一摸天安门城楼，或者在故宫里独自走上一走，爬一爬长城，游一游皇家园林颐和园，等等，这些天上的词句从村庄里出发，逐渐生根为命里的图腾、生活重压下的微光。

古老的村庄，偎依着树木、雨露、牲畜，还有鸡鸭鹅等，甚至包括野草、农具和毫无生气的重复劳作、庸常俗不可耐的日子。这种清汤寡水的日子，一眼就看到了生死。只是在村庄那条通往坟地的路上，有多少人从生命的诞生走到了尽头？而后面，继续重复着生死曲。

这不是我们所要的生活，包括整个村庄甚至那片土地上的人们。但是，那片土地是禁锢的。虽然村子的不远处，是从安徽桐柏山远行而来的河流、洪泽湖底沉没的泗州城以及米芾笔下的东南第一山等，但是相对于村庄来说，偏僻本身就是一种束缚，一种固化，这种事很少有人去吃饱了思考。一把锄头，一片土地，就把一生拴住了，牢牢地。日子流水般，按部就班地生老病死；认命与麻木，是看不见光亮的沉沉黑幕。

而我对村庄的重新认识，是从北京开始的。这不是我的诡辩，因为走在北京的大街上，冲撞而来的，都与村庄的树木花草有关系，稻田、果园、梨园、篱笆房；而与我结下深情的则是京城的一草一木，草是芍药，又叫芍药居；木是五棵松，就是靠近五棵松体育馆的地铁口。我对水泥与钢筋浇灌的城市，有了新的解读。在繁华喧嚣的城市，总是在底层或者暗中的某个时刻，有一些植物潜入，以某种绿色或者生长的方式，告诉我们的来处，或者是一种隐秘的独白，没有人可以远离植物，没有人可以远离故土。钢筋水泥塌陷的坚硬的伤口，只有植物才会为它们疗伤。这些潜入的植物，就像岁月酝酿的酒，绵柔悠长，对应着城市，也对应着人类的肉身。

我在北京度过了一生刻骨的一年零八个月。这是超出我想象的，超出到什么程度，半年时光里我都没有缓过神来。我所经历的生存镜像，就像是那些风中的咸鱼或是断了线的风筝，失魂与落魄俱在。

我对宿命有着某种神秘的理解。我是指芍药和松这两种植物。一种是药草，是的，这似乎就在提前告知我，以后的日子里，要有药陪伴，疗伤，身体之上的。这一点我倒不担心，这种中药，在我们村庄之中，早就成为我们救命的草药，乡野上的每一种草，都是对抗我们肉身疾病的良药。这种植物就是我们活着的灯盏，没有这些草药的守护，我们也许就倒在了大地的怀里。所以芍药，我没有多大在意，毕竟它的出现，反倒让我有了某种心安和静默。心绪不宁的，却是五棵松。

我供职的是一家紧挨五棵松地铁口的医院。这使得我对这个地名充满寒意。宿命的东西越来越在生命的罅隙里得以纤毫毕现。是的，松树的出现，分明就是对不安定的提前告知。否则依靠一棵松树没有必要用隐喻的方式呈现。留在北京，恐怕不只是单纯的对北京的向往，流浪、漂泊以及生命的行走，早已在经年乡村的生活里，那静止的水塘以及呆立的树木中，得到密码。静止总是相对于运动。我对乡村树木山水的静止关注，似乎已注定我以后的颠簸、漂流和居无定所。所以，在北京，当我每天以一种鬼鬼祟祟的方式，穿过地铁口的隧道，我恍惚于这是一个无底洞，或者穿越的是一个平行宇宙。我希望是一种穿越，因为此刻，地洞外的喧嚣和轰鸣，以及不安定的日子，让我感到一种身心灵魂完全被洞穿的破碎。当出现在一个洞口时，我就像水底的游鱼，又迫不及待地钻出水面，外面喧嚣依旧，我不得不无奈地继续用肉身面对，说是面对，其实就是摆出一副死猪不怕开水烫的架势。

是的，对树木草地的命名，相对于我们从乡野里出来的人，总是有着命里的熟稔。不管在客观上是熟悉还是陌生，在精神里，始终是在同一个频率里震动，同样的呼吸、喊叫，甚至欢乐和伤痛。没有乡村生活经历的人，是不会理解一棵树对于农人的生命哲学。如果说一棵树关乎着一家人的口粮、农具、炊烟、生死，那更是天方夜谭。你不会相信。我们曾依靠一棵树的叶子度过短暂的饥荒，我们从一棵树的枝丫上截取支撑生活的笨拙农具，我们用一棵树，完成对生命的告别……

我渴望过上一种松树一样的日子，安定，古老，沉默，始终处于一种深邃的静寂。这已经足够了。总比我每天要不断地面对生死好多了。

我供职的这家医院，有点像松树林，布满岁月沧桑的古老的松树林，老态龙钟，分明又枯木逢春。院子里四季常青，已经很难让人分辨哪里是生长，哪里是衰老；都在一种药水的时间里，收藏起真相。我每天要面对的是最小的病人八十二岁、最大的病人一百多零二的生态环境。穿行在这个空域里，见到最多的是职工，忙碌不停的职工，他们奔波在时间紧绷的战线上，看护生命。当然，荒诞的是，楼顶还有一处阳光花房，里面多是灌木树丛以及植物，一个人工培育栽种各种绿树、花卉的花房，作为医院里的绿洲，在白色的滋养里，用无限蓬勃的绿与时间、阳光、生命对抗着。这种花房的存在，原本要告诉病患，感受生命之树的常青。可惜的是，不变的绿叶和娇艳不败的花朵，已经把他们打倒在焦虑的时光里，他们需要四季转换，需要看到绿叶和黄叶，有叶落才会有叶生。

时间久了，日子与五棵松就拴在了一起。北漂的日子，就是恍惚和寂寥的日子。单位外面是高架桥，川流不息的车辆，日夜在桥上轰鸣，从地表传过来，整个时空都是震颤的。上不着天下不着地的日子，应该说是北漂人真实的生活。失眠成了唯一的行囊。我靠数"一棵松、两棵松……"度日。用坚硬的沧桑，来对抗漂泊、恐慌和无法主宰的生活。

因为是老年人医院，所以生死总是那么频繁地上演。生老病死，人生常态。但是告别生命的仪式，总是让人有某种悲伤和恐惧。悲伤是暂时的，恐惧却要游荡许久。它来源于我对一个世界的恐惧，对我来说，一个人的消失，就是世界的切割与遁逃。我也幻想过北漂的世界、生存的境遇等，面对未来，就像面对荒原那种寂寥的苍茫，身边是戈壁、荒草、黑色的砂石以及远处的落日。

在午夜被喊醒。这已经是必修课了，然后穿过冬天的走廊和地下的通道。空荡荡的回廊，静寂而又孤独的地下通道，我们似乎在朝着地下深处潜行。如果说将要去面对的是一个人的离去，倒不如说是迎接关乎死亡的盛大仪式。夜晚灯光照彻的鲜花、雪白阴森的墙壁，以及大厅中央陌生而冰冷的遗体，在紧张的黏稠般的空气里，大家都屏住呼吸。所有的喧嚣、困倦、往事，还有这个世界的纷争，都在这一时刻，有了宁静、喘息、顿号和终止。这里只问生死，只关乎一个灵魂将要远行。

我们的到来，是一种临终关怀。实际上我根本不知道他是谁。当然也不必知道。我们要做的就是围绕这遗体走一周，鞠躬。然后目送着灵柩在灯火和夜色里远去、消失。大厅里没有人说话，像我们这样的人有二三十个，谁也不认识谁，只是大家都来了，在凝重的气氛里，我们神情庄重地完成仪式。我能感觉到空气都是坚硬的，在弯腰的瞬间，似乎听到它们发出骨折的声响。生者的人生曲折，人世间的悲欢离合，在那一刻我们都无暇顾及。

这地下的告别，成为我北漂日子里反复练习的功课。这使得我们在工作的罅隙里，必须走上地表，换口新鲜的空气。实际上，在只有生命成为主宰的地下，转移到地面，随着轰鸣的尘烟和拥挤的人流，我们早已被裹挟得不知所踪。

当然，钻出地面，理所当然的是五棵松地铁口。这充满着玄机和定数的地铁站名，它的名字本身就是一种墓地的气息。据说名字源于墓地上长出五棵松树。在这个地铁口的上站，是万寿山，下一站就是玉泉路。生死之间就是这五棵松了。这种生死缠绕的树木，成为一种堤岸，左岸是生，右岸是死亡。地铁站之上，迎面的是多层立交，高大、气势磅礴的立交，就好似水泥铸造的钢铁怪兽，在庞大体形之上，每天吐出的，是潮水般的车辆，无法忍受的鸣笛，还有各种吆喝叫卖的都市声响。而沿着高架桥下来，扑面而来的是密密麻麻、形形色色的流动商贩和行色匆匆的人群。卖水果的、卖袜子的，卖狗皮膏药的、古董的、内衣内裤的、新疆大饼的、赌钱的、算命的、摆棋谱的，卖唱的……还有抱孩子要钱的，无助地在路边哭泣的；一张张行色匆匆的面孔，饱经风霜的面孔，麻木的、酸楚的、恍惚的、冷酷的，即使偶然面带微笑或者充满着热情的，不是二手房的销售者，就是卖狗皮膏药的人。

这是一群倍加热爱生活的人们。这是我离开北京时多年后的认知。正是他们饱含对生活的热爱，所以他们要像蜗牛或者卡夫卡笔下的那只甲壳虫一样，裹着厚厚的铠甲，穿行在生活的风浪里。铠甲外的世界，谁能说都是鲜花盛开，都是艳阳天？陷阱、泥潭、深渊……尤其是在高架桥这家大钢琴的奏鸣下，紧张、惊恐、不安、危机、漂泊等，不安的因子时刻缠绕着生活。每一个人都是一个动荡的、无所依靠的分子。

我在这些流动人群中最先认识的一个人，他姓梁，所以我称他为梁哥。严格说来也不是很熟悉，认识也仅止于群内，一种在网上聊天的群。在北京，像这样以老乡为名义的群遍布，随便上网一搜，就可以迅速地找到。而且，这样流浪者聚集的群，聚餐成为传统的节目。这就是抱团取暖的方式，这就是异乡人在北京的一个支撑自己的家园。

群内的人很复杂，做早点的、送盒饭的、扫马路的、做散工的，做中介的，木工、漆工、厨师、打字员、销售员，等等，男的、女的，年纪轻的、年纪大的，都有。年轻的，多是刚从老家出来闯北京的，试试深浅，磨炼一下；中年的，多是在北京混得久了，在生意和生活上有了一定的稳定，依然在奔波着；再偏大一点的，几乎都是生活的失败者，有家不能回，走投无路，只能继续在北京漂着。梁哥就属于最后一种，他是干油漆工的。

那天我们在一起聚餐，都喝多了，啤酒喝了好几箱。不管男女，都敞开喝，操着方言；也不管南来北往的人如何侧目，听得懂听不懂的，一起搅和着，大声喧嚷的，小声交谈的，喝着喝着哈哈大笑的，还有喝着喝着就号啕大哭的。十来个流浪的人聚在一起，唱起家乡的歌，一曲泗州戏千回百转，撩人心魂。

梁哥没有癫狂出格的举止，他像一只哀婉安静的猫，在白天收拢起所有的爪子，蜷缩在自己的衣服里，又像一只蜗牛，缩在自己的铠甲里，逆风潜行。其实，在北京，那铠甲又能如何，都在巨大的轰鸣里，被生活的机器碾压得粉碎。他坐在角落里，在阴影的背景下，显得如此落寞和忧郁。他不叫也不喊，拿个啤酒杯，一杯接着一杯，不停地喝。有泪从眼睛里涌出来，不停地涌出来，打湿青衫，他不管；继续自顾无人地频频举杯。"宴酣之乐，非丝非竹，射者中，弈者胜，觥筹交错，起坐而喧哗者，众宾欢也。"（欧阳修《醉翁亭记》）我们一时间怔住了。

我们问他，几年没回家了？

十六年。

想家？

不敢想家。

……

一九九八年发大水时来北京的，谁承想就再也不能回去了。梁哥说，来北京的前几年，他不分昼夜地接活，渴了就喝自来水，饿了就买一点路边摊贩的烧饼，困了就窝在一间潮湿的地下室，像老鼠一样。他希望用自己的煎熬，换来老家亲人们的幸福。

梁哥把杯中的酒喝完，继续说，前几年他是挣了一笔钱。说到钱时，他似乎轻松了一点，可瞬间就失去了光亮。他说，就在把钱寄回老家时，他被意外地查出了病情。病很重，可以说是不治之症。

梁哥擦去了泪水，说，他就留在北京，再也不回去了，他不想拖累家里人。

我们后来陆续参加了好多这样的聚餐，就像流水席，不断地有新人加入，也有旧友消失。我也结交了好多新朋友，如老李、老张、老王，还有老陈……各行各业的都有。但再也没有见到过梁哥。北京城那么大，我们到哪里找呢？只能无奈地看着一些人慢慢消失在大家的视线里。

那段恍惚而又迷乱的日子里，道路两旁的音像店里，反反复复地播放着一首歌：

> 每天走在疯狂逐梦的大街上
> 我们精神褴褛却又毫无倦意
> 徘徊着寻找着那虚空的欢愉
> 奔波着抗争着那无常的命运
> ……
> 朋友啊这世界会将你的梦破败
> 而它从来就不会有一丝同情
> ……
> 朋友啊这世界会将你的爱破灭
> 而它从来就不会给一次拯救
> 不如让我们一起放任自流吧
> 反正像我们这样的人生来彷徨

3

二〇一五年，我匍匐在祁连山下，掐着自己的大腿告诉自己，西部，我来了。这应该是冥冥之中吧。有些事总是阴差阳错，或是宿命注定。我说的西部，是甘肃西部河西走廊一带，古丝绸之路。我对这段路，就像受到那遥远却叮当作响的驼铃声所牵绊，生命里从没有停止对它的期盼与渴望。

从北京回来后，我待在苏州一年。第二年，徐州一家文艺单位招聘，我顺利地考入，再次有了落脚的地台，只不过这次有几分滑稽和荒诞，一个是苏北以北，一个是江南以南。我想起一首摇滚歌曲，"我要从南走到北，我还要从白走到黑……"

我对西部全部的理解，其实就是书本上的嘉峪关、阳关、玉门关之类，仅此而已。我很难想象西部在我脑海里的样子。当我要去西部之时，我给远在新疆的朋友发了个短信。朋友说，从江南来到西部，蛮好，这对于开阔你的胸襟再好不过了。江南在西部兄弟那儿就是小家碧玉，根本没法和辽阔的大漠或者绵延几千里的祁连山脉相提并论。

西部，一直存在我内心中。一个男人的内心，不能没有西部。西部的苍凉、辽远、边关的冷月、大漠的驼铃以及古老的楼兰，等等，当然，这些都是我的西部图景。在北京，我，就是那晃动的马路上随风卷起的一粒尘埃，找不到来处，也不知道归处；或者是一棵从田园里走失的野草，失去泥土、露珠和阳光，随时就会在路面中央枯萎、死掉。我迫切地希望走出深宅，走出人潮汹涌的都市，到野外或者自然深处走一走。我始终认为，人离自然近了，离自然的真相近了，实际上就是更加靠近认识自我了。因为现代的我们，离自然已经越来越远，甚至已经忘却了归路。

越野车穿过母亲河，一出了兰州，我就醉倒在祁连山脉的襟怀里。我们的路线是从兰州到武威、张掖、嘉峪关、酒泉、敦煌，再到阿拉善右旗。

作为居于江南的人，我无法想象西部的景象。靠着几个地理名词和一些风沙、野草，还有几个诗歌里的城池，无法拼凑出西域的版图。尤其是在历史的层面上，即在丝绸之路的背景下，我们更加无法完成对西部的理解与把握。历史推到汉朝，张骞带着大汉子民，沿着古老的管道，带着汉朝的物品，诸如丝绸、瓷器、茶叶等，向着西部进发，走过西部边陲，行走在欧亚大陆时，我们更是无法想象那条丝绸之路，多少年来，商贾云集、驼铃声声，车来车往，一批批货物用大车、驼背运来，运到中原，运到内陆地区。西部成了一扇通往世界的窗口。

向西，向西，我在默念着这个词语。带着方向性的词语，彼时分明是个带着风沙与走石的词语，是个挟裹着戈壁沙漠、弯刀明月的词语。向西，向西是古丝绸的道路，是寂寥无人，是茫茫的戈壁和逶迤的祁连山脉；向西就是与大漠孤烟的对话，就是不破楼兰终不还的誓言，就是春风不度的玉门关，还有缠绕在心间的阳关三叠。

车子在前往霍尔莫斯的高速公路上奔驰。除了路还是路，除了石子还是石子。你会惊异地发现，这一路上，灰的天空，灰的山脉，灰的路面。一灰到底。很难想象，这一路上竟然没有碰到一点碧绿。我对西部完全没有了想象。在书本上多次读到芨芨草、红柳以及蒿草等，在这里都化为齑粉。就是连传说中三千年不倒不朽的胡杨，枯木的胡杨，也不见一丝一毫的踪迹。车子停下时，我们走在砾石上，定睛寻找，还是发现了一丛丛草，枯黄的无根的草。后来我在旅行书中得知，这样的草，就叫风滚草。这是个在逆境中被迫求生的名字。风滚草不是一棵草，是一些草，包括刺沙蓬、复生卷柏、盐生草等，这种草一旦被大风吹断了茎，就会枯萎成一团，在朔风下的荒野里起舞，任意迁徙，随风飘落。何处是驿站？何处是家园？下一站都是异乡，下一站也都是故乡。一遇到合适的时机和土壤，它们就展开紧抱的种子，遇水成活，御风成长。人们把它们比作戈壁上的流浪汉，对抗戈壁荒漠的方式就是奔跑，毫无意义或者一线生机地奔跑着。不是所有的风滚草都能得到再生，很多时候它们漫漫长途地漂泊、流浪，等来的是茫茫大雪和继续的迁徙与浪迹。

我被这卑微的生命震撼着。西部的野草与江南的野草，不可同日而语。江南，气候温润，湿度很大，空气中弥漫着丰富的阳离子、负离子等，那些野草，一落生下来，也许就是生命周而复始的过程，无休止地繁衍与生长，枯了又绿，青了又黄。实际上，在苏南地区，那些野草生命的册页里，就没有枯萎二字。它们活得恣意，活得慵懒，活得毫无章法。一块小角落，就是终生。江南的植物，哪里知道，在千里之外，还有它们的同族，叫风滚草，在风中翻滚着、撕碎着、颠簸着，时刻怀揣着生命毫无着落的焦灼和饥渴。稍有不慎，一块砂石阻挡了生命的路途，一辆疾驰而过的货车把它们碾压成齑粉，更有甚者，一场浩大的龙卷风，把它们卷上了高处，再也无影无踪。

风滚草，风里翻滚的宿命。再也没有哪一种野草活得如此艰辛和悲壮了。"风萧萧兮易水寒，壮士一去兮不复还。"我想风滚草大概就是易水岸边那个整装待发的荆轲了吧，一个是去止暴政，一个是去寻找生命的渡口。

车子抵达武威县城，我们才心有余悸地停下来。我们被路过的乌鞘岭所惊到。金秋十月的江南，到了西部，却又寒雪阵阵。抵达乌鞘岭时，天空竟然飘起了雪花，路面上结了冰。苍凉的一路，缺野花野草，缺碧绿的诗意，不缺的是寒冷、雪花。就这么一个道路的拐弯地，居然猫着一阵阵雪花，这种寒意到了武威县城又深了几寸。

午后，朋友带我们到县城饭店吃饭。车子在空荡荡的店铺之间穿梭，行人不多，店铺也不多，顾客想必就更少了。三三两两的店铺，开一扇，或者一扇也不开，即使是午后，我不知道这是一种懒散或者随意的原生态，还是因为冬天的迫近，人们早就撤退到休养生息的时段。我们好不容易在美食街找到一家饭店，说是饭店，其实就是卖茶的。西部有名的茶，叫三炮台。我们带着一身的寒意挤在一间房子里，朋友赶快催促着女老板给我们上了一碗糖茶取暖。接着三炮台就上来了。我至今对这种茶都没有印象，那时我们囫囵吞枣，或者在极度寒冷里，只顾着取暖，完全没有对它仔细打量与品味，现在想来真是罪过。

三炮台又称"盖碗茶"，所谓"盖碗茶"，包括茶盖、茶碗、茶船三部分，故称盖碗或三炮台，其寓意为"天盖之，茶盖；地载之，茶船；人育之，茶碗。"女老板看出了我们的冷，就特地在茶盅里多放些临泽小枣、荔枝干和优质冰糖。就着火炉，在三炮台的温度下，我们渐渐有了点暖和气。朋友略带歉意地说，此地以农业为主，世代农民都靠种地为生。朋友说，你们应该在进入县城时看到那片耕田了，那是这里最好的耕地了。朋友说，吃完饭他还要下村，指导农民冬耕呢。是的，在靠近县城的地方我们发现了那片土地，刚翻耕不久，空荡荡的，没有一根草芥。喝饱了茶后，我们接着吃朋友给我们又上的酿皮，还有几块馍。吃饱后，我们和朋友匆匆话别。

三炮台在我心里生了根，这种相遇实在是好无厘头。但是在冰糖和葡萄干等之上，我还是深刻地记下那天地人三层高台。我在想以大地为生的人，日日一杯三炮台，就是日日叩谢天地，还有劳作的人们吧。再贫瘠的土地也能养活人，再卑微的人也懂得感恩和敬畏。实际上在没有与三炮台相遇时，听到这个名字，我竟然以为是一座城池的名字。也许在西部，每个人的心底都有一座城池，他们在捍卫，在珍藏，轻易不示与人。

是的，城池。对于河西走廊的城池，似乎由来已久。从"渭城朝雨浥轻尘"到"春风不度玉门关"，从"不破楼兰终不还"到"不教胡马度阴山"……从安西都护府到阳关、玉门关，还有大漠戈壁、鸣沙山月牙泉、莫高窟等，这些驼铃般的文字昼夜回响在江南的夜晚。

车子继续向前，很远很远，祁连山脉一直在我们前后蜿蜒着，隆起的脊背，分明是大地赤裸的脊梁。荒芜、苍茫还有无法言说的隐秘。祁连山又称雪山、天山，昔日的匈奴人把天称之为祁连，这绵延两千公里的山脉，巨大，神秘，原生态，身上是原始的沙石和稀疏的野草，腰间是缭绕的白云，这是个混沌初开的世界。祁连山，萧疏的祁连山，已经与森林无缘，只有积雪、河水、石头。据说在清朝初年，一把大火烧光了山上的森林，加上刀砍，植被灭绝等，它已经是荒山野岭了。然而无论如何，祁连山的人，依旧把它当作他们的神山，山上山下布满古迹、寺庙、石窟和墟城。在西部，祁连山就像一道天然原始的坚固壁垒、屏障，挡住烽火、风沙、敌人，还有无数的战事。

敦煌的莫高窟、月牙泉、鸣沙山，我们注定是要去看看的。我们是在午后抵达莫高窟的。穿过稀疏的树林，在戈壁、山坡以及起伏的山势里，我们很难发现莫高窟。

或大或小、或精美或恢弘的石窟，我没有在意。我在意的是，一处石窟的建成，往往需要一代人、两代人，甚至几代人的开凿和修建。在叮叮当当铲子和石锤的声响里，外面飞沙走石。一切的声响都在这里化为乌有。这些建造石窟的人，内心一片静谧，心头只有青灯古佛。

在西部，很多时候不能用眼睛来看，沙石之下，我们是需要谛听的。白天的鸣沙山和月牙泉，显得很粗鄙：肆虐的黄沙，沿着月牙泉胡乱生长的野草、树木，还有一行行骆驼随意的排泄物。如果说什么还有西部神韵，那就要算泉水边的那些栅栏了，在风沙的磨砺下，栅栏沧桑、颓废，已近行将就木，随时会在一阵风沙里销声匿迹。

我喜欢在夜晚潜入鸣沙山、月牙泉。它们是相互依偎在一起的。白天的喧嚣已经使得它们很疲劳、厌倦。月牙泉甚至闭上双眼，以水波不兴的方式，缄默着弯弯的心事，千古的心事。鸣沙山是属于夜晚的，夜晚的它是沉默的思想者，端坐在异域苍凉的祁连山下，日月星辰、古今万物都在时空的流转里，化为尘埃，化为嘴边的流沙。大漠风起，黄沙悄悄萌动，以一种悄无声息的动作启程，随着边塞夜风的流变，发出呜咽呜咽的声音，其声如丝，如弦，渐渐地如长笛，如琵琶，在天地间弥漫开来。遥想曾经，这里商贾如云，不绝于耳的驼铃，叮当作响的玉器，还有中国元素的瓷器、丝绸、玉石等从这里走出去。然而，白云苍狗，鸣沙之下，一切终究如尘埃。而此刻，偎依在身旁的月牙泉，随着大漠上空的弯月，从白昼的喧嚣里醒来，睁开明亮的双眸，衣着飞天衣裳，舞动万顷月光。月牙一样的泉水，澄澈，明净，是沙漠的眼睛，是历史的琥珀，是星辰们的家，是声声驼铃的故地。白天夕阳的沉落之后，就是夜晚静静的月牙泉。

沿着唐朝的诗句，我执意要去玉门关和阳关看看。朋友说，那没什么看的，只剩下一些土堆和石头了。偌大的城池，在岁月和风化中，竟然快要踪迹全无？这越发激起我的兴趣。人声喧哗的景致我已经看倦了。去玉门关的路上，空空荡荡，辽辽阔阔，四野无人，长长的天长长的路，大地一览无余，地上满是沙石，这已经成为西部河西走廊的标识。车子走在上面，发出骨骼咔咔的声响，有疼痛感传过来。石子都有了痛感，更别说植物的生存。地上尘土稀少，即使有两三棵植物落生，也会在夜晚的大风中随风飘逝。远处，祁连山脉，在天底下隐约着，给大地和天空几分巍峨和磅礴。

我终于看到了传说中的玉门关，一个不修边幅毫不浮夸的玉门关。当然还有后来一个只剩下高高土堆的阳关。同去的朋友纷纷表示失望。这是意料之中的事。他们以为这玉门关应该是传说中那雄伟气派的城池，如嘉峪关那般雄伟壮观。我们路过嘉峪关时，随着冯远将军的故事，踏上了嘉峪关的烽火台，举目远眺，一时间，众人确实被那辽阔苍茫的大漠和无尽的悲凉所震撼，事实上正是"望长城内外，惟余莽莽"（《沁园春·雪》）；不见村庄、森林、草木，只有狂风、沙石和沼泽以及灰色的天际线。山河寂寥，人影寂寥。烽烟之后，依旧是尘烟。我们去的时候，西部已经很寒冷了。和众多游客一样，我们缩着脖子，裹着厚棉衣，在城楼上一现。剩下的是城池在凄清中独立。原以为春风不度玉门关，只是路途太远，春风吹不到呢，疑惑塞外大漠的苍狼，战场厮杀的悲壮，多少将士为戍守边关马革裹尸于这里？

当我见到此时的玉门关，有点不敢相信。想当年，汉朝在这里设置两座关卡，一个是玉门关，一个是阳关，与当时热闹的玉石、丝绸贸易有关。玉门关的名字由来，也是与玉石相关联的。相传西汉时西域和田的美玉，经此关口进入中原，因此而得名。这两座关口，曾是汉代时期重要的军事关隘和丝路交通要道。那时的玉门关外，驼铃悠悠，人喊马嘶，商队络绎，使者往来，好一个繁荣的盛景。而现在，玉门关只剩下一块大石头和不远处的小四方城，周围是沼泽、稀疏的芦苇。风沙下的玉门关，从历史到现在，只剩下这些了。也许这石头与那四方城也是后天修筑的。好在遗址在，少了许多人工的痕迹。我还是很庆幸的，见到这赤裸的玉门关，驼铃不在，商贾不在，玉门不在，但关还在，风沙和尘埃中的关还在。我和为玉门关题字的石块合了影，然后在矮小、褐黄的方城里转了转。抚摸着墙壁，耳畔，王之涣的那首诗，随着羌笛和杨柳，渐渐浮现。那时夕阳西下，大漠天黑得早，我站在夕光里，与玉门关站在一起，不见玉门关的城池，我感到无尽的大地就是玉门关，它伴着沙砾和狂风，在时间的流逝中，坚守在历史的河流上，矗立在人心的荒野里，而且异常清晰。我对朋友说，我真的看到了玉门关。朋友不相信，阳关都比玉门关好看。你看阳关还有高高的土堆、城楼，以及扩建的景区，而玉门关有什么？除了这些石头和方城，只剩下风沙。

是的，我承认，后来去看了阳关。的确，它要比玉门关好看多了，除了熄灭坍塌的烽火台，周围还兴建了许多景点，我甚至在阳关的附近看到了一只狗，有三两个人驻守在这里。是重温当年阳关的坚守？"劝君更尽一杯酒，西出阳关无故人"。历史散尽，一切转头空。现在，旧日的城池和关隘，都化作了尘土，化作了苍茫。但是我还是忘不了玉门关，尤其那块巨石，立在荒野里，风沙中，有遗世独立的感觉，立在苍茫，立在虚空。我相信，它让每个人的心底都有了座玉门关，始终在戍守着边关、城池。

4

现在，我客居江南一隅。这应该是源于我对漂泊和安定的考量之一。生活的颠簸与迁徙，使我必须找个像卡夫卡笔下的那个城堡，或者披着铠甲的甲壳虫安顿日子。或者说，在喧嚣的尘世里，寻获一个可以谛听世界和内心的地方。然而，即使我静观着江南的小桥流水、白墙黛瓦，以及荷叶田田的池塘，但是内心深处却发出呼啸声，那是西部的风沙、古城池，还有无人的大漠、长城外的那轮冷月。我觉得它们都是我命里的村庄、城池，或者说带着村庄的胎记。它们，就像血水，奔涌在我的经脉里；就像树木，葳蕤在我的肉体上。我喜欢在夜阑里，给我的儿子讲述古老的村庄、北漂以及河西走廊的故事与盛景。一个男人的生活疆域里，不能只有生我养我的村落、水乡江南和吴侬软语，还得有漂泊的生命、苍凉的西部、梦中的驼铃。生命的山河里，总有一些不可名状的经历、故事和过客，以辙痕的方式，碾压在心上，时刻保持着疼痛、微醺和隐秘的呼啸。

正是这些无法说清归处的声音，让我在日常生活中获得勇气和力量，对抗着真切的俗世烟火。

呼啸的火车

我要坐火车离开这里。

那年我说出这句话时，我八岁。其间一个少年寄居在舅舅家，正握着一把鸭嘴锄，躬身在夏日正午的田间。稚嫩而又膨胀的句子，从葳蕤的豆苗与沉闷的大地之间，水蒸气腾起的热浪中散发出来，滚烫、灼烧、煎熬。

火车？是的，没错。这应该是沿河村年度最具爆炸性的新闻。

因为话音刚落，从地面旋起一阵阵大豆爆裂的笑声，有人为之倾倒，有人笑岔了气。不用怀疑，显然那是舅舅、表哥与表姐他们的反应。这让我有点惊诧，不就是说出"火车"的字眼？一个少年想要坐火车，这有什么问题？笑声里我捂紧两耳，惶恐不安，如一只木鸡，一毛没有，赤裸裸地杵在他们面前。心慌得厉害，伴随着接踵而至的窒息，我感到一种从没有过的肿胀与闷热漫溻过来，与天气无关。我有种迫切想要回家的念头，而且是立刻，马上，一刻也不想待在这里。闷热，多是与暴雨相关联的。在我的认知与经验里，每当暴雨来临，那种沉闷的气息会在大地上蔓延开来。那时候我的天空里，铺天盖地的暴雨已经从远处奔来，我听到了雨水裹挟而至的惊雷声。

实际上，那天我说出那样的话时，天空是响晴响晴的。不要说乌云，一丝彩云都没有。天空蔚蓝如洗，海洋般深邃的蓝。太阳，那个巨大的探照灯，在永恒的执着与深情俯视中，展现它持久的火辣辣的热情。

我读懂了舅舅和表哥表姐们爆发的笑声。尖锐的笑声里，我知道其中并没有多少嘲笑的意味，他们只是觉得荒唐可笑罢了。这样的话语，应该出自一个八岁少年的梦呓，否则不是给太阳晒傻了，就是大脑进了雨水。准确地说，他们是被火车这个陌生的事物所惊到的。一个地图上名不见经传的沿河村，与传说中的火车怎么扯上关系的，完全匪夷所思。

这确实有点荒诞。沿河村偏僻、闭塞，不敢说鸟不生蛋，至少鸟想生蛋也会逃到别处的。沿河村与火车的距离，就是大地与月亮的距离。如果说应该有关系的话，那就是沿河村附近有一条高速公路，铁路与公路，它们之间是血脉相通的。是的，在城乡结合部，田畴与高楼之间，一条高速公路逶迤而来，伸向远方。沿河村的人不知它的起点，同样也不知它的终点。偶有零星的汽车，像一只只移动的甲壳虫，从沿河村人的眼前呈现、消失。我们所见的都是它们模糊的背影和丢下的断断续续的鸣笛声。不是沿河村人不热心，而是当时的汽车、楼房以及高速公路，离他们很远很远，如海市蜃楼一般。

那时的我，身陷于豆田深处，矮小的身影被蓬勃的豆叶所遮蔽、挤压，像是身陷于没有边际的、布满沼泽的湿地，动弹不得。即使我手中挥舞着锋利的锄头，也无法披荆斩棘，从那片豆田突围出去。因为锄头和我一样，臣服于舅舅的指令，在豆苗之间，与强势入侵的野草展开生死存亡的搏斗。柔软而又坚韧的野草，百般呵护的豆苗，还有我以及一把锋利的锄头，那场战斗简单而又粗暴。

说起来我对那年的豆苗还是心生愧疚的。在豆苗与野草的生死抉择上，我不由自主地选择了野草。很多正在快活生长的豆苗，在我的锄头威武之下，过早地结束了生命的周期，完美地留下了杂草。我要申辩的是，那绝非是我的本意，对豆苗我没有恶意，当然对杂草我也没有先天的仇恨。如果要归罪，只能归于那把不听使唤的锄头了，它在执行我大脑命令的时刻，总是发生误解与偏差。锄头不听话，我能有什么办法呢？

看着身边倒下的一堆堆豆苗，舅舅无奈地冲着我叹息，哎哟，你这是锄草呢！

面对那些提醒，大多数时间里我选择沉默。不沉默还能怎样？难道我可以把罪过怪在锄头身上？现在回想起来，那年对豆苗灭绝人寰的暴行，或是我的一种无意识的反抗。那种反抗是复杂的、多元的，说不清道不明。你想，那样一份沉重的农活，要分配给一个八岁男孩，遭到本能的排斥，应该是理所当然的吧。况且在豆苗与野草两者之间，你让一个八岁的孩子该如何选择？两种植物，在孩子的眼睛里，都是生命，没有庄稼和杂草之分。大地上的每一种植物，都有着某种神秘的对应。

当然，那时一个八岁的少年是没有如此认知的。我是不敢忤逆的。即使我把握不了一把木柄的铁锄头，但在舅舅威严又严肃的目光里，唯有选择服从。

那也是我的一个身份使然。想必读者已经明白，我是在给舅舅家干农活，以一个外甥的身份。那个身份，就像一道无形的枷锁，迫使我顺从地接过舅舅交给我的锄草任务，在火辣辣的夏季里劳作。我无法拒绝，虽然我对农活一窍不通，我能不能熟练地操作农具，都是一个未知数。但是在舅舅的招呼下，我顺从地接受了。我以为吃舅舅喝舅舅的，能劳作点什么，算作补偿，免得落个光吃不干活的罪名。那是我自幼内心敏感使然，在屋檐下必须低头。那种对所谓自尊的维护，也是我很少走亲戚的缘故之一。还有个因素是来自母亲日常对我的教育。她总是给我灌输着一句话：外甥，是舅舅的看门狗。那个狗，自然指的就是外甥了。那是在变相地告知我要对舅舅忠孝。乡间的忠与孝，基本上就是吃喝，还有就是对其发出的号令要言听计从。

少年的我丝毫都没有反抗舅舅命令的意向，哪怕一句申辩；或者说根本就没有反抗的那种意识，即使我从来没有锄过草。一切都是那么天经地义，理所当然。八年的光阴，我也只是长得稍微高出豆苗一点点。在舅舅面前，我这可爱的顺从的看门狗，早就臣服于那句古老的话。我乖乖地扛着笨拙的锄头，不声不响跟在看似威严冷峻的舅舅身后。

夏日。骄阳似火，毫无节制地炙烤着旷野。

那件事我后来也反刍过。我近似认为自己内心是软弱的，有点逆来顺受。我不敢在那时说出一个不字。这也是我成人后，在很多事情上有对说出拒绝的胆怯与惶恐，进而养成一种磨磨唧唧、黏黏糊糊的拖延症。干脆利索的拒绝，我私自认为这会对他者造成一种淋漓尽致的伤害。欲言又止或难以启齿，成为我与人相处的显著标识。对舅舅锄草的最高指示我很自然地没有拒绝。

那次从舅舅家回来后，母亲看着我晒得蜕皮的肩膀、黝黑的脸庞，眼睛里有了几许颤抖。她伸出手，一把把我搂在怀里，头靠着我的头，轻轻地说，不碍事的，男子汉，过几天就好了。

我对亲戚关系的认知，完全与那个夏天有关。在亲戚之间的关系上，我总是过多地选择撤退与逃避。是冷漠、冷酷？情商低，还是无情？我说不上来。当然，这也不是说我天生讨厌劳动，或者说对劳动排斥，其实，不管在学校还是工作单位，我总是热情地参与各种义务劳动。但那时的我，对锄草那件事是束手无策的，可以说是无力与绝望的。我在写这段文字的时候，那些过去被我结束性命的豆苗，想必应该能理解我那段金戈铁马的锄草生涯。

我要坐火车离开这里。说那句话时，我已经勒令住手中的锄头。

那是我当时一种渴望逃离的说辞。逃离旷野，逃离豆苗，逃离对野草的追杀，逃离当时锄草的劳作。

有过类似经历的人一定会知道，乡间那种锄草的劳动，完全就是人与野草的对抗、折磨。要想除掉那些杂草，是要下一番功夫的。杂草生命力的顽强是人所共知的，否则的话就不会有那句妇孺皆知的诗句：野火烧不尽，春风吹又生。散落在大地上的杂草，就像是人间被遗弃的孩子，失去庇佑，就要学会独立行走。

对野草的锄杀方法，农人烂熟于心，各种招数悉数登场。先机械锄杀，连根锄尽，然后置于火爆的正午，炙烤，这是除恶务尽的不二法门。杂草从泥土中被斩断，一息尚存；只有再次曝晒，才不会重生。否则它只要沾上一点雨露，即使断了根，也能迅速从泥土中返魂、复活，继续和庄稼们争夺地盘、营养。这是人与野草的生存之争。当然最终的结果是，人以野草的消失，获得暂时的胜利。当然，这仅仅是暂时的。如果真有一天，野草绝迹，不知道人类如何存在。人，不就是一株会走动的野草？且命如蒿草。

我知道当时没有人在意那句话，包括我自己。那是我久久沉浸在锄草这个机械劳作中的一种反应。其时火车对我来说，一样新鲜和陌生，尤其是对我们这些祖辈盘踞在大地上的庄稼人来说，它是我们当时的一种向往。离我、舅舅、表哥表姐们最近的交通工具，则是当时刚时髦的自行车。我说出火车引发他们的阵阵爆笑，也在情理之中。

到了今天，我对当年说出火车那个词语，依旧是恍惚的、茫然的。远离我那时生活现场十万八千里的词语，居然会在一瞬间走到我的嘴边。这是在暗示着什么，它是我宿命中的字符？

与火车搭上关系是在我而立之后。当然，这也并不意味着我现在以及将来就能说清楚。有些往事就是个无解的谜。

从那年到现在，时间的火车已经走了二十多年。天哪，二十多年的光阴，火车在我看不到的地方，从白天到黑夜，从沿河村到另一个村子，从一座城市到另一座城市，它一路风尘，向着远方追赶。

从舅舅家回来后，我继续沿河村循规蹈矩、一成不变的日常。吃饭，上学，睡觉。然后继续吃饭，上学，睡觉。我始终没有迈出半步，或者说我根本就没有踏上火车的可能。因为我对火车的认知还停留在想象中，至于火车从哪里来，到哪里去，怎么买火车票，火车不肯停下来我怎么办等问题，我都一无所知。父母也一无所知。火车那个怪物不在沿河村的烟火里。

父亲、母亲对我的"火车梦"和舅舅他们一样无动于衷，好在没有发出那种笑声。对他们来说，我是在做黄粱梦。他们对火车的认知，多是来自口头上的交流与传播，即很多个铁皮箱子组合而成的东西，然后在一声明亮的鸣笛声中，发出呼哧呼哧的喘息声，远去、渐渐远去，直至消失。火车对父亲来说，意味着一道分水岭，分割开两个不同的生活世界。左岸是他们，右岸他们无从知晓。

父亲的生活我可以想象出来，早上五点钟从睡梦中醒来，背着粪箕，沿着沿河村四通八达的阡陌开始，捡拾牲畜排泄下的粪便。早饭时分，父亲赶到家中，母亲早已把丰盛的早餐端到木桌子上。吃完饭后，母亲在灶台上忙碌，以及照顾下圈中的猪、鸡等，母亲的生活很简单，就是洗洗刷刷、缝缝补补。父亲则肩扛着犁铧，牵着耕牛，下湖犁地，接着播种、施肥……日子就是这样日复一日，年复一年，周而复始。父亲与母亲，就像两列并行的火车，在时间这两根长长的铁轨上，不知疲倦地重复着，驰骋着。

父亲以为这重复的日子，就是生活，就是我以后复制的样板。他认为在我们的世界里，有的只是农具、大地、炊烟和节气，而没有铁路、汽笛、火车和远方。这就是父亲的全部想象。仅此而已。如果说有意外的话，那就是我读书读出息了，这将会打破他预设的人生，路线图则改为读书、上学、考学、上大学，然后工作、生活。父亲和母亲不识字，也没有多少见识，他们的世界都在脚下这块土地上、村庄里和阡陌上。生活一成不变，这就是他们眼中生活的真相与全部意义。

谁能想到我与火车，一等就是三十年，准确地说，是火车等我三十年。

火车给我最直接的形象，就是奔跑的黑洞，一个现实的驰骋者。

这个比喻也许不太准确。因为这个比喻对火车的形象来说，是个减分的修辞，残酷而过分。它背负着无数沉重的肉身，在暗夜或者白天穿梭。钢轨与飞轮之间的碾压，风雨无阻地飞奔，这种裹挟沉重、悲伤、忧愁的家伙，它究竟是谁？我想我如是女性，肯定会把火车想象成理想中的男子，稳重、雄浑，阳刚且沉默少语，用坚硬冷酷的铁器迎接旅途上的凄风冷雨、漫漫长夜，还有清晰或者迷茫的旅程。这完全是一个值得托付终身的男人，所以当四处奔走的旅客一踏上火车，就会把疲惫的身体甩在铺位上，卸下包裹在身上的铠甲、面具，然后沉沉睡去，等待他们的是黎明与晨曦。

是的，黑洞，黑色的男子。当我走进火车，经过无数次的乘坐后，对火车的认知，完全赞同黑洞与男人的形象。我无法说清楚这两个镜像对火车的意义。火车在暗夜里穿行，在厚重的夜色里穿行，挤压黑夜，挤压厚重的黑，一个男人用强健的双臂，撕开黏稠浓密的渔网，扒开黎明，扒开欢乐。那海水般的夜晚，岂能善罢甘休？在火车这个男人的壮举中，海洋般的黑夜就在劈波与斩浪中，不断地劈开波澜，随即周边的海水又汹涌过来；劈开、缝合；缝合、劈开，无休止地缠斗，直到天空露出鱼肚白，海水才退潮而去。我不知道这种情景对于火车外的人来说，他们在心里会有怎样的触动？我记得我曾在候车的空隙里，面对着远方扑来的火车，风一样的男人一晃而过，黑色的钢铁怪物，瞬间带走眼前的黑夜，还有身体里的黑夜。因为火车从身边奔驰而过，前方的路有了灵动、鲜活和澄明。

　　2013年的那个春节之后，火车正式走进我的生活里。世上很多事不是我们能改变的，当我们改变不了它时，我们可以改变自己。从鲁院回来后，我做了一个很荒唐的决定，就是辞掉目前的教书工作，做一名北漂。那时我完全处于文学的狂热与晕头之中，竟然柏拉图式地找到领导，要是继续留下来，愿意执教年级的文学写作课，其他的课务不想担任。这个异想天开般的想法，自然遭到了冷水打击和权威否定。副校级的领导都带主课，你一个普通的教员有何资格？我知道那时我的幼稚与理想化，对世俗、权威等词语理解不到位，这完全是一种冒犯和入侵。我选择了辞职，辞掉为之奋斗了十八年的学校，一个人乘车北上，开始做一名北漂。

　　我想说的是，辞职北上，这也不完全是我的心血来潮，而是它隐藏着我多年的文学梦想。我荒谬地认为，一个男人的成长，如果没有北漂的经历，至少是不曾历经沧桑的。从我过往的旷野、沿河村、学校以及楼宇等地理位置上来看，生命基本上处于一种静止与休克的状态。这种死水般的日子，已经把我拖至温室般的生活，失重的伪生活。因为这样的日子里，我就像工厂里那架时间之器上的齿轮，站在一个生活的位置上，麻木而坚定地运转下去，等候老去，结束生命。江南的小桥流水与西部的大漠孤烟，我还是选择到巴丹吉林式的沙漠上行走一段，掏出我的灵与肉，甚至骨头，丢掉那种清汤寡水的日子，与生活摸爬滚打一番，从麻木、无望的岁月醒来，走一段噬心蚀骨般的日子。

　　对于一个拖家带口的人来说，要辞掉为之付出十八年青春和热血的工作，内心不免有忐忑、慌乱和巨大的惶恐。这冲动的选择里，是不是有一种自私与不负责任？我的天马行空的想法居然得到了妻子的支持，这确实给我莫大的安慰，还有沉甸甸的内疚。

　　妻子也是一名教育工作者，她是懂我的。她清楚我在工作上的固执与执拗。正是这种死板，造成我曾经直面领导，简单直接地拒绝了班主任的工作。

　　同事们都难以相信，这是破天荒的事情。班主任工作是学校工作中的高负荷工作，苦，累；而我提出请辞，居然一口答应了。领导也看出了我的迂腐与偏执。

我对妻子说，趁着而立之年，出去闯一闯吧。说这话时，我还有一点兴奋，就是可以坐火车啦。一个人可以走很长的路，看很远的风景。少年时在沿河村豆田间爆发出的童言，竟然真的要落地化为现实。

有过北漂经历的人知道，北漂，不是一个纸上的名词，而是一个由苦涩与坚强、憧憬与失望互相砥砺的动词。这"漂"字不是随波逐流，不是任意行走，不是一面平静的湖水。有可能漂在大地上、河流上、人群中、奔波中和绝望中。生活在漂，梦想在漂，事业在漂，家园在漂，命运也在漂。他们像背着沉重之壳的蜗牛，贴地彳亍在钢筋水泥的丛林里。

此去经年，火车成为我人生路上不可或缺的部分。多少次我坐着火车抵达北京，抑或暗夜里一个人从北京南站或者北京站回到沿河村。

我愿意把火车比作大海中的一尾巨大的游鱼。一节节宽敞的车厢，像鱼身上的一个个庞大的鳔囊，车厢里无数陌生的面孔，就是密集聚拢的鱼籽，他们的前方，是大海或者星辰。我的左边，坐着一位前去北京上班的理工男；右边是到青藏地区旅游的一对情侣。黑暗的夜晚，明亮的灯光，照在他们闪耀着幸福光泽的脸上，不是庞德诗中那些"湿漉漉的面孔"，他们在午夜里睁大双眼，好奇而又兴奋地盯着车窗外的世界，时而呓语，时而凝思。火车疾驰而过，我猜想他们将会留给站台或者凝望他们的人的，一定是一条条游向世界的五彩斑斓的鱼。他们的眼睛里，是风景，也是辽阔。是的，没有什么比辽阔更重要了。这种辽阔，可以改变你曾经的逼仄，改变你对世界的认知，甚至让你在天涯浪迹中，找到自身的亮光。

我后来沉湎于绿皮火车，对于京沪高铁转而避之。原因之一就是太快了。我们这个时代，有很多东西不是太慢，而是太快了。快递、快餐等，快似乎与昙花一现、灵光乍现等相连，快意味着失去、疲于奔命。而缓慢的绿皮火车，似乎可以拥有在人间的滋味，我迷恋这种慢的味道。

火车把我送到北京一个叫五棵松的地方。单位门口的外面，是轰隆隆的高架和昼夜不息的车水马龙声，让人焦灼不安。天桥下，不用去看，挤满的是四面八方来的筑梦者，他们和我一样，把北京当作曾经的纽约，当作我们梦想的鸟巢，我们要从这里把梦想放飞。他们在天桥下，白天，混迹于地铁、宾馆、酒吧等场所，寻找梦想的机会；晚上，就把自己丢给夜市或者夜宵店，不是在为生计忙碌，就是在午夜的餐桌上，裸呈一个人的孤独。因为有梦想，每个人都是孤独者，重重的心事，只能交付给孤单的黑夜、香烟和滴答滴答的雨。

时间久了，梦想的热情之火渐渐熄灭，随之而来的，似乎是茫然，不安。夜晚里的乘客，不只是那位有抱负的理工男、享受爱恋的小情侣，还有深夜出逃丽江的女人，悲伤逃离的失意者，背负行囊包裹的务工者，还有两手空空的归乡者，去城市寻亲的妇女和孩子。小小的车厢，就是一个微小的人世间，上演着锅碗瓢盆，悲欢离合。我不知道这奔走的人群里，有没有我熟悉的沿河村人呢？相同的场景每天都在上演，我似乎陷入了茫然。

我多次有过这样的想法：一个有梦想的人是可耻的。就像我现在这样，背井离乡，远离妻子和孩子，一个人，孤零零地在北京。恐慌、恐惧、无力感瞬间上来，就像一个人走在铁轨上，左右摇摆。那狭窄的铁轨，分明是两块立体的锋利刀片，是两排岁月的牙齿，在一点一点地吞噬着我、撕碎着我。我承认，我不是一个执着于梦想的人。我多次有了回家的念头。我要回家，沿着火车的方向，从北京回到沿河村。

我隔着视频对妻子说，我想家了。孩子都好吧？父母呢？妻子在视频的一端，用轻松的微笑一一回答，安心工作，他们在家都挺好的。不用说，两头都是晴天，都是艳阳天，都是一个好消息接着一个好消息。而在我们转身的瞬间，则是滂沱的雨季。

直到有一日，我突然从北京回到沿河村时，妻子喜极而泣。

米兰·昆德拉说，生活在别处。三十年前我喊着要坐火车逃离沿河村；三十年之后，我哭着要从火车上回到沿河村。人生的很多时候，就是一个圆，我们不清楚哪一种是离开，哪一种是抵达；哪一种是离去，哪一种是归来？如果说火车的形象，隐喻的不是一种感叹，而是一个无解的转折，那么它的意义则不是机械与重复，而是无限与可能。

现在，我再次回到沿河村，在黑夜里倾听一列列火车呼啸而去，日子美好而又安静！

造物集

1. 荸荠

我对大地充满着无尽的神秘与敬畏。造物主在创造世间万物时，似乎一切都有定数，对应着未知和无限。如荸荠，这在水底的泥土深处潜滋暗长的水生植物，野生在葫芦套村庄之外，在农人的视野之外。荸荠生于江南还好，位列水八仙之一，作为水乡植物世界的翘楚；而一旦向北越过了长江，从小桥流水的河道沦落到村头溪畔，则如一个富贵人家的待字闺中的小姐，流浪为颠沛失所四处逃生的丫鬟；江南粉黛换来的是失色花容，野生野长的绿色丛林，一个瘦字，写尽晚秋的风中哀怨。

还好。失去高位和仙境江南的荸荠，虽没有了昔日如织的粉丝，一群或多或少的追随者还是有的。我对荸荠已经很疏远了。熟悉的疏远，不是我对它地域性的歧视，也不是褪去泥巴对村庄的背叛。再次见到荸荠，扑面的不是馥郁的乡野土气，而是充斥着喧嚣的商业之气，以及夹杂着商人与小贩的狡黠和尔虞我诈。

在大地盛产麦子稻子的罅隙里，大人们是无暇关注它的。荸荠的观众，只有我们这些在泥土里摸爬滚打的顽童。乡村的孩子，与泥土是命里的相依。一切衣食似乎都得从土里寻找。难怪，乡村除了矮矮的苍穹，就是这沉重的大地，间或还有或疏或密的丛林。我们的童年少年别无去处，大地就是我们的家园。如果我们想要精彩，想抵达丰富，那么我们不二的选择，就是向大地深处寻觅。因为我们不是村里的那些鸟儿，可以从茅草的屋檐下，一个兴起，从这屋檐下飞到那棵枣树上，然后一个纵身飞向云中。

　　我们没有翅膀，或者我们就是一群没有翅膀的鸟儿，寄生在村庄或大地的怀中。幸好，大地收留着我们。用着难以言说的秘密收留，匍匐还是站立，纯看自己的造化。

　　如果回溯，我是难以说清楚自己是如何与荸荠相遇的。即使回到青涩的童年，或者到耄耋之年，我依旧懵懂与迷惑。这荸荠，躲藏在大地泥泞的深处，如何轻易地呈现内心的秘密？不至于从泥土唇裂的缝隙中吐出内心的黑色果实？乡村的沟沟洞洞，星罗棋布，荸荠也不知道是从哪儿来的，春天一到，在松软的泥土里，在闪亮的水光中，神不知鬼不觉地就长出了荸荠的苗，麦秆似的，齐刷刷地向着天空，吐露碧绿的心事。一天两天三天，只见荸荠的苗除了高了一点或者绿了那么一些，别来无恙。

　　可是，只要等到深秋时节，水瘦山寒。那些渠塘沟溪干涸之后，我们只要执一柄铁锹或者镰样工具，顺着枯萎发黄的荸荠苗往下挖掘，长得憨头憨脑的荸荠，圆滚滚地胖乎乎地，就从泥土里滚出来了，褐红的皮肤，异样的圆润，让人不忍下手或者用牙齿对待它。就像那些怀春的村姑，在田野上劳作着，对待爱情这只小鹿，始终缄默着，不露一点心事。然而一到出嫁的日子，整个人就像花苞般，瞬间开得七荤八素，姹紫嫣红。

　　荸荠与藕有相同之处，同样出淤泥而不染。剥去荸荠的皮，你难以想象荸荠的内部世界，雪白，雪白，望上一眼，你也许会彻底地理解了纯洁这个词语的极致境界。荸荠的白，是纯白，是惹人心疼的白，是牵扯心扉的怜爱。这也是我如今疏远荸荠的原因之一。那样的白，在当下越发稀罕与珍贵了，吃了它，纯粹是一种糟蹋与罪过。

　　那年月，我们吃了好长时间荸荠，它是我们救命的口粮。乡野的孩子，就像山间落生的野草，只管生下来，存活与否，看自然造化了。所有长荸荠的地方，我们都挖遍了，甚至有时候挖得多了，吃不完还带回家给大人们吃。虽然大人们看着我们浑身上下以及书包上都沾满了泥土，依旧乐呵呵地笑。因为那时候，最重要的一件事就是，吃饱了没？

　　是的，感谢光亮洁白的荸荠，感恩神秘未知的大地，给了我们在黑暗中生长的希望和力量。

2. 芡实

芡实。据说古老的《诗经》里都有记载，古人总是充满着敬畏，在祭祀祖先或者重大节日时，那些遍野的植物，会被请上祭台，化身为神圣的背影，隐藏着不可窥知的密语。古人对植物的理解，远非我们现代人对植物的态度。物质的膨胀造成我们头脑的僵化甚至病态。在一切物质欲望面前，现代人早已丢掉敬畏和尊重了。

在葫芦套，再神圣的芡实也不过尔尔，与乡野上其他植物一样，在农家生活之外，寂寞生长。在农人的稿纸上，只有两大主题：生存与生活。祭拜祖先朝圣芡实，现实的问题是首先要活着。我少年的记忆中，农人对芡实没有什么深刻印记，甚至就连这么诗意的名字也失传了，农人叫它鸡头米、卵菱、鸡瘫、鸡头实、雁喙实、鸡头、雁头、乌头、鸿头、水鸡头、鸡头果，等等。可见，这么有名望的植物，居然与鸡鸣狗盗之辈混为一谈，掉身价了；当然另外一面也印证了农人内心，唯生与活尔。

对芡实的漠视我有点庆幸，失落感也是有的。这么一处可以喂饱肚子的果实，居然无人问津，或者说人很少过问。乡场附近的沟渠里，多少芡实在夏日盛大的阳光下，抽藤整叶，稍不留意，就会铺满整个水塘。那呈现的勃勃生命，还有无数躺在水面上或者从水中直起身子的芡实，昂着公鸡般的头颅，似乎在翘首打量着什么。是寂寞无人的孤芳自赏，还是一个人的独舞？也许在强忍着一肚子的心事，等待揭去红盖头的那一个幸福瞬间。

周敦颐说，可远观不可亵玩，说的是莲。我觉得对于芡实，也再合适不过了。莲，身姿绰约，清香迷人，夏日游客趋之如鹜；而芡实，可爱者甚寥。究其原因，你要是亲自看到芡实成熟的样子，你也许会退避三舍，甚至望而生畏。它，分明是在水中静立的"刺猬"。浑身密布硬刺，锋利的暗光让人不寒而栗，有胆大者，下水潜游到芡实身旁，费尽九牛二虎之力，冒着被刺痛的危险，直至用疼得已经麻木的手摘得几个芡实带回岸边，哀痛的呻吟依旧不断。可见这芡实，会阻隔多少人的亲近？

农人淳朴，再难吃的苦都能承受。我见过祖母在纺车旁昼夜不吃不喝的图景。但在芡实面前，他们则远远地离开或者视而不见。他们吃过苋菜、荠菜、树叶，甚至树皮，但芡实很少问津。即使那微小的果实再有滋有味，也是随风游走的传说。那些年里，我则年年被芡实刺痛，被刺痛的还有父亲。至今想来，只要与芡实邂逅，我就有一种浑身麻木般的痉挛。

但芡实属于我，或者说我属于芡实。这不是说我对芡实有一种赤裸裸的强权，虽然你我处于毫不相干的生存语境里。走进芡实，是注定在疼痛中跋涉的。看似是从岸上到水中的距离，或是一根竹竿的长度，就可以把成熟的芡实从水中打捞上岸。我是在一个少年的盛夏走进芡实的。那是个日头火爆、蝉鸣炸裂的午后，村子里的鸡鸭鹅猫狗牛以及从田畴里归来的人，早已躲在树荫下，开始疲倦地喘息、修整。我赤脚走在阡陌上，凹凸不平的土块，长满阳光的金针，滚烫滚烫地，刺得我钻心地疼。这疼痛让我对大地的辽阔和人自身的渺小甚至卑微有了深切的体悟。一个生命在饥饿难挨的时分，一缕阳光、一阵风，或者一根枯萎的枝丫，都有可能准确地击中你的身体。我是饥饿的，饿得我迫不得已要在午后的阳光里寻找饱腹的食物。那个年代是饥饿的，葫芦套也是饥饿的。大人们对抗饥饿的最好方式就是埋头睡觉，然后等待下一顿晚餐的到来。

我对着芡实举起了自己的屠刀。虽然我从碧绿的镜像中看到了芡实的无畏，以及那在周身裹满针刺的果实，依旧毫无惧色。没有什么比活着更重要了。我卷起裤管，蹚水下塘，用木棍拨开脸盆大的叶片，在水中看到了芡实的身影，同时还有无从下手的刺在锋利着，在等待着。我解下腰带，围绕着芡实打结，然后在奋力地挣扎中，把芡实拖上了岸。至今回忆起芡实，深感内疚，在与针刺的搏斗中，总是不由自主地将其连根拔起，那是一场多么惨无人道的灾难，好似一场灭绝人寰的战争。

一切都是讲因果的。在接下来剥芡实的过程中，锐利的刺总是不断地光顾我的手掌，我的手甚至不断地冒出细小的血珠，直到完全剥出那黄豆粒大小的果实，送入我饥饿的胃部，血似乎才有了停止的态势。那刺，至今仍扎在血肉里，疼痛着。

3. 藕

藕茎，也许大家还是不甚清晰。瘦弱，苗条，它有着藕的长度、造型，却没有藕的气质与胸怀。那种天生贫血、畸形的面孔。这藕茎在池塘或者菜市场，是十足的废物、弃儿，没有人愿意多瞧上一眼。因为遍地荷塘，随处都有成片的荷花池。三十年前的乡村葫芦套，恰似原生态的自然，野生野长野气野性，泼皮的草家族沿着荒废的阡陌肆虐生长，想怎么长就怎么长，想怎么枯萎就怎么枯萎。别说岸上，看河流里，鱼虾成群，只要愿意，随便撒下一渔网，不到晌午，一顿鲜美的鱼汤就会端上饭桌。我记得少时走在午后的岸上，一条斤把重的鲫鱼居然从水中跳到岸上，我居然白白捡到一条鱼；而到了夏季河水暴涨，淹没了池塘、乡场。等到雨水退去，我们在乡场上又可以捡拾到迷失的鱼。至今想来，实在弥足珍贵。如果我们看看如今的河流或者池塘，死水并翻不起半点微澜。围绕着化工厂或者城市的河流，裹挟着城市排出的污浊之水、化工厂的工业废水，还有居民生活之水。曾经生机盎然的河流早已寸草不生，即使侥幸在河水中钓到鱼或者虾，那浑身乌黑的模样也会让你惊慌失措。

我对藕茎的怀念，不只是对当初原生态般自然村落的念想。实则对藕茎依然铭刻在心。在我童年的生活里，藕茎对我们家来说，何等重要。放学回家，我的首要任务就是和大姐二姐挎着竹篮，在挖藕的人群中等待着。那些对藕茎不屑一顾的人，都会在挖尽那些雪白的、胖乎乎的、嫩嫩的，似乎婴儿大腿似的藕之后，把那没有长出藕的茎扔得远远的，有种除恶务尽或者对藕没有尽到责任生长的一份责怪。他们哪里知道，这一举动对我们来说又是何等欣喜。20世纪80年代初，我们家依旧在细细的岁月中，父亲和母亲在土里刨食。在那一亩三分地里，种上白天、黑夜还有无尽的劳作，才能勉强填饱肚子。那时，能不在家吃闲饭，就是对家庭的最大贡献。而捡拾藕茎，就是我们经久的希望。每次看到父亲和母亲在餐桌上吃着并不可口、略带苦涩的藕茎，那微笑，是对我和姐姐们的最好奖赏。感谢那年的藕茎，从夏天一直陪伴我们到冬天。从藕茎上糊口的日子，我们感触到了泥土的沉重和水的胸怀。是的，水孕万物，水，有容乃大。只要人不趴下，种下汗水，你就会收获黄金。

我敬重父亲母亲，从贫瘠枯瘦的土地上，最终建筑起生活和庇佑日子的炊烟。他们用身体、血汗和骨骼，在四季和天气的缝隙中，握着极其原始的农具，近乎赤裸般地与土地战斗，把生的希望掘进大地的深处。这是一场难以想象的生死斗争，纯粹的与天气、与大地之间的肉搏战。他们不是为了生活得更美好，而是为了活着。这是多么低微和卑贱的要求啊！极其简单的人性本质要求。然而，在父亲和母亲肩上，它是那样沉重与苦涩。

我时常涌出这样的念头，感恩生活。感恩父亲给予我们那样一段瘦弱的童年，让我们靠着藕茎和鱼生活。我记得那时候家里什么都缺，就是不缺鱼吃。那时的葫芦套，谁家不是鱼满舱？以致后来鱼吃得起，盐和油还供应不起呢。鱼，给予了我们聪颖的大脑、骨骼；而藕茎，用那中通外直的营养，滋养了我们的身体和灵魂，使得长大以后的我们，在厄运面前，始终保持着藕茎那笔直和纯洁健康的秉性、水样的情怀和大地般的宽容。

三十年河东，三十年河西。夜不能寐的是，藕茎如今再次在生活的舞台上上演。多少饭店，在山珍海味的旁边，藕茎占有一席之地，与之平起平坐，这是超出想象的意外。有的饭店居然以藕为水产品特色，做起品牌饭店来，生意火爆得很。食客们说，现在还有什么能吃的？吃尽天上飞的，地上跑的，水里游的，现在一起把目光投向了水底深处泥土里的水八仙之藕了。照此下去，也许有一天人类无食物可吃了。周敦颐说，出淤泥而不染。是的，现实是有多少人在醉生梦死的物质生活中能和藕一样洁身自好？怀念藕，怀念藕茎样的日子和清白的人生。

4. 野芹菜

野芹菜，其实就是野生的水芹菜。它与市场上卖的肥胖苗壮的芹菜是一个家族的，只是一生于乡野，一长于"皇宫"——蔬菜大棚。我对野芹菜的接触源于母亲。她是天生的大地菩萨，对大地上生长的植物很熟悉，在我的认知中分明就是一部鲜活的《本草纲目》，诸如接骨草、米口袋、播娘蒿、白英、节节草、画眉草、鸡眼草、窃衣、艾草、积雪草、牛膝、狼把草，等等，知根知底，从饮食到治病，荒野则是母亲极其丰盛的菜场、取之不尽的民间药房。她用各种野草喂养着我们的胃部，时刻在危急关头，用汁液治疗我们的肉身。当然，野芹菜不过是母亲手中的一种草而已。

野芹菜陪伴我很多年，不是因为我对野芹菜的偏好，主要原因是母亲从野地回来，总会割一些野芹菜回来炒菜吃。乡村集市，对于母亲来说，只是个遥远的地点，难得挎着竹篮到集市上走一圈。与母亲挨得很近的，则是脚下贫瘠的土地。母亲说，乡下人就是吃泥巴长大的，那些大鱼大肉都是富贵人家的餐桌之物。母亲一生都在田地和菜园里劳作，与扁担、锄头还有镰刀为伍，养活我们姊妹三个。我有时感喟母亲是个神奇的魔术师，野芹菜虽有着不可言说的神秘，野地山沟纵横，她却总能准确地找到野芹菜的下落。

大姐、二姐和野芹菜也打了多年的交道了，我们的胃部早已是野芹菜的天下。野芹菜跟普通的芹菜有很大的区别，每次吃野芹菜，一股煤油般的气息从滑唧唧的根茎中传过来，从嘴唇到胃部，火烧火燎的滋味袭击全身，以致我有一种想呕吐的恶心。加上它本身面黄肌瘦，我时常有种难以下咽以及心碎的感觉，虽然这种感觉在那青黄的日子里转瞬即逝。填饱肚子，有野芹菜已经很惬意了。我只是对野芹菜的味道难以接受罢了，吃煤油的滋味，在我童年里是家常便饭。那时候没有电灯，一盏罐头瓶或者药瓶制成的煤油灯，在夜晚伴随着我读书。瞌睡时常导致头颅靠近灯火，一种黑乎乎的油烟钻入鼻子，早晨起来一鼻子的黑胡灰，要是伸手指进去掏，准会掏出黑色的泥巴状物什，好在黑色的鼻孔一洗就干净。

就填饱肚子而言，我是乐意吃下野芹菜的，那种难闻的煤油味道，除了解决饥饿，还在我心里渐渐幻化为灯盏，一种隐秘的幽暗的微光。我对野芹菜是另眼相看的，当然对一切野生的植物抱有先天的敬畏与尊重。众所周知，我们的自身与自然界的草木似乎构成天生的对应关系，那些低到尘埃的草木，剖开生命的纹理，可以发现在生命的隐秘处，它们用汁液、肉身或者骨血，在时刻等待着召唤，从我们的皮肤到肌肉、血液、骨骼，无不一一抵达。在人类之外，有一个强大到无限的草族军团，时刻在时光的荒原上守卫着，不离不弃，从春到秋，然后不倦地轮回。

人到中年，回首看看当初的野芹菜，忽而莫名地恓惶与恐惧。念及野芹菜，有种呼喊邻家小妹的疼痛。20世纪70年代乡村里女孩子叫小芹、水芹、海芹的众多，就像水塘里成片成片野生的野芹菜。我不能释怀的是，这些水灵灵而又弱不禁风的水生植物，寂寞生长，当初我们是如何咽下去的。

5. 槐花

我要说的槐花，就是洋槐花和国槐花。这两者都根植于北方的华北平原、黄土高原上。中年以后，多次梦到在昏黄的土塬上，单调地生长着洋槐树，五月一到，树枝完全被簇拥的洁白花朵席卷了，包围了里三层外三层。在村庄之外，似乎一场铺天盖地的大雪盘旋于树林之上。恰似苏轼的那句："惊涛拍岸，卷起千堆雪。"这个盛景我是多次见到过的。虽然少年时候的记忆是停留在肚皮上的想法，但槐花疯狂的嫩白，与大地的昏黄，使得我在芳香的空气里，在把一簇簇花朵采撷回去的路上，莫名地恐慌与惊悸。

葫芦套里，缺啥都不缺少苦命。随便拧一把黄土，总能拧巴出半碗血汗来。对此我完全持肯定意见。这也许是个荒诞与异端的判定。只要看到父亲在土里没命地开垦、挖掘，那弓腰的身姿，像要把自己埋葬在黄土深处似的，那比黄土还要苍凉的无奈瞬间从葫芦套的高坡上倾泻下来，淹没我。大风中卷起的尘土，迷蒙了大地上泪眼婆娑的人们。那时父亲总是有个习惯性的动作，就是朝着手心吐口唾沫，低首猛地吆喝一声。那声响穿破黄土和沉闷的空气，惊飞了远处疾飞的倦鸟。后回望着村子，继续挥舞着锄头。村子里，我和两个姐姐，欢腾着十来岁的童年时光，正在槐树间忙碌，一顿再平常不过的槐花宴即将登场。母亲在给我们讲述那段惊惶岁月时，总是叹息连连。那些日子都是用命换来的，那段日子苦得寒心。母亲说这往事时，已经是三十年后的事了，但回忆依然噤若寒蝉般，让人不堪回首。父亲始终是往前看的。背后那千山万壑的辙，是命，无话可说。我无法解读那个时代的伤疤，可从父亲那肩上的馒头大的茧，还有铜铸的筋骨，我似乎触摸到了岁月的铜墙铁壁，以及父亲在与日子对抗、与黄土对抗的悲壮与惨烈。这不是一个人的惨烈，也不是一个人的战斗，而是黄土地上当初千万人的瘦弱不堪的背影，在低音部的歌谣中，拖曳着生活的车轮。

父亲在土里劳作。我们在树上忙碌。洋槐树的针锐利得很，一不小心就会吻上姐姐的手臂，姐姐发出稚嫩的生命尖叫。我在树下捡拾槐花，不让这些圣洁般的花朵染上尘埃。贫瘠的黄土，谁不惊诧洋槐树在失常的天气里，孕育着疯狂的花朵，白得叫人贫血，还有语言无法抵达的嫩？抚摸着它，若抚摸着一个人白雪的肌肤，或者轻触着属于生命的血肉，它有着婴儿般的美好与心碎。我那时就有一种惊悸与恐惧，在姐姐不断扔下的花朵中，那堕落的姿态，我看到了自己凋落的伤感。我与槐花，槐花与我，似乎是一个人或者一朵花，转瞬凋零死去。花朵在枝上，下一个路口是果实。而我在槐花盛开的时分，咽下一个花季。我们的枝丫上，未来抵达的会是什么？是果实？还是无法窥知的迷惘？我记得父亲第一次把我送上学堂时，站在学校的门口要我承诺考上大学时，我始终一言不发。也许我应该给他一个对抗生活的理由与图腾，或者宽慰的话语，然而我做不到。岁月这个弯曲的藤蔓上，谁能保证花开鲜艳，花落结果？未来是美好的，一切充满着无限可能和未知。这就像黄土地上的父亲般，他能给出生命的回答？我们都在路上，我们都在生命的枝丫间，下一个路口或许是镰刀，斩断花开。姐姐在树上叫喊，够炒一顿菜的吧！我忙不迭地点头。实际上我早就巴望着这场对花朵屠杀的行动停止。停止残害杀戮，停止对未来的扼杀。

那段白与黄的日子我们家过了很长一段时间。毫无疑问的是，槐花也陪伴了我们许多年。到底是槐花滋润我们的生命，还是我们对槐花一次又一次地进行惨无人道的杀戮？只有日子知道。青黄不接的年代，那些野花野草就是黄土里上等的粮食，能让人活命。父亲在吃我们采撷来的槐花菜，筷子夹住还含苞欲放的花蕾时，总是很凝重。父亲说，这叫槐米，槐花的槐，大米的米。是的，我们好久没有吃到大米了。也许半年，也许得等到新年。这事我已经不怎么牵肠挂肚了。惴惴不安的是我们吃了好多年的槐花，什么时候花开呢？姐姐也有这样的困惑。

当然，我们后来还吃到了一种槐花，是一味中药，熬汤可以治疗多种疾病。其树叫槐树，又叫国槐、豆槐、白槐、细叶槐、金药树、护房树等，"袅袅秋风多，槐花半成实"（白居易《秋日》），"风舞槐花落御沟，终南山色入城秋"（子兰《长安早秋》），这些诗写的就是槐树。之前的那个槐花应该叫洋槐花，树则称为洋槐树。两种树，花的作用不一样，一个关乎我们的胃部，一个关乎我们的疾病。植物的世界充满着神秘的密码，在黑暗中神灵般守卫着我们。

6. 榆钱

乡土树，味同寻常。我对乡村树种总有命里的亲切，念及此，身体内总有一股强大的乡土气息漫漶着，迤逦着，浑身遍布生根拔节的声响。榆树、柳树等，这些围绕乡村生死轮回多年的树种，成为我们很多人回忆故乡回到老家的树碑。农人对榆树总是情有独钟，究其缘故还是榆树的果实，即榆钱。但凡从饥荒年代走过的人家，家前屋后，总是少不了榆树。生命线上，总有榆钱身影。

榆钱，又称榆实、榆子、榆仁、榆荚仁，实则是榆树的果实，术语叫作"翅果"。其形状薄如钱币，"轻如蝶翅，小于钱样"，榆钱因此得名。榆树不是名贵树种，但在民间一直是独特风景。多数人都知道榆钱可以食用，唐代诗人岑参在《戏问花门酒家翁》写道："道傍榆荚仍似钱，摘来沽酒君肯否？"明代诗人吴宽在《咏榆》中说："生钱闻可食，贫者当果蔬。"饥馑年代，家家户户门前的榆钱，成为村里的上等粮食，春风一吹，榆钱都冒出来，一大串一大串，密密地缠绕在树枝上，嫩嫩的，发出诱人的光泽。这时，母亲总会使唤我们姐妹几个，爬上树摘下串串榆钱，洗干尘埃，沥尽水分，放在铁锅里炒着吃，或者用开水烫熟撒上盐凉拌吃，还可以拌上面粉，做起榆钱饼来。可惜那年哪家有那雪白面粉啊。一小把面粉，对于那个年代来说，都是奢望。炒榆钱，是我们春天里最好的盛宴。从资料考证来看，吃榆钱确也名副其实，《博物志》也说：啖榆，则瞑不欲觉也。即吃榆钱，可安稳睡觉。它和合欢，还有萱草，也就是金针菜一样，具有心理、精神治疗作用。嵇康在《养生论》中也说："豆令人重，榆令人瞑。"原来此榆同愉，同根同源。唐代诗人施肩吾写有《戏咏榆荚》："风吹榆钱落如雨，绕林绕屋来不住。知尔不堪还酒家，漫教夷甫无行处。"欧阳修对榆钱也颇为嗜好，吃完榆钱粥后，激情中挥笔写下"杯盘饧粥春风冷，池馆榆钱夜雨新"之诗句。清代诗人郭诚在《榆荚羹》中也对榆钱不吝赞美："自下盐梅入碧鲜，榆风吹散晚厨烟。拣杯戏向山妻说，一箸真成食万钱。"

年成好时，民间栽种榆树者依旧不乏。路人走过，总会说上句，榆钱甚多。主人则不胜欢喜，连忙邀请路人歇脚喝茶。欢愉之情溢于言表。究其原因，榆钱乃是"余钱"的谐音，说主人家余钱甚多，谁不欣喜？原来是充满吉祥与祝福的喜话。这榆钱，居然成为民间的吉祥符。

老家门前至今还有榆树。这是父辈执意栽种的。父亲说，想当年榆钱都救过我们的命呢。哪天你们回老家，只要顺着榆树的方向，你们何时都可以回到胞衣之地。可不是！城市化的进程下，乡村在大面积地撤退或者溃败，水泥钢筋的建筑正坚硬地矗立在旷野中央，直到庄稼逃亡，榆树消失。取而代之的是花草与观景树，恍惚在缭乱的岁月里。而榆钱，只能发芽于记忆的家园，它那阳光下悄然的翻飞，月光下惊艳的舞蹈，婉约为一树梨花一树诗。与榆钱相见最好不要在暮春，那时榆钱已经走向极致，原本嫩绿的圆叶，已经消瘦为惨白的纸钱。这不由让人联想到那些吊唁死者的白幡与纸钱，撒落在通往坟墓的途中，凄美至极。这是榆树的绝唱，还是生命的挽歌？

"杨花榆荚无才思，惟解漫天作雪飞。"榆钱在生命最后的谢幕中，以一曲圣洁之雪殇作别尘世，零落成泥。

7. 香椿芽

回溯民间食谱，香椿芽这一道菜始终没有在母亲的餐桌上出现。

香椿芽，顾名思义就是香椿树长出的芽。香椿芽又名香桩头、大红椿树、椿天等，它实在是难得的上等蔬菜。据说这树上的蔬菜，营养丰富，可以治疗百病。传说在汉朝还是上好的贡品呢。宋代诗人苏轼曾盛赞："椿木实而叶香可啖。"

香椿芽采摘最佳时节，是在谷雨前后，叶厚，芽嫩，红边，绿叶，乍看上去，那色泽如玛瑙、翡翠，温润如玉，适合做成各种菜蔬，清新悠远、饱含春之韵味，令人口生津液涎水，腹中饕餮之欲源源不断。这哪里是香椿芽，分明是包裹着春天的无限美好与蓬勃待发的青春。民间的菜，基本上走的都是野路子，取自旷野、枝头，或者门前菜园，它们距离集市很远，靠近自然很近，只要有泥土的地方，就不缺蔬菜。香椿芽，经典的配制是与草鸡蛋组合一起。实则上在乡间，鸡蛋都是草鸡蛋，乡野之地，遍布虫子、野草，都可以成为鸡的菜肴。不似城里，商品的泛滥催生各种饲料的喂养，一切都朝着利字奔去。不说人了，就是城市厂房里的鸡估计在生活质量上，也似乎没有民间的悠闲、散漫，生命的成长，更多的是自然的岁月。就由此诞生出新名字，草鸡蛋和洋鸡蛋。有的地方还把草鸡蛋称之为土鸡蛋。

说到草鸡蛋炒香椿芽，确实为上等菜肴。姑且不论其科学营养与药用价值，单看其色泽，紫红的叶边，嫩绿的叶瓣，还有鹅黄的鸡蛋，组合成斑斓的美味，真可谓秀色可餐。当然，若是洋鸡蛋与香椿芽炒，其颜色有误差，洋鸡蛋的黄有点惨白，甚至类似病人的那般苍白。缺少光阴的滋养，很明显含金量是先天不足的。

乡村心思细腻的人家，每到春天总会偶然爬上树，或者在地面上用一竹竿拷打，采摘一串香椿芽，回家颇为细腻地制作美味。当然，这是很罕见的。老家香椿树很多，这种树大多栽种在院子附近，也许是野生的，几乎无人问津。更多的时光都扑在旷野里或者庄稼上，谁还管得了这闲情雅致？吃香椿芽，记忆更多驻足在饥饿年代，大地空荡荡的，到处灰头土脸，没有一丝绿意，这时人们才把胃部的注意力从地面转移到树上的菜园。树果、树花，则沦落为腹中的菜肴。比如洋槐树花、泡桐花等，这些树花如今吃得人少了，城市的餐桌上也很罕见。鲁迅说过，物以稀为贵。纵然吃上一顿槐花菜，价格也不是当初的那个白菜价。在城市张开欲望大口的喧嚣年代，出于对生命的呵护和对死亡的恐惧，现在城市居然又似乎"返璞归真"，刮起了吃乡土菜的风。

我没有吃过香椿芽炒鸡蛋。这在母亲的菜谱里是难以寻见的，或者说母亲从来就不做这道菜给我们吃。母亲对吃香椿芽有种强烈的排斥与愤怒。她说，叶子也是命。好不容易积蓄了一冬的力量长出叶子来，一把掐断，这不是杀生？这香椿树非同寻常。显著特征是皮，树的周身，皮开肉绽，附在最外层的那层皮，在风力作用下，枯萎、腐朽，呈现出老年斑。如果说那张开的树皮是伤口的话，那也是结了疤、自行脱落、愈合的深褐色的伤口。壁虎有断尾求生，香椿树似有掉皮求活命之抉择。纵观香椿树，这样褐色的伤口密布，这也许是棵疼痛的树。是的，这样的树，用尽身体内部的力量绽出的叶芽，谁能咽下？谁又能消化得了？

读者诸君若对香椿芽炒鸡蛋有兴趣，不妨一试。当然，要切记的是椿树分为香椿与臭椿，古人称香椿为椿，称臭椿为樗，树形和叶子雷同，采摘时可要细细辨别。

8. 麻雀

对麻雀最初的认知，启蒙于鲁迅笔下的闰土了。我们都是闰土的粉丝。对于捕捉麻雀，很大程度上可以说闰土是我们极其智慧与质朴的导师。一只额匾或者竹筐，一把可怜的辟谷（有时只是瘪了的稻壳），还有一根缀满着阴谋的绳索，隐蔽在冰天雪地里。明晃晃的阳光，明晃晃的雪光，一场阴谋与杀戮就这样拉开帷幕。在我看来，这就是人间的杀戮，赤裸裸地带血的暴力屠杀。俄顷，会看到大批饿得晕头转向、失去理智和判断的麻雀，停落于此，走进人类搭建的陷阱。当写出这样的文字，我一阵眩晕。雪地上的小黑点——麻雀，天地间生动的精灵，究竟如何面对人类预谋的劫难？

也许这并不是一场真正意义上的捕鸟，只是一种儿童游戏。就这小小的把戏，隐藏着阴暗的谋略和幽暗的人性。几粒稻谷，在动物的饥饿路口，就把小小的麻雀引诱至箩筐之下，然后等待着这群人的审判与戏弄。面对着人类的麦田，辛苦的劳作，这些徜徉在田野里或者乡场上的麻雀，是那么不合时宜，甚至有过分的嫌疑。可是，麻雀不把目光凝聚在麦穗稻穗上，那还是他们自己吗？活着，动物生存的本能，谁也无法改变。

这就是我们眼中的麻雀。一群群围绕村庄，栖息在大树内部、屋檐下的麻雀，在晨起或晚归中，对着这个世界，用叽叽喳喳的声音叩问。这群活泼单纯、无心无肺的精灵！说精灵，并非言过其实。在南方现代化工业园区里，麻雀居然是检测辐射污染的标尺。鸟雀不生或众鸟栖居，都是对人居环境的如实回答。一时间，在树林里，在芦苇荡中，在林立的水泥深林间，寻找麻雀，成为健康安居的某种证据。在电子对抗时代里，麻雀居然是一群不死的勇士。

抵抗住钢筋电子侵蚀的麻雀，却抵挡不了稻草人的摇摆。乡村稻田里，一个个身穿奇装异服、手拿蒲扇的身影，在风中发出战斗的号角，使得它们每一次降落，都要面对一次死亡的恐惧。这大地上的稻田，已不再是大地的所有，是私人化的领地。我还见过更加残酷的看守。为了防范麻雀的入侵与骚扰，田园的周围加装上了带电的丝网，一张巨大的扑向麻雀的恢恢天网。网下，凌乱地堆积着早已死去的麻雀尸体。同为大地上的生灵，人与麻雀竟然如此迥异。种上庄稼的田畴，就演绎成人类的各自领地。如果人类能决定天空与大地的所有，那么大地上的生灵呢？它们的家园在哪儿？又在何处安居？人类的田园，从某种意义上说，只不过是另一种形式上的侵略与占有。如此，向大地要生存，麻雀有何罪？田园逐渐消失，村庄渐行渐远，城市水泥大厦日益膨胀。多年后，麻雀如何面对无缝插嘴的水泥家园？何枝可栖？

有过乡村生活经历的你我，还做过这样的残忍游戏——打麻雀。受战争影片的污染，我们都变身为勇敢的猎人、不死的勇士，在战场上刀光剑影，杀敌立功。可惜的是我们的战场就是乡村，敌人就是麻雀，武器换成了弹弓。月黑风高，我们逡巡在树林里，头顶一只手电筒，在黑黢黢的树杈间、密叶里寻找夜晚栖息的麻雀。拉满弹弓，随着嗖的一声，一粒圆形石块带着无声的呼啸射向睡梦中的麻雀，接着一记闷声，坠地，死去。饥饿的年代里，瘦小的麻雀成为乡村生活里的猎物。

烤麻雀，则是童年里另一场惊心动魄的盛宴。我见过都市夜晚的烧烤摊，在炭火的炙烤中，一些动物的尸体在锋利的刀刃下，四分五裂。有经验的伙伴们，把打死的或奄奄一息的麻雀，迅速地进行脱毛，开膛剖肚，然后用黄泥巴包裹好，置于火塘中烧烤。带血的羽毛散落一地，锋利的刀刃上面，血持续在滴落。而此际，尸体的肉香已经开始在火焰里弥漫开来。

美味吞噬了所有杀戮者的冷酷、残忍、惊悸和伤痛。

9. 桑葚

树上的粮食。这说的是桑葚。

我们乡下人总是这样称呼它。

民间每一寸土地都有发挥潜能的空间（究其原因还是贫穷，否则有谁绞尽脑汁地挖掘生存物资？）即使小到鸡圈旁猪圈后，甚至树荫下，人们也会见缝插针地种上些植物，多是时令菜蔬，诸如丝瓜、方瓜或者冬瓜，看似无意，有一搭无一搭的感觉。实则当瓜秧出头时，母亲总会细心地在瓜秧周围，筑起保护的栅栏，然后浇水、施肥；那股认真劲似乎不亚于对庄稼的情愫。瓜菜半年粮。是的，大地上走动的人，生死劳作，穷尽一生不外乎一个"活"字；而粮食，则成为一生不老的图腾。

我佩服民间的活法。即使在饥馑的岁月，他们没有城市那抵御饥饿的多种方法，比如卖艺、做苦工或者捡垃圾，甚至到饭店里讨口吃的，农人面对饥饿唯一的指望还是大地，匍匐在脚下，缠绕一生泥泞一生的土地。他们看透了大地与植物以及人三者的关系。向大地挺进，这是最原始也是最深奥的课题。大地不只可以生长粮食，还可以生长类似粮食的果实。这就是果树的使命了。

大自然就是最伟大的哲学家。万物相克，更相生。当大地关上庄稼那扇门后，果树则打开了另一道光亮。走进乡村，你总会不小心地看到，村庄的周围，有意或者无意地种上一些树，桑树、枫杨树、棠棣树、柿子树、香椿、臭椿等，当然桃树、柳树、榆树总是少不了的。每一棵树都有它们自己相应的位置。比如桃树，不只是索取那诱人的桃子，回娘家的女子也会折上一枝，是辟邪求得吉祥的象征；比如枫杨树，这种树最大的特质就是疯长，比任何树要长得粗壮，但木质不实，多用于柴火。老家屋后曾有棵枫杨树，三人合抱之粗，郁郁苍苍，以至成为村庄的树神，时常有人在树下烧香祷告，或者祭拜。

对比枫杨树，桑树做不了传说或者神话，无法成为精神的主宰或者引领。桑树是属于生活的，是生活的替补，一旦日子弯下去，桑树就会用自己或青或白或红的果实，度过民间清瘦的日子，它所要守卫的是活着的命题。

我们都是大地的孩子，准确地说也是桑葚的孩子。桑葚从地心深处汲取丰厚的营养，高挂在枝头，呈现在我们生活必经的路旁。我对桑葚记忆犹新，甚至说至今那滋味还盘桓在心底。没有粮食的日子，我们就把桑葚作为第二种粮食，填补肚皮。如今的桑葚已经成为商店里的高级果蔬，而当初，则是我们民间救命的粮食。我记得那时的天空，是天空的空，辽阔的辽。大地之上，蓝天之下，涌动的是无边的麦浪、广袤的大地和蜿蜒的村庄。大地承载的是像风一样走动的人群、变幻莫测的天气和阳光；人的心里填满天气、土地和稼穑之事；而万物面对的则是长空与大地上劳作的人们。三者之间，以原始与质朴的方式，天人合一，道可道，自然道。

我有理由怀疑桑葚与生活有着某种契约，或者说桑葚一直在黑暗中注视着生活。少年的日子，苦涩得比桑叶稠密、单调。奔跑在时间之绳上的，是日复一日的钟声、牛号和清贫的风声。饥饿，贫血般的饥饿。放学回到家，印象中母亲总是拿着空空的竹篮，无奈而又苦涩地微笑。家徒四壁，四野空空。面对着饥肠辘辘的我，一脸的汗水，我想那时母亲心也是很痛很痛的。她经常盯着门前的桑树，那无意中的一瞥，隐藏着我许久的疑惑。直到那天母亲兴奋地站在门口，看到我，就大声地说，到树上去，吃一气再下来！

往事漩涡。再次与桑树相遇，有噤若寒蝉之战栗。桑树的叶子总是接通着云朵般的棉、丝绸。那一丝丝一缕缕从碧绿里抽取出来，编织出云锦。这是低处的蚕的荣光。而我，在母亲多年的守望中，在桑葚经年的喂养里，我是红了，还是绿了？我亦如蚕般吐出柔软的日子，桑葚年年红年年绿，桑树还在，只是那个曾经在桑树下等我归来的人呢？对母亲而言，桑葚是粮食，对我而言，母亲就是一生消化不了的桑葚。

10. 野草莓

我写下野草莓这本身就是个谬误。因为在那个特定年代里，我们根本就不认识草莓，更别说野草莓。大地上，我们面对的，是荒凉的土地和芜杂的野草。我所说的野草莓，其实不是草莓，它的真正名字叫蛇莓。蛇莓，伊甸园里的水果？

我对蛇莓的准确认知，源于1978年后的童年。那个荒野般的日子，不长庄稼，只长饥饿和疯狂的野草。我不知道蛇莓如何落生在那片山坡草丛中，以极其罕见的方式，隐匿在灌木丛里，从碧绿里结出带血的果实，向每一路人的眼睛里发出诱惑、妖娆和性感。我们初见蛇莓，以为是传说中的野草莓，这种难得一见的果实，成为我们夏日里采摘的对象。在草丛中寻找，成为我们少年时期徜徉日月的方式。整个村庄，满目是野草、低矮破旧的茅屋、贫血的人群，还有抠出骨骼来的土地。一切都裸呈着伤痕累累的惨状。我们所能做的，就是在自然中填饱肚子，获得生存，这本身就是在做家庭的英雄了。

如果当初我们要是区别出蛇莓与野草莓，估计就是饿死也不会摘的。这个长着猩红舌头的蛇莓，确实有着蛇的阴毒、草莓的姿色。蛇莓本身就是一味中药，民间说它可以治疗吐血、汤火伤等，但这不能意味着它与人类的关系亲近。据说蛇喜欢在它下面休息，大多数蛇莓下面都有蛇吐的唾液，蛇的唾液有大毒，蛇莓也有小毒。在蛇巫的光影下，我们再审视蛇莓，红色的果实上，突出的似乎是吃人的红舌；而真正的草莓在表面上裸呈着晶莹的玛瑙，害羞，内敛，温润和平和。据中草药书记载，蛇莓吃多，会致人死于非命。幸好，我们那时在邂逅蛇莓时，大家谦让着、民主地对待它。否则贪婪、自私，会带来灭顶之灾。这让我胆战心惊。在后山上，我曾听到寺庙里飘来过这样的箴言——活着就是修行。

原来，修行，也能使人更好地活着。这不免把我带到了后山的那庙宇里。那庙宇无甚排场，香火寂寥，香客偶尔有，更多的时刻，那庙宇沉寂在时间的深处，与林中的月亮、山上的虫子，一起奏鸣在天地间，各自安好。庙里人不多，常见一老尼姑和一清秀的小尼姑。后来那老尼姑也不见了，间或可见到那小尼姑，忧郁的脸，阴郁的气息，一丝丝死亡的气息逼迫而来。让人好奇的是，小尼姑的庵旁，居然种植着为数不少的蛇莓，在林间与庙宇的空地上，发出炫目与奇幻的色谱，使得原本死气沉沉的庙宇布满着神秘的咒语和鲜亮的血液。我们经常光顾后山，其实目的就是那猩红的蛇莓，当然，也看看神秘的小尼姑，聊胜于无。可惜每次我们都来晚了，蛇莓，成熟的蛇莓被人提前摘了。我们有理由认定，非那小尼姑莫属。

后山的蛇莓，我们一颗也没有等到。当然，青涩的蛇莓我们不愿意采摘。这不是采摘的问题，而是道德问题。在蛇莓成熟前，我们都是公平的竞争者。否则，过早地采摘，对植物蛇莓来说，则是一种不可饶恕的罪过。俗语说，吃了不疼舍了疼。也许运气糟糕到碰上叶子下的蛇呢，唾液吐你一身。我们知道，所有的蛇莓都进了那个小尼姑的篮子里。但她又隐约有着不安，琢磨不出，一种莫名的担忧隐秘在眉宇间。我们只是一群在大地上游手好闲的浪子，玩世不恭、颓废，甚至带点绝望的心理。这样沙漠般的生活到底有什么意义？何时才是尽头？好在后山有座庙，给我们这个绝望的生活带来一丝涟漪，以至于我们对原本死水般的日子有了期待。每天的钟声，给了我们新生的早晨。每一个早晨都充满着蛇莓的色泽。

担心的事终将登场。认识蛇莓后，我就怀疑，它是一种充满着咒语和神符的野果。那猩红的色彩，似乎就是那勾人心魂的死亡之舌。果然小尼姑死了。这是我们意料中的。看到了后山上长着的蛇莓，我就开始无端地心神不安。在小尼姑的床前，我们看到还遗留着为数不多的蛇莓，腐烂的果实，沿着古铜色的条桌，奢靡一地，格外猩红。

11. 山芋

每一种食物的出现，注定不是一个孤独的偶然，它与万千世界有着错综复杂的联系。山芋，印象中江淮平原众多。江南也有芋头，诸如烙印着长江水系的香沙芋，但小如鸡蛋；苏北的芋头，膨胀如拳头。地域对山芋的选择，诚如淮南淮北的橘与枳，这是宿命，山芋与人，两者如斯。

我所说的山芋，其时针指向苏北二十世纪八十年代。山芋，整个民间的宠儿。乡场、院子和堂屋，小山似的堆积，泥头泥脑地，半裸着红色身子，斜躺于地上。在米面缺失的生活战场上，山芋成为灶台的主力军。它以加速度的繁殖方式，在泥土里潜滋暗长。这是山芋值得荣耀的地方。找到被人关注的尊重。吃不完的山芋，就挖地窖储存，以备越冬享用。山芋家族不可小觑。黄心山芋、紫心山芋、黑心山芋相继斑斓出现，成为都市餐桌上稀罕的粗粮。吃一口粗粮，就会与心窝里的那个故乡亲近些。

山芋，农人地里命中的亲人。在乡间，没有人不是踩着山芋的肉身苟活过来的，山芋的日子，也就是乡村的日子，集结着中国民间的生活智慧和生存思量。生活的目光一道道一丝丝捆绑着它，与炊烟近，与血脉近。

母亲最常做的饭食就是山芋稀饭。山芋稀饭在当下饭店可谓凤毛麟角，而二十世纪八十年代的乡村生产力低下，我们是把山芋当作干粮的，也就是主食。谁家不是山芋稀饭？稻子和麦子是有的，上缴国家征购粮外，所剩无几。回溯起来，我们要感喟农人对山芋的匠心侍弄。山芋，味甜，面糯，吃多不易消化；正是这不易消化的缺点，堵住了乡村饥饿的胃。吃腻了山芋稀饭，母亲就给我们来个蒸山芋宴。洗净的山芋切成块状，置于草锅里的竹笆，在热量与水蒸气的炙烤中蒸熟，一锅金黄，发出诱人的香气。过上一阵子，母亲再改为烧山芋，即把从田里新拔来的山芋，带着泥土的碎渣，潮湿地掩藏在土灶膛里，在树叶与枯枝粉身碎骨的火星里，涅槃成褐皮黄心，剥开后香气四溢，如斯禅香。

乡村人也谙悉山芋的浅加工，即利用一些简单的机械对山芋进行加工，做成诸如山芋粉、山芋粉条、山芋糖、山芋干等食物，使得原本只可以吃得一季的山芋，居然可以越过时间和地域的栅栏，走出田畴，跻身都市的盛宴，成为四季美食。

我们是山芋养大的。我亲历过山芋干的加工与制作。在冬天即将抵达之前，母亲站在晚秋的乡场上，开始一冬的盘算。母亲与山芋，对我而言，都是苦难中智慧的化身。在她们身上，总是蕴藏着生命无尽的故事与风霜。母亲说，秋霜打过的山芋，出过汗的山芋，格外地甜。我见过山芋流出汗，是在一场霜降之后。这是让人困惑的，从大地深处长出的食物，为谁流汗？山芋的下一路口，就是众生的烟火生活。它是为农人渡过生活的苦难而存在？在颠沛、辗转、苦涩和辛酸的日子面前，母亲和山芋一道，在沉默的跋涉中，完成对生命成长的呵护。

制作山芋干不难，难的是吃山芋干。母亲说在长木板凳的一端，绑上把锋利的镰刀，以一定的角度，就可以把山芋送到镰刀的刃前，不停地推拉，这样一片片雪白的山芋干就从镰刀下抽出来，肌肤纯白，在月光的照射下，发出银色的光泽。我们把这些切好的山芋片撒到田里，经过几天的日晒后，山芋干就晾晒好了，归拢后置于口袋里，待寒冬里与岁月继续耳鬓厮磨。风干的山芋干有利于收藏，啥时想吃，啥时都可品尝。一碗碗山芋干稀饭，定叫你一口咬到故乡的疼痛。我还曾生吃过山芋干呢，伴着发面饼，一口饼，一口山芋干，牙齿嘎嘣地咀嚼下去，管饱；对比清苦的日子来说，还算甜呢。

吃山芋的人，本色很难转移，即使进了城。我在萝卜李巷口多次看到那个烤山芋的老人。一到冬天，他就推着烧煤炭的炉子，伫立于路口，在大雪飞舞的黄昏，烘烤山芋。炉子四周，弥漫着寒冷而又喷香的气味。西风烈，干柴般的老人，与憨头憨脑、土里土气的山芋抱团在一起，我怎么看他就是只出过汗的山芋呢。多年后当我再次走过那个冬天的巷口，他不见了。后来也没见过。当然，还包括那与乡村生离死别的山芋。

12. 枸杞

江南的枸杞与宁夏红枸杞，我始终觉得是一样的血液。它们各自的血脉相通。当然，要想了解这相通的边界，则需要长江黄河般的格局与视野。然后顺着枸杞一点点红色的线索，逐渐撬开大地的秘密，春天的秘密。

江南的枸杞与宁夏的枸杞异曲同工。宁夏的枸杞，已经在大地的版图上，成为西北地区的标志性植物，成为西部地区的人生活闪烁的灯盏。红色的肉乎乎的星星般果实，穿透大地黄褐色的、近似枯竭的黄土塬，在苍凉芜杂的土壤里，硬是从大地的深处，挤出内心的血块，滋养出这猩红的枸杞。旷野枯黄，唯有枸杞裸露着血一般的果实。微不足道的果实，不足以解决温饱的果实，无法果腹的果实，让人心疼心痛心颤的野果。我看到过传说中宁夏的红枸杞，并且尝过宁夏红。宁夏人给枸杞起的名字就叫宁夏红。在宁夏，在祖国西北，用一棵植物，红色的植物，交代出内心全部的坚贞。血水滋养的心事。你看到的枸杞红，不是一棵植物的红，赫然是整个宁夏的红。实际上在宁夏近似荒漠的土地上，枸杞也入乡随俗，在它全部抖出内心的硕果时，早就抛去一身的干枝枯叶。光零零的枝丫上，唯有枸杞，红，红枸杞和枸杞红。枝丫红，遍身红，整个大地一片红。当我在宁夏看到这一幕，我感到整个世间的血，都凝结在宁夏这个小小的果实内部了。

江南不似西部边陲无花无草。相反，大地上遍布的，到处是不知名或者知名的野草，绿，绿遍山川，绿遍村庄。整个江南的四季，就是一个膨胀的绿，肆意的绿，肥胖的绿，疯狂的绿。绿得无节制，无情义，甚至绿得绝望与忧伤。因为我们恰好遇上一个贫血的年代，当我们在面对大地上这些莫名疯长的野草时，我们唯有同绿色的脸、绿色的眼睛对视。两者之间是饥饿，死亡。枸杞就是在这样的背景下出现在江南的。它是胆小的，害羞的，躲避的，茫然的，甚至是大地的错误。一不小心把它抛弃在了这个绿色的荒芜里，这使得它在一夜之后涨红了脸、肚皮，甚至碧绿的腿。这哪里像宁夏的红枸杞啊，到处是，全部是，一样的孤独，一样的猩红。除了红，还是红。

没有人惊叫，也没有人抱怨。大地上只有红色的果实，你啥想法都不会有。你就会习惯忍耐、顺从，直到从外部到内心，麻木与服从。江南的枸杞真是太孤独了，孤独到绝望。谁能想到，找遍四周的河岸阡陌，你很难找到多少枸杞生长其中，你能发现这么一株枸杞已经是发现"新大陆"了。对于枸杞来说，是多么伤心和无助啊。在宁夏，有多少亲朋好友，有多少同学少年？现在这远离塞北的江南，只有它一个人或者几个人，茕茕孑立，形单影只。无边的绿与瘦弱的红，这让枸杞第一次感到了绿的恐惧，甚至还有恐怖。

由恐惧到恐怖，这是我对曾经那个贫血的年代的描述。是的，那个年代的标题，似乎就是这个枸杞的颜色，红，猩红的红，妖艳的红。少年的我们，抱着饥饿的日子，匍匐在大地上找食，就像民间的土鸡般。我们饿啊，家里再也没有一粒粮食了，地里能吃的也都吃完了，我们想到了树，一想到树，树上的果实也就完了，甚至是树叶、树花，还有树皮。那时的胃部是异常的阔大，大得惊人，大得活像《西游记》里的那个无底洞，再多的树叶都塞不满，装不尽。我们不得已开始把目光放在枸杞的身上。其实这里要交代的是，我们那时不认识什么是枸杞，大人们也不甚清楚。在面对枸杞时，大多数人都选择远离或者熟视无睹。因为之前有人吃过红色的果实，比如蛇莓或红蘑菇，结果都莫名其妙地死了，而且嘴角流出很多红色的血。所以，当我们在面对唯一仅存的红枸杞时，内心是喜悦，还是恐惧？我们胆战心惊地围绕着这孤独的红枸杞，绕树三匝，其实我们比那归巢的鸟盘绕得还多，九匝甚至十八匝，我们正要伸出手时，远处大人的惊呼声炸雷般响起，找死啊！我们在寒冷的声音里迅速地缩回了手。

我们对着大人说，我们不吃的，就玩玩。大人们放心离去。我们就心怀恐惧地抱着易水寒的悲壮，从枸杞枝条上摘下几颗红果子，放在嘴边把玩着，时而闻闻，时而放在手心里看看，周而复始，周而复始，以至我们都困倦得很。就在精神恍惚间，大事不妙，我们不小心，没能阻止红枸杞对我们的进攻，沿着嘴巴，竟然钻进空空的肚子里了。我们正要喊救命，这时一股酸酸的、甜甜的细微的汁液麻遍我们身心，还有空洞的头颅。

谜底终于揭开。原来，江南的枸杞与宁夏的枸杞一样——酸酸的红哟！

13. 黄豆

烧黄豆，应该说，这是最接地气的乡村零食了，带着季节的烙印和乡土的气息。从某种意义上说，零食一词我想应该是属于城市的。乡村的生活字典里，从来就没有零食。常见的熟稔的词语，莫过于饥饿了。如果非要找出类似烧黄豆这样的零食，城市里靠近它的唯有爆米花了。这是快餐店里常有的美食。当然，这样的美食离乡村很远。有幸我品尝过爆米花，但是它的滋味与原野上的烧黄豆美食相去甚远，浓烈的城市商品味道，严重堵塞鼻孔，玉米的原味早已在轻佻的招徕中遗失殆尽。这不是我个人的偏见和对城市的攻击与诽谤，工厂里制造出来的食品与大地烹饪的美食是有天壤之别。

我说的就是烧黄豆。黄豆，这应该是苏北人习惯的叫法。书面语应该称之为大豆。秋风过后，旷野里密密匝匝的成熟的黄，那是大豆。在秋光里，成熟滚圆的豆荚随时在阳光里爆裂，吐出内心的秘密。这秘密是丰收的秘密，也是继续繁衍的使命。因为爆裂开豆荚，弹出金黄的豆粒，这是生命传播的一种方式。这种情况在农人看来是违规的，不是传播生命不对，而是时机不对。因为接下来翻开日历，将进入白雪皑皑的冬季。农人都会委婉地劝回黄豆，趁着装绿色的豆荚，跟着太平车回到乡场，等待来年春天的消息吧。

大地是个完美的哲学家，天生的哲学家。如果我们稍微思考一下，也许您还会觉得它是位圣人，包容、坦诚、丰富、坚韧，等等，一切词语都可以在这里生根、生长，展开另一个世界与可能。大地就是这样的温润和素朴。你给大地奉献多少汗水，大地就还你多少丰收的庄稼。你种下懒惰，得到的准会是荒芜的野草。大地有句朴实的名言，种瓜得瓜，种豆得豆。至理名言，朴实得叫人心疼。现实境遇下，更多的人在追逐不劳而获，或一夜暴富。谁还会弯下腰，举起岁月的锄头，在阳光下诚实地劳作？

老实说，属于乡村孩子的零食也不是没有，诸如马泡、蛇莓、野葱、红灯笼、桑葚、浅水藕，甚至淡水里的米虾等，这些天地之作的零食，在阳光、空气和水分的滋养下，完成对民间零食的出品。大地总是藏着深邃的不可冥想的隐语。我们一般是不吃黄豆零食的，也就是日常里没有人会打黄豆主意的。主要因为其微小，对于填饱肚子来说，杯水车薪。圆润渺小的黄豆，饱鼓鼓的，其内部隐藏着多少农人的期盼？我亲眼看到父亲面对遗失于车辙里的黄豆，总会弯下腰来，俯身捡拾起来。这一粒粒黄豆里，包裹着农人对大地的耕耘、播种以及长时间的呵护与守望？父亲这弯腰的姿势，一直定格在我的记忆里，这也是一种对粮食、对大地的敬重与感恩吧。不吃黄豆的另一个原因，源于一句俗语："吃黄豆，苦屁。"这也许过于粗鄙，但是这俗语的背后，有着非同一般的意义。吃过多的黄豆的人，都有经验，在生理上容易过多地排气，造成对空气的污染和自身的尴尬。这是从生理角度对吃黄豆的人的忠告。这个俗语背后，还有一层意思是对人的委婉批评和激励。植物的种子，基本要义是继续繁殖，而我们吃了下一个季节的希望，生活虽不处于绝望的境地，但保留希望的种子，人生才会有所奔头。

黄豆作为零食，只有一种时刻，秋收之后，大地空旷，万物归仓。这时候，拾秋拉开帷幕。我们穿梭在收割一空的稻田、豆田里，从一穗稻、一粒黄豆捡起，继续完成大地对农人的馈赠和回报。这时候，顽皮的乡野孩子，就会在大地上挖一洞穴，把捡拾来的黄豆置于其中，就着遗失的各种枯草、豆秆以及各种柴火，在四野的空旷里，燃起篝火。现在回忆起来，烧黄豆的事依然美好。来自大自然纯粹的火、烟、光、温暖、温热的泥土，成熟而至的枯黄、饱满的豆子，还有隐秘着无尽可能的大地，远处瓦蓝的天空与恣意流动的风，都在即将发出芬芳的燃烧里，保持着静默。万物静美，以一种赤诚与本真的面目，袒露于世间。众生喧哗之外，揭开被遮蔽的真相，对于当下来说，这需要勇气和力量去揭秘。我们更多地活在伪装与躲避之中，对抗不了的就选择逃避。这烧黄豆的场景一再出现在我的梦境中，迫使我不断地咀嚼。烧熟后喷香的黄豆，脆、面，只要牙齿轻轻一碰，那淀粉就会粉碎，沿着食道进入饥饿的胃部，进入生活的底层。我们知道，黄豆是难以消化的，甚至需要一生去反刍。

当然，这种图景农人是不会阻止的，不管是对于火的担忧，还是对黄豆的吝惜。因为这乡土的美食，在粮食之外，在大地之上。

14. 茅针

另类的植物。在我们潜意识里，植物，始终处于卑微与弱小的境地。匍匐，野性，自生自灭。这是我对植物的认知。它们活在自然的世界里，懵懂地面对着人世，自我发芽，自我长叶，自我开花，自我枯萎，直至死亡。无关乎一个人，一道炊烟，一座村庄，或者一场风花雪月的爱情。茅针，这天性乡野的植物，民间底层深处的植物，与荒山河岸总是缠绵在一起。我在乡村见到它最多的地方，就是庄稼地之外，空白的地方，总会有茅针填补它。这激发了我对大地上植物的浮想。

我见过大地荒凉，一毛不长的图景。那时我在云层之上，从飞机上俯视西北的祁连山脉与太行山脉，局部地区的褐黄，在上万米的高空下，是大地裸露的肌肤，贫血的肌肤，或者是整个大地腐烂的伤口。寒意，疼痛，死亡和绝望，从地面传来，直到空中的机舱里。这种场景，让人联想到一个行将就木的病人，正躺在手术台上，形容枯槁，随时离去。

从生命的意义上说，我对茅针以及野草们是充满着敬意的。它用蓬勃的生长，在大地伤口的地方，长出碧绿，长出生命，长出诗意的生活。这一切都是自发的，是发自生命的本能。给大地以碧绿，给人间以希望，似乎成为野草不灭的信仰。生命的轮回里，始终不改初心。这种无欲，超出人类的恪守之道。面对尘世的喧嚣、物欲的横流，谁能不陶醉于夜晚的声色之中，潇洒走一回？短暂的迷失与跌倒，这也是符合人性的部分。人，本身就是矛盾的综合体，守住平衡，这才符合中国传统的中庸之道。然而，野草，就是始终如一，总是在荒芜的地方，抱着时间的种子，入土生长。素朴，坚贞，无我，甚至纯真。山坡还是那个山坡，河岸还是那个河岸，茅针还是那样的茅针。

这大地上的茅针，似乎对应着天空里的星辰。永恒，不变。

这茅针也真有意思。茅针是俗名。学名之类应是植物学家研究的事。

民间的名字，总有民间的亲切与丰富。像针一样的名字，确实，茅针刚长出来时，叶子颀长，有质感，这与它的生长地有关。茅针多是出生于坚硬的土壤里，这不是它的选择，是被选择。熟土的地方，早就被农人栽种上庄稼，只有这些废地、荒地上，才有他们的生存空间。这就是宿命。每一种野草的存活，总是有着奇特的特征。茅针，一般很少有牲畜去碰它。很多野草都是牛、羊等口福之物。可是茅针，几乎没有一种动物愿意去碰它。因为它的叶子太坚硬，叶尖尖锐，动物们要是莽撞地一口吞下去，尖锐的叶与疼痛的肉，后果可想而知。所以，茅针出现的地方，过于寂寞与孤独，陪伴茅针的多是些石块和昆虫的鸣叫。这情境对它们来说，是乐园与避风港。茅针，最大的意蕴就在这个"针"字上。这根"针"，表面上看还是茅针的叶子滚圆裹起的，圆滚滚的，实则深处包裹的是茅针的花蕊，与别的花蕊迥异。茅针的花蕊最初是深藏在叶子内部的，针形的，尖细，分明就是春天里的绣花针，有手指长，尤其地硬，尖锐；只要稍不注意，准会刺破你的手指。茅针的叶子偏红，或许就是那些冒失鬼留下的血迹吧。这么尖锐的铠甲里，谁能想到，拨开几层叶片后，你会惊奇地发现，在其中藏着柔软的，绵绵的，肉津津的，湿漉漉的，花束，蜷缩在内，拿在手中，还有丝丝凉意。咬在嘴里，一丝甜意，瞬间袭遍全身，使得你产生昏厥之感，整个人就酥软了。

在民间，最厚的书籍就是关于吃的学问。万事万物，无不围绕着吃展开劳作。所以，民间流行的问候语，见面总是要问句，吃了吗？三个字的问候，道出了民以食为天的真谛。他们最盛情的待客之道，就是大鱼大肉，酒足饭饱。当然，这是民间多年的梦想。就像我在当下回忆茅针，也是对当年吃的追忆。茅针是可以吃的，生活在乡间的人，都有过这样的体验。乡间的植物，没有一种植物我们没有去问候过它的食用性，诸如野蒜、米蒿蒿等。茅针，长于初春时节。这个时间的空当，正是青黄不接时。这一来，我们怎么会放过它呢？茅针能吃的部分，就是叶子深裹的花蕊。茅针的花朵，最初是洁白、鲜嫩的，饱含着大量甜甜的汁液，花瓣嫩肉般。当茅针的花朵钻出叶子的包围后，完全开放时，就老了，其水分、口感都会消失，无法下咽。那年那月，母亲干完农活，总要从湖里采把茅针回来，喂养我们饥饿的童年。

老了的茅针，就不再叫茅针了，长大的叶子、绽开的花朵，在秋风里一招摇，就枯膣，名字更名为茅草。秋风里的茅草，是引火的上等柴火，受烧，听响，在大火的燃烧下，发出骨骼撕咬的声音。李时珍在《本草纲目》中说，茅草根晒干后，夜晚可以看到根会发光，根腐烂后会化作萤火。植物的消失，竟然化作一盏光亮。只是，在当下的河岸边，我再次看见大片大片的茅草，闪着白光，渐渐逼近衰老的村庄时，脸白如茅，内心大海般地苍茫和寂寥。

15. 玉米棒

这是故乡里一道独特的美食。我说的是玉米棒，实际上，相对于玉米来说，美食就是复合性的名词了，它的美食包括玉米稀饭、玉米甘蔗、玉米饼、爆米花等，这都是玉米在泥土与阳光的合成中，完成对大地上人们的希望。民间的事物，总是与土地靠近，与大地上劳作的人们贴近。

回溯民间生长的庄稼，花生、大豆、山芋、麦子、玉米等，哪一样不是在随便个阡陌上，就可以在火的炙烤下，烹饪出美食来。也许没有饭店的精致，但是这种贴近民间生活的做法，与庄稼人贴心。这样想来，在大地、庄稼与农人的三角中，它们构成稳定的生命循环。如果我们单纯从美食上来看，真的，贴着地气的美食才是最香的，我说的是玉米棒。

我们在大酒店、美食店，或者都市的街头，没少看到卖玉米的商贩，或者酒店餐桌上也不乏玉米食品。但是我们都会发现，这玉米一到城市，似乎玉米的味道就远离了，剩下的都是商品的气息。而那种飘香在天地间，啃起来嘎巴响的玉米棒，只能在原野里迷蒙开来。

烧玉米。这是乡村田野里一道经久不衰的美食。玉米将要成熟时候，就是烤玉米的最佳时机。从玉米棵上掰下来的玉米棒，剥去包裹的叶子，还有额前的红色丝毛，白白胖胖的玉米就会呈现在眼前。特别是没成熟的嫩玉米粒，真是让人心痒。白皙的玉米粒，恰似姑娘们的藕节似的肌肤，嫩得只要轻轻一掐，准会冒出白色的浆液出来。你轻轻地抚摸着，感觉在抚摸着一个人的手臂，圣洁感随即衍生。因为那颜色、肌肤实在让人震撼。一种果实，居然长出人的特质来，未尝不是在植物与人之间，搭起沟通的甬道。这绝不是我的胡思乱想。

我曾对玉米打量过，它的形象确实让我产生过怀疑与不解。不知道熟悉玉米的人，有没有仔细观察过它的根？玉米根系与别的庄稼根系迥异，它的根并排着，围绕着一圈，深入泥土深处，三两个人，是很难把它从泥土里拔起的。你看它的根系，似人的强有力的五根手指，又像整齐的钢筋般的钩子，牢牢地扒住大地上，直至深处，深到无限。这哪里是植物？分明是人的形象。加上身上长着玉米棒，犹如少妇抱着襁褓里的婴儿，这更加让我对玉米产生过多的想象。一种植物，以人的形象，彰显生命的存在与成长。我们在旷野里看到，玉米棵很少有倒伏的，自然的风雨在钢筋般的根系作用下，休想撼动它半分。这是否和大地上的安泰俄斯类似，只要脚踩在大地上，就有无穷的力量？我们都不是植物学家，在植物性与人性之间，无法得知玉米世界的隐语。玉米棵明明知道，一旦越过秋天，不管再丰硕的玉米、巴得牢固的根系还是身上孕育的肌肤般的玉米粒，都会在一把镰刀或者其他农具的驱赶下，倒下，运回村庄，直至化为灰烬或永远地消失。由盛大走向虚无，是人与植物的同一出悲剧？周而复始的盛大，周而复始的虚无，是悲哀，还是原本万物的尽头都是一场空？无是空，有也是空，万物皆空。

还是回到美食上。这也许是抵挡虚无的最好办法。要想吃上玉米的美食，最好的场景还是在旷野中。最好是在田间劳作之后，身边恰好生长着将要成熟的玉米。玉米是接地气和日月精华的。脱离泥土的美食，都是失去食物的本心。我以为，这玉米的美味，只有农人才深谙其道。他们耕田之余，就地掰下几根玉米棒，剥去叶子和丝毛，串在一根树枝上，或者竹节上，然后就着田野里的荒草，点燃篝火，把玉米架在上方烘烤。自然的火，自然的食材，自然的风，这似乎完成了植物回到旷野、食物回到大地的真实状态。没有什么比本真更重要了，靠近真实，就是靠近神的状态。玉米无言，满身的牙齿般的粒子，在火的炙烤中沉默。任凭牙齿般的种粒，在火光中或黄或暗，弥漫芬芳。

　　我对玉米是又爱又怕的。玉米的香味，玉米的劲道，一口下去，就咬出童年的味道，啃出故乡的滋味。亲切、疼痛，还有回忆，就会围绕着玉米升腾，袅绕，再遥远的故乡，隔着玉米，也一下子来到跟前。畏惧的原因是玉米粒，长得与人的牙齿形状无异，同样整齐排列在牙床上，密密匝匝，整齐俨然。只是谁也不知道，紧闭牙齿的玉米棒，一旦开口，会对着这个世界说什么呢？

　　村庄在沦陷，旷野消失，玉米也在堕落。它已经开始有了新的域名，粗粮的一种。这种说法应该来自城市餐桌的定义。主粮与粗粮，这已经不只是名字的转换，还包括时代的迥异。我们可以认定的是，玉米，在，靠近城市时已经开始边缘化了，从粮食的主旋律中被排除在外。当然，与之格格不入的也许还有那些大地上的劳作者。

　　面对盛宴，我们总有这样的感受，从口腔到胃部以及心底，一路上，不是城市美味佳肴可以抵达的。唯有那些花生、山芋，还有土豆、玉米、麦子等食物，靠近我们的肉身，融入我们的血液，得以支撑起我们的骨骼。